Maeve Binchy wurde in Dublin geboren und ging in Killiney in eine Klosterschule. Sie studierte Geschichte, unterrichtete an Mädchenschulen und schrieb in den Sommerferien Artikel über ihre Reiseerfahrungen. 1969 wurde sie Mitarbeiterin bei der *Irish Times*.
Maeve Binchy zählt zu den bekanntesten Schriftstellerinnen Irlands, hat zahlreiche Bestseller geschrieben und fürs Theater und Fernsehen gearbeitet.
Sie ist mit dem Schriftsteller Gordon Snell verheiratet.

W0084075

Maeve Binchy

JEDEN FREITAGABEND

Aus dem Englischen von
Petra Hrabak und Robert Weiß
Kollektiv Druck-Reif

Von Maeve Binchy sind außerdem erschienen:

Unter der Blutbuche (Band 60224, 62006)
Irische Freundschaften (Band 60225)
Im Kreis der Freunde (Band 60226)
Silberhochzeit (Band 60227)
Echo der vergangenen Tage (Band 60228)
Jeden Freitagabend (Normaldruck: Band 60229)
Miss Martins größter Wunsch (Band 60535)

Dieses Buch wurde auf chlor- und säurefreiem Papier gedruckt.

Knaur XXL-Taschenbuchausgabe November 1996
Droemersche Verlagsanstalt Th. Knaur Nachf., München
© 1996 für die deutschsprachige Ausgabe
Droemersche Verlagsanstalt Th. Knaur Nachf., München
Titel der Originalausgabe: »The Lilac Bus«
Copyright © 1994 by Maeve Binchy
Originalverlag: Arrow Books Limited, London
Umschlaggestaltung: Agentur Zero, München
Umschlagillustration: Andrea Schmidt, München
Satz: Ventura Publisher im Verlag
Druck und Bindung: Ebner Ulm
Printed in Germany
ISBN 3-426-62006-5

5 4 3 2 1

Für meinen innig
geliebten Gordon

Für Mutti

Weihnachten 1996

von Inge

*N*ancy war wie immer überpünktlich, aber sie wollte nicht, daß jemand sie vor der vereinbarten Zeit sah. Es erweckte den Eindruck, als hätte man nichts Besseres zu tun, wenn man viel zu früh dran war und auf den Bus wartete, der einen nach Hause brachte. Die anderen kamen immer atemlos und abgehetzt an, voller Angst, der Bus wäre ohne sie abgefahren. Denn dann hätten sie buchstäblich ihre Chance verpaßt. Punkt achtzehn Uhr fünfundvierzig ließ Tom den Motor des lila Busses an und fuhr los. So konnte er sie alle bis zehn Uhr abends zu Hause absetzen, wie er es versprochen hatte. Wozu am Wochenende heimfahren, wenn man nicht um zehn im Pub ist, lautete seine Devise. Nancy sah das zwar anders, doch sie war immer zwanghaft pünktlich. Es war einfach ihre Art. Sie betrat ein Geschäft, in dem Zeitschriften und Postkarten verkauft wurden. Einen Teil der Karten kannte sie von ihren freitäglichen Besuchen schon auswendig. Auf der großen mit den Tränen darauf stand: »Entschuldige, ich habe Deinen Geburtstag vergessen.« In diesem Laden wurden

9

auch die Zeitungen aus der Provinz angeboten, doch Nancy kaufte niemals eine. Ihre Mutter hatte eine zu Hause, da konnte Nancy sich dann informieren.

Sie begutachtete ihre neue Dauerwelle in dem großen runden Spiegel, der wohl weniger zu diesem Zweck, sondern als Abschreckung für Ladendiebe gedacht war. Er hing hoch oben an der Wand, und zwar in einem ziemlich komischen Winkel. Zumindest hoffte Nancy das; denn andernfalls sah ihre Frisur tatsächlich merkwürdig aus. Ängstlich starrte sie zu ihrem Spiegelbild hinauf. Nein, sie sah doch nicht aus wie ein kleines scheues Tier mit struppigem Haar und schreckgeweiteten Augen! Das wirkte zwar in dem Spiegel so, aber die Leute auf Augenhöhe hatten doch gewiß einen anderen Eindruck von ihr, oder? Aus dieser Perspektive sah jeder lächerlich aus. Als sie sich über das Haar strich, kamen ihr wieder Bedenken wegen der Dauerwelle. Sie erinnerte sie fatal an jene altmodischen Frisuren, die Leute wie ihre Mutter in Rathdoon trugen. Eine Dauerwelle im Sommer, eine zu Weihnachten. Erst krauselig, dann ausgefranst ... die hübschen Locken wuchsen im Lauf der Wochen heraus, so daß sie wie ein Wirrwarr von Blitzen oder wie nach einem Stromschlag aussahen. Die Mädchen vom Friseursalon hatten gemeint, ihre Sorgen seien ganz unbegründet. Sie habe eine modische Dauerwelle, das

10

Neueste, was derzeit angeboten werde. Was sie dafür hätte bezahlen müssen! Nancy lächelte grimmig. Dafür bezahlen! So viel Geld! Nancy Morris hätte sich die Dauerwelle nicht für die Hälfte, ja nicht einmal für ein Viertel des Preises legen lassen. Nancy Morris war durch halb Dublin zu einem Friseursalon gefahren, von dem sie gehört hatte, daß Leute zum Üben für die Lehrlinge gesucht wurden. *Modelle*, hatten sie es genannt, aber Nancy sah das nüchterner: Im Grunde brauchten sie lediglich Leute mit Haaren auf dem Kopf. Und findige Leute – wie Nancy – wußten, welche die großen Salons mit vielen Lehrlingen waren und an welchen Abenden sie Unterricht hatten und ihr Können demonstrieren mußten. Seit ihrem Umzug nach Dublin vor sechs Jahren hatte sie nur zweimal für eine Frisur bezahlt. Damit fuhr sie nicht schlecht, dachte sie und lächelte stolz. Und jetzt hatte sie sie eben, diese Dauerwelle, wozu also noch weiter in den Spiegel gucken und sich Sorgen machen? Sie sollte lieber zum Bus hinübergehen. Bestimmt waren jetzt auch ein paar von den anderen angekommen, und es war bereits nach halb sieben.

Tom saß zeitunglesend da. Er blickte auf und lächelte. »Guten Abend, Miss Mouse«, begrüßte er sie freundlich und hob ihren großen Koffer mühelos auf den Dachgepäckträger. Ärgerlich stieg sie ein. Sie konnte es auf den Tod nicht ausstehen, wenn er sie mit »Miss Mouse« anredete, aber es war ihre eigene Schuld. Als sie Tom angerufen hatte, um sich nach einem Platz in seinem Kleinbus zu erkundigen, hatte sie sich als Miss Morris vorgestellt. Nun ja, sie war es eben gewohnt, am Telefon förmlich zu sein – meine Güte, das brachte ihr Beruf mit sich! Wie konnte sie ahnen, daß sie ihren Vornamen hätte sagen sollen und daß er sich bei ihrem Nachnamen schlicht verhört hatte? Aber es störte sie, daß er sie noch immer nicht mit Nancy anredete. Dabei nannte er sogar die alte Mrs. Hickey Judy, obwohl sie seine Mutter hätte sein können.

»Er ist recht leicht dafür, daß er so groß ist«, meinte er heiter. Nancy nickte nur. Sie hatte keine Lust, ihm zu erzählen, daß es ihr einziger Koffer war und sie nicht einsah, warum sie für irgendeine Nylonreisetasche, wie sie die anderen hatten, mindestens fünf Pfund ausgeben sollte. Außerdem brauchte sie einen großen Koffer. Es gab schließlich immer irgend etwas, das sie nach Dublin mitnehmen konnte – zum Beispiel Kartoffeln, das eine oder andere Gemüse oder was sie sonst brauchen konnte. So hatte neulich Mrs. Casey, die Freundin ihrer Mutter, ihre alten Vorhänge ausrangiert; Nancy nahm sie mit nach Dublin, und sie machten sich wunderbar in der Wohnung.

Sie setzte sich in die mittlere Sitzreihe, strich ihren Rock glatt, damit er keine Falten bekam, und holte ihre Traubenzuckerbonbons heraus. Davon standen im Krankenhaus ganze Krüge herum, und man forderte sie immer auf, sich einfach zu bedienen. Normalerweise aß sie sie nicht, aber für die Busfahrt kamen sie ganz gelegen. Die anderen kauften manchmal Gerstenzucker oder Sahnebonbons, aber wozu Geld für Süßigkeiten ausgeben, die man ohnehin nur verschenkte? Sie schlug die Zeitung auf, die ein Patient im Wartezimmer liegengelassen hatte. Auf diese Weise kam sie zu einem großen Teil ihres Lesestoffs – Patienten, die auf ihren Facharzt warteten, neigten dazu, ihre Zeitungen und Zeitschriften zu vergessen. So gab es kaum einen Abend, an dem Nancy nichts zu lesen hatte. Und es war schön, verschiedene Zeitschriften zur Auswahl zu haben, fand sie, immer wieder eine kleine Überraschung. Mairead begriff das nicht. Nancys Miene verfinsterte sich, als sie an Mairead dachte. Da mußte einiges geklärt werden. Es hatte sie wie ein Blitz aus heiterem Himmel getroffen, und es war einfach ungerecht.

Während sie die Zeitung vors Gesicht hielt, damit Tom glaubte, sie lese, vergegenwärtigte sie sich noch einmal, was passiert war. Am Mittwoch war Mairead hereingekommen und nervös in der Wohnung hin und hergelaufen. Sie hatte mal dies, mal jenes angefaßt und es dann wieder hingestellt. Man mußte kein besonderer Menschenkenner sein, um zu bemerken, daß irgend etwas in ihr vorging. Nancy vermutete, sie wollte wieder das Thema mit dem Fernseher aufs Tapet bringen. Sie besaßen einen tadellosen Schwarzweißfernseher, der einen hervorragenden Empfang hatte, auch wenn das Bild manchmal wie bei einem Schneesturm aussah. Warum, um alles in der Welt, sollte man ein Vermögen ausgeben und ein Farbgerät mieten? Oder gar einen Videorecorder? Mairead hatte einmal eine solche Bemerkung gemacht – als ob sie Krösusse wären! Sie hatte vom Fernseher aufgesehen, der zugegebenermaßen gerade einen schlechten Tag hatte, so daß man einiges nur durch den Ton erraten konnte. Doch Mairead wollte etwas viel Wichtigeres besprechen.

»Ich habe die ganze Woche bei der Arbeit überlegt, wie ich's dir sagen soll, Nancy. Aber mir fallen nicht die passenden Worte ein, darum sage ich es einfach geradeheraus. Ich will mit jemand anderem zusammenwohnen, und ich möchte dich bitten, auszuziehen. Natürlich dann, wann es dir paßt, ich will dich nicht auf die Straße setzen ...« Sie gab ein kurzes, nervöses Lachen von sich, doch Nancy war zu verblüfft, um darauf zu reagieren. »Schau«, fuhr

Mairead fort, »es war ja nicht auf ewig gedacht. Wir wollten es einfach ausprobieren und dann weitersehen ... so haben wir's ausgemacht. So haben wir's besprochen ...« Sie verstummte schuldbewußt.

»Aber wir wohnen seit drei Jahren zusammen«, erwiderte Nancy.

»Ich weiß«, erwiderte Mairead kleinlaut.

»Warum denn auf einmal? Zahle ich nicht immer pünktlich die Miete und den Strom? Ich leiste meinen Beitrag zum Essen mit dem, was ich von zu Hause mitbringe, ich habe Vorhänge für die Flurfenster besorgt, ich ...«

»Ja doch, Nancy, das bestreitet ja auch niemand.«

»Aber warum dann?«

»Es ist einfach nur ... nein, es gibt keinen bestimmten Grund. Können wir es nicht ruhig und vernünftig hinter uns bringen, ohne Streit und Diskussionen? Kannst du dir nicht einfach eine andere Wohnung suchen, wir treffen uns gelegentlich, gehen ins Kino und besuchen uns gegenseitig? Komm, Nancy, laß uns wie vernünftige, erwachsene Leute damit umgehen.«

Nancy hatte vor Zorn gebebt. Mairead, die in einem Blumenladen arbeitete, wollte *ihr* erzählen, wie sich vernünftige erwachsene Leute verhielten! Mairead mit ihrem mittelmäßigen Abschlußzeugnis warf *sie* aus ihrer Wohnung hinaus. Maireads

Wohnung. Es stimmte, sie hatte die Wohnung gefunden, und als sie eine Mitbewohnerin suchte, hatte ihre Tante – Mrs. Casey, mit der Nancys Mutter befreundet war – Nancy vorgeschlagen. Wer hatte Mairead nur auf diesen verrückten Gedanken gebracht? Und vor allem, warum? Mit wem wollte sie zusammenziehen?

Das schlimmste war, daß Mairead es weder wußte noch sich darum scherte. Sie meinte nur, sie wolle eine Veränderung. Da schaltete Nancy den flimmernden Fernseher aus, denn sie dachte, Mairead würde ihr nun ihr Herz ausschütten und von irgendeiner unglücklichen Liebe erzählen. Weit gefehlt. Maireads Augenmerk galt dem Kalender. Wie wär's in einem guten Monat, etwa Mitte Oktober? Bis dahin hätte Nancy doch genug Zeit, sich etwas anderes zu suchen.

»Aber mit wem soll ich denn zusammenziehen?« jammerte Nancy.

Mairead meinte achselzuckend, sie habe keine Ahnung, aber vielleicht fände Nancy ja ein möbliertes Zimmer oder ein kleines Apartment. Da sie nicht oft kochte oder Leute einlud, würde ihr ein Zimmer doch genügen. Aber die kosteten ein Vermögen! Mairead zuckte abermals mit den Achseln, als ginge sie das nichts an.

Am nächsten Morgen trank Nancy in der Küche

ihren Tee – sie hielt sich nie mit Frühstücken auf, denn im Krankenhaus gab es immer etwas zu essen. Und wozu arbeitete sie als Empfangsdame für all diese Ärzte, wenn es nicht ein paar Sonderleistungen wie eine Kantine und Traubenzuckerbonbons gab? Als Mairead, die wie immer spät dran war, in die Küche stürmte, fragte Nancy, ob sie ihr verziehen habe.

»Dir verziehen? Was denn? Wovon, um Himmels willen, redest du?«

»Na ja, ich muß dir doch irgendwas getan haben, sonst hättest du mich nicht gebeten, aus unserer Wohnung auszuziehen.«

»Es ist *meine* Wohnung. Stell dich doch nicht so an. Schließlich sind wir nicht miteinander verheiratet, Nancy. Du bist eingezogen, damit wir uns die Miete teilen können. Und das ist jetzt eben vorbei, okay? Punktum.« Sie schlang eine Schüssel Corn-flakes hinunter und versuchte gleichzeitig, ihre Stiefel anzuziehen. Mairead liebte diese Stiefel; mit Entsetzen dachte Nancy daran, daß Mairead dafür einen ganzen Wochenlohn ausgegeben hatte – für ein Paar Stiefel!

»Was soll ich denn den Leuten in Rathdoon sagen?« fragte Nancy in ernstem Ton. Mairead sah sie verwundert an.

»Wegen was?« fragte sie verblüfft.

»Warum wir uns trennen.«

»Wen interessiert das schon? Wer weiß denn überhaupt, daß wir zusammenwohnen?«

»Jeder: deine Mutter, meine Mutter, deine Tante Mrs. Casey. Alle.«

»Ja, aber was meinst du damit, was du ihnen sagen sollst?« Mairead war wirklich erstaunt.

»Na, was wird denn deine Mutter denken? Was soll ich ihr sagen?«

Da verlor Mairead mit einem Mal die Geduld. Nancy dachte immer noch mit Schrecken daran zurück.

»Meine Mutter ist eine ganz normale Frau – und eine Mutter wie jede andere auch, einschließlich deiner. Sie wird sich überhaupt nichts denken! Alles, was ihr am Herzen liegt, ist, daß ich nicht schwanger bin, keine Drogen nehme und weiterhin in die Kirche gehe. Das ist alles, was Mütter wissen wollen, Herrgott, nur diese drei Dinge. In Rußland genauso wie in Indien oder sonstwo, und wenn nicht Kirche, dann eben irgendwas anderes. Einer Mutter ist es piepegal, ob ihre Tochter mit jemandem zusammenwohnt und ob sie gut miteinander auskommen oder sich gegenseitig auf die Palme bringen wie in unserem Fall. Sie möchte nur über das Wesentliche Bescheid wissen.«

»Wir bringen uns nicht gegenseitig auf die Palme«, erwiderte Nancy ruhig.

»Na schön, wir gehen uns gegenseitig auf die Nerven. Wo ist da der Unterschied? Warum zerbrichst du dir den Kopf über Erklärungen und Entschuldigungen, als ob du jemandem Rechenschaft schuldig wärst? Es interessiert sie nicht die Bohne!«

»Gehe ich dir auf die Nerven?«

»Ja.«

»Warum?«

»Ach, Nancy, *bitte!*« Mairead rang um Fassung. »Gestern abend haben wir uns doch darauf geeinigt, daß wir wie erwachsene Leute damit umgehen wollen, ohne endlose Streitereien und gegenseitige Vorhaltungen. So haben wir's ausgemacht, nicht? Und jetzt fängst du damit an. Natürlich geht man sich mitunter auf die Nerven. Ich raube dir wahrscheinlich den letzten Nerv. Aber ich muß jetzt weg.«

Nancy hatte einen furchtbaren Tag hinter sich: Sie hatte sich nach den Preisen für Zimmer und Apartments erkundigt, und sie waren schwindelerregend hoch. Weiter draußen zahlte man natürlich ein bißchen weniger, aber das Krankenhaus mußte für sie mit dem Fahrrad erreichbar sein. Keinesfalls wollte sie ihr sauer verdientes Geld für Busfahrten ausgeben müssen. Sie hatte auch über Maireads Worte nachgedacht. Ihr war einfach unbegreiflich, was Mairead an ihr störte. Sie rauchte nicht, sie lud im Gegensatz zu Mairead nie ungehobelte Kerle ein, die jeder mit einer Flasche Wein ankamen und sich dann später Hühnchen und Pommes frites von der Imbißbude holten. Sie drehte den Plattenspieler nie laut auf – sie *besaß* nicht einmal Platten! Und immer war sie hilfsbereit. Oft schnitt sie Sonderangebote aus den Zeitungen aus und sammelte Bons für Putz- oder Lebensmittel. Schon mehrmals hatte sie Mairead den Tip gegeben, daß es billiger wäre, die Wochenenden in Rathdoon zu verbringen, denn am Wochenende gab man in Dublin ein Vermögen aus, während man zu Hause umsonst leben konnte. Was fand Mairead nur so ärgerlich an ihr?

Noch an diesem Morgen hatte sie Mairead gefragt, ob ihre Entscheidung endgültig sei, und Mairead hatte wortlos genickt. Nancy hatte ihr das Wochenende als Bedenkzeit angeboten. Doch anders als bei ihrer Tirade am Vortag hatte Mairead mit ruhiger, leiser Stimme geantwortet, es gebe nichts mehr zu bedenken und sie verlasse sich darauf, daß Nancy kooperativ sein und sich gleich nach einer neuen Wohnung umsehen würde.

Als sie Stimmen hörte, sah Nancy auf. Dee Burke war gekommen; sie trug ihren College-Schal, obwohl sie schon vor zwei Jahren vom University College of Dublin abgegangen war. Die Reisetasche, die sie dabeihatte, schleuderte sie schwungvoll aufs Autodach. Tom lachte.

»Du wirst noch mal Meisterin im Diskuswerfen«, meinte er.

»Nein, damit will ich dir nur zeigen, daß die Frauen heutzutage emanzipiert sind, weiter nichts. Außerdem sind bloß ein paar Höschen und verschiedene Jura-Bücher drin, die ich durchackern muß.«

Nancy staunte, daß Dee, die Tochter von Dr. Burke, die in einem großen, efeubewachsenen Haus wohnte, mit Tom so unbefangen über Höschen reden konnte. Dabei klang ihr Ton nicht einmal derb. Aber Dee hatte immer schon getan, was ihr paßte. Man hätte annehmen können, daß sie ein eigenes Auto besaß, doch sie meinte, als Anwaltslehrling verdiene sie nicht viel. Trotzdem, in Nancys Augen mußten die Burkes diesen Kleinbus eigentlich als unter ihrer Würde empfinden. Sie genossen so hohes Ansehen in Rathdoon, sie mußten es doch merkwürdig finden, daß ihre Tochter mit x-beliebigen Leuten reiste. Dee schien daran nichts zu finden. Sie war zu jedem freundlich, sogar zu Kev Kennedy, diesem schrägen Vogel, bei dessen Anblick man lieber die Straßenseite wechselte. Und auch zu dem unmöglichen Mikey Burns mit seinen schmutzigen Witzen. Aber zu Nancy war Dee immer besonders nett; auch diesmal setzte sie sich neben sie und erkundigte sich, wie so oft, nach Nancys Arbeit.

Daß Dee sich an die Namen der Ärzte, für die

Nancy arbeitete, erinnern konnte, war außergewöhnlich. Sie wußte, daß einer Augenarzt, einer orthopädischer Chirurg und einer Hals-Nasen-Ohren-Arzt war. Und sie kannte sogar ihre Namen: Dr. Barry, Dr. White und Dr. Charles. Nicht einmal Nancys Mutter hätte das gewußt, und was Mairead betraf, sie konnte sich kaum die Namen ihrer eigenen Chefs merken, ganz zu schweigen von Nancys Chefs.

Aber Dee war eben nett und wohlerzogen. Höflichkeit war solchen Menschen schon in die Wiege gelegt worden, dachte sich Nancy immer, und es gehörte zu ihren Umgangsformen, sich für andere zu interessieren.

Als nächster erschien Rupert Green. In einer todschicken Lederjacke.

»Allmächtiger, ist die aus Italien, Rupert? Eine echt italienische?« staunte Dee und befühlte den Ärmel, als Rupert einstieg.

»Ja, genau.« Der sonst so blasse Rupert errötete geschmeichelt. »Woran hast du das erkannt?«

»Ich schaue sie mir doch immer sehnsüchtig in den Zeitschriften an! Sie ist phantastisch.«

»Ja, sie ist zwar nur zweite Wahl oder so, aber ein Freund hat sie mir besorgt.« Rupert strahlte, weil er soviel Aufsehen damit erregte.

»Na, wenn es nicht zweite Wahl oder so wäre, müßte

dein Vater ja die Kanzlei verkaufen, um es bezahlen zu können«, lachte Dee. Ruperts Vater war der Anwalt von Rathdoon, und über Mr. Green hatte Dee ihre Lehrstelle in Dublin bekommen. Nancy sah die beiden neidisch an. Es mußte wunderbar sein, so ungezwungen miteinander umgehen zu können. Wie eine Art Kurzschrift, in der sich Akademikerfamilien miteinander verständigten, der geringste Anlaß genügte ihnen, um ein Gespräch in Gang zu bringen. Mit einem leichten Anflug von Ärger dachte sie daran, daß ihr lang verstorbener Vater nur Briefträger und nicht Anwalt gewesen war. Doch ihre Verdrossenheit wich sofort Schuldgefühlen. Ihr Vater hatte lang und hart gearbeitet. Und er war froh gewesen, daß seine Kinder in der Schule vorankamen und eine Sekretärinnen- und Angestelltenlaufbahn einschlugen.

Rupert nahm in der hintersten Sitzreihe Platz, und beinahe wie auf ein Stichwort tauchte Mrs. Hickey auf. Braungebrannt im Sommer wie im Winter, wirkte sie gesund und kräftig. Und alterslos. Zwar wußte Nancy, daß sie Ende Fünfzig sein mußte – aber nur, weil sie andere gefragt und sich selbst einiges zusammengereimt hatte. Judy Hickey arbeitete in irgendeinem verrückten Laden, wo Heilkräuter, Körner und Nüsse verkauft wurden. Manches davon baute sie sogar selbst an, deshalb fuhr sie jedes

Wochenende nach Hause und brachte ihren Ertrag in diesen Laden in Dublin mit. Nancy war nie dort gewesen; Dee hatte davon geschwärmt und gemeint, jeder sollte ihn sich – nur spaßeshalber – einmal ansehen. Aber Nancy nahm ihre Stellung als Empfangsdame für drei führende Dubliner Fachärzte sehr ernst. Was würde man denn von ihr denken, wenn man sie in irgendeinem Quacksalberladen ein und aus gehen sah?

Judy setzte sich neben Rupert auf die hintere Bank, während Mikey Burns sich in die vordere Sitzreihe zwängte. Lachend und händereibend erzählte er ihnen einen Witz über haarige Tennisbälle. Als alle lächelten, schien er sich zu entspannen, da er immerhin einen seiner anzüglichen Witze losgeworden war. Neugierig schaute er hinaus.

»Habe ich heute Glück, und kriege ich die schöne Celia als Nachbarin oder Mr. Kennedy? Ach Gott, was bin ich für ein Glückspilz, da kommt Mr. Kennedy!«

Kev schlich in den Bus und sah sich dabei verstohlen um, als rechnete er damit, daß ihm ein Polizist die Hand auf die Schulter legte und *Augenblick mal* sagte, wie man es aus Filmen kannte. Nancy dachte, sie hätte noch nie jemanden getroffen, der so ein Heimlichtuer war. Wenn man Kev Kennedy ansprach, erschrak er immer fast zu Tode, und er

24

antwortete recht einsilbig, so daß man ihn lieber in Ruhe ließ.

Zuletzt kam auch Celia. Sie war groß und in gewisser Weise hübsch, aber Nancy gefiel es nicht, wie sie sich zurechtmachte. Sie trug gern enge Gürtel. Da sie diese auch als Krankenschwester bei der Arbeit anhatte, war sie wahrscheinlich daran gewöhnt. Jedenfalls wurde ihre Figur dadurch ziemlich betont. Nicht, daß es sexy wirkte, aber es unterteilte den Körper auf sehr auffällige Weise: in eine obere Hälfte mit herausragender Vorderfront und in eine untere Hälfte mit einem vorspringenden Hinterteil. Sie täte besser daran, etwas Weiteres anzuziehen, dachte Nancy.

Celia setzte sich neben Tom; wer zuletzt kam, nahm immer neben dem Fahrer Platz. Da es erst zwanzig vor sieben war, konnten sie diesmal schon fünf Minuten früher losfahren.

»Ich habe euch gut erzogen«, meinte Tom lachend, als er sich mit dem Kleinbus in den freitagabendlichen Verkehrsstrom einreihte.

»Allerdings. Keine Pinkelpause, bis wir über den Shannon sind«, sagte Mikey und sah sich beifallheischend um. Und da keine Reaktion kam, wiederholte er den Satz. Daraufhin lächelte der eine oder andere.

Nancy erzählte Dee von Dr. Charles, Dr. White und Dr. Barry: daß sie bestimmte Wochentage für Privatpatienten reserviert hätten, daß Nancy die Termine für die Sprechstunden vereinbare und mitunter jemanden einschieben müsse und daß sie von den dankbaren Patienten oft kleine Geschenke zu Weihnachten erhielte. Dee wollte wissen, ob die Ärzte einen guten Ruf genossen und ob die Leute anerkennend von ihnen sprachen. Doch vergeblich suchte Nancy nach Beispielen. Sie sei mehr für das Verwaltungstechnische zuständig, beteuerte sie immer wieder. Als Dee fragte, ob sie mit den Ärzten auch privat Umgang habe, mußte Nancy lachen. In was für eine heile Welt wurde man doch als Arzttochter geboren, wenn einem die Vorstellung fremd war, daß es Standesunterschiede gab! Nein, natürlich hatte sie privat nichts mit ihren Chefs zu tun. Dr. Barry hatte eine kanadische Frau und zwei Kinder, Dr. White hatte mit seiner Gattin, einer Lehrerin, vier Kinder, und Dr. Charles war ebenfalls verheiratet, aber kinderlos. Ja, manchmal telefonierte sie mit den Ehefrauen; sie machten alle einen recht netten Eindruck und kannten auch Nancys Namen. »Hallo, Miss Morris«, begrüßten sie sie immer.

Als Nancy ausführlich von der Telefonzentrale des Krankenhauses berichtete, die ein richtiges Ärgernis sei – schon seit Ewigkeiten wollten sie eine eigene

Schaltung für die Fachärzte haben, aber vielleicht würde sich das nach der geplanten Umstrukturierung der Schaltzentrale ändern ... da schlief Dee ein. Nancy fand das etwas peinlich. Vielleicht quasselte sie zuviel, vielleicht ging sie anderen auf die Nerven, weil sie zuviel über Belangloses redete. Manchmal stand sogar ihre eigene Mutter mitten im Gespräch mit ihr auf und ging zu Bett. Womöglich hatte Mairead doch recht. Aber nein, das konnte nicht sein – Dee hatte sie ja über ihr Arbeitsleben förmlich ausgequetscht, hatte ihr Löcher in den Bauch gefragt. Nein, diesmal war es nicht Nancys Schuld, wenn sie andere langweilte. Diesmal nicht. Seufzend blickte sie auf die vorbeiziehenden Felder hinaus.

Bald darauf nickte sie ebenfalls ein. Hinter ihr unterhielten sich Judy Hickey und Rupert Green über einen Bekannten, der nach Indien in einen Ashram gegangen war, wo jeder gelbe oder safranfarbene Kleidung tragen mußte. Vor ihr hörte Kev Kennedy mit halbem Ohr zu, wie Mikey Burns einen Kartentrick mit einem Wasserglas erklärte. Mikey meinte, beim Zuschauen könnte man ihn leichter begreifen, aber es ginge auch so, wenn man sich konzentriere. Ganz vorne sagte Tom gerade irgend etwas zu Celia, und sie nickte zustimmend. Es war recht bequem und warm hier drin, fand Nancy, und falls sie im Schlaf zur Seite kippte und auf Dee landete, na, das wäre

27

halb so schlimm. Sie hätte sich zusammengerissen, wenn sie neben einem der Männer gesessen hätte. Oder gar neben Judy Hickey: Diese Frau hatte etwas höchst Sonderbares an sich.

Und dann schlief Nancy ein.

Ihre Mutter saß noch am Küchentisch, als sie hereinkam. Sie schrieb gerade einen Brief an ihre Tochter in Amerika.

»Na, schon da?« meinte sie.

»Gesund und munter«, erwiderte Nancy.

Dafür, daß Nancy eine Fahrt durchs ganze Land hinter sich hatte, fiel die Begrüßung zwischen Mutter und Tochter ziemlich reserviert aus. Doch in ihrer Familie waren Gefühle nie sehr offen gezeigt worden. Man umarmte oder küßte sich nicht, hakte sich nicht vertraulich unter.

»Wie war die Fahrt?« fragte ihre Mutter.

»Ach, das Übliche. Ich habe ein bißchen geschlafen, und jetzt habe ich einen steifen Nacken.« Nachdenklich massierte sie ihr Genick.

»Ist ja prima, wenn man da schlafen kann, während Verrückte in allen Richtungen an einem vorbeirasen.«

»Na, so schlimm ist es nicht.« Nancy sah sich um. »Und, was gibt es Neues?«

Ihre Mutter war nicht gerade das, was man klatschfreudig nennt. Nancy hätte sich gewünscht, sie würde aufstehen, eine Kanne Tee machen und ihr lang und ausführlich von den Ereignissen der Woche erzählen: Wer nach Hause gekommen war, von wem man was gehört hatte, wer was über wen zu tratschen wußte. Doch irgendwie kam es immer anders.

»Was soll es Neues geben? Es gibt nichts – du warst doch bis Sonntag abend selbst noch da.« Ihre Mutter widmete sich wieder dem Brief und seufzte: »Schreibst du eigentlich nie an Deirdre? Sollte ein Christenmensch nicht mal an seine Schwester in Amerika schreiben und ihr mitteilen, was so geschehen ist? Sie freut sich über diese Kleinigkeiten, weißt du.«

»Das würde ich auch, aber dir fällt ja überhaupt nichts ein, was du mir erzählen könntest!« rief Nancy vorwurfsvoll.

»Ach, hör doch auf mit dem Unsinn! Bist du denn nicht die ganze Zeit hier? Du fährst doch nur für ein paar Tage die Woche nach Dublin. Aber die arme Deirdre ist auf der anderen Seite des Atlantiks.«

»Die arme Deirdre hat einen Mann und drei Kinder, einen Kühlschrank, eine Gefriertruhe und einen Rasensprenger. Arme Deirdre, kann ich da nur sagen.«

»Das alles könntest du doch selbst haben, wenn du nur wolltest. Du wirst doch nicht neidisch auf deine

Schwester sein! Warum bist du nicht mal ein bißchen nett?«

»Bin ich doch.« Nancys Unterlippe zitterte.

»Na, dann hör auf, so häßlich über Deirdre zu reden. Setz dich her und nimm dir ein Blatt Papier, das kannst du dann in meinen Umschlag stecken. So sparst du dir das Porto.«

Ihre Mutter schob ihr einen Schreibblock über den Tisch. Nancy hatte sich noch nicht einmal gesetzt. Draußen auf dem Flur stand noch immer der große Koffer mit den verstärkten Ecken. Was für ein erbärmlicher Empfang zu Hause, ärgerte sie sich insgeheim, doch sie dachte auch praktisch. Wenn sie rasch eine Seite an Deirdre herunterschrieb, dann brauchte sie es ein andermal nicht zu tun; und ihre Mutter würde sich darüber freuen und vielleicht, wenn sie gut gelaunt war, Soda Bread und Apfelkuchen auf den Tisch stellen. Nancy schrieb ein paar Zeilen: Hoffentlich gehe es allen gut, Deirdre und Sean, Shane, April und Erin; sie würde gerne hinüberkommen, um sie alle mal zu sehen, aber die Flugpreise seien reiner Wahnsinn, und es wäre viel einfacher, wenn Deirdres Familie statt dessen hierher käme, wegen dem Kurs zwischen Pfund und Dollar. Sie erzählte Deirdre von Dr. Whites neuem Wagen, daß Dr. Charles seine Ferien in Rußland verbrachte und Dr. Barrys Frau eine neue Handtasche aus Babykrokodil hatte, die sündhaft teuer gewesen war. Dann bemerkte sie, wie schön es sei, an den Wochenenden nach Rathdoon heimzukommen, denn ... An dieser Stelle hielt sie inne. Es war schön, nach Rathdoon zu kommen, weil ... Sie blickte zu ihrer Mutter, die am Tisch saß und über ihrem Brief brütete. Nein, deshalb fuhr sie nicht nach Hause. Die Freude ihrer Mutter hielt sich in Grenzen, und wenn Nancy nicht da war, hatte sie das Fernsehen, Mrs. Casey, Bingo und soundsoviel anderes. Manchmal, an den langen Sommerabenden, kam Nancy heim, und das Haus war leer, weil ihre Mutter um zehn noch unterwegs war. Im Unterschied zu Celia, Kev oder Mikey fuhr Nancy nicht mit dem Bus nach Hause, um tanzen zu gehen. Sie hatte in Rathdoon nicht das, was man Freunde nennt.

Sie beendete ihren Brief mit den Worten: »Es ist schön, an den Wochenenden nach Rathdoon heimzukommen, denn der lila Bus ist wirklich recht preiswert, und in Dublin gibt man ja am Wochenende ein kleines Vermögen aus, ohne es auch nur zu merken.« Ihre Mutter packte die Schreibsachen weg, um schlafen zu gehen. Kein Tee, kein Apfelkuchen.

»Ich glaube, ich mache mir noch ein belegtes Brot«, meinte Nancy.

»Hast du denn nichts zum Tee gegessen? Für eine gutbezahlte Sekretärin bist du aber ziemlich schlecht organisiert«, erwiderte ihre Mutter und ging grußlos zu Bett.

Es war ein sonniger Samstag im September. Die Touristen waren größtenteils abgereist, aber ein paar Golfspieler traf man hier immer an. Ziellos schlenderte Nancy die Straße entlang. Sie hätte sich eine Zeitung kaufen und auf einen Kaffee ins Hotel gehen können, aber abgesehen davon, was das wieder gekostet hätte, wollte sie es auch nicht. Es war anmaßend, sich ins Hotel zu setzen – als ob man etwas Besseres wäre. Nein. Da sah sie Celias Mutter, die die Türschwelle des Pub schrubbte. Sie wirkte älter, als sie war, und hatte ein ebenso faltiges Gesicht wie diese zigeunerhafte Judy Hickey. Nancy rief ihr einen Gruß zu, aber Celias Mutter hörte ihn nicht und putzte unbeirrt weiter. Ob Celia wohl noch im Bett lag oder drinnen gerade saubermachte, fragte sich Nancy. Celia arbeitete an den Wochenenden im Pub, deshalb kam sie immer nach Hause. Dafür bezahlte ihr ihre Mutter bestimmt einen ordentlichen Lohn, denn es war hart, wenn man als Krankenschwester die Woche über auf den Beinen war und dann noch das ganze Wochenende hier. Doch bei Celia wußte man nie, woran man war, sie gab nie etwas von sich preis. Merkwürdig, daß sie sich gestern abend im Bus so angeregt mit Tom unterhalten hatte; sonst schaute sie immer nur gedankenverloren aus dem Fenster. Im Unterschied zu der lebhaften Dee, die sich an allem interessiert zeigte. Oft wünschte sich Nancy, es wäre alles anders und sie könnte Dee am Wochenende besuchen oder etwas mit ihr unternehmen. Aber nicht im Traum dachte sie daran, zu den Burkes zu gehen. Nie im Leben käme ihr so etwas in den Sinn. Mit der Praxis war das etwas anderes, das war normal.

Als sie an Judy Hickeys Häuschen vorbeikam, bemerkte sie im Garten dahinter lebhaftes Treiben. Überall lagen große Packkisten herum, und Judy trug eine alte Hose und ein Kopftuch, das ihr hochgestecktes Haar verbarg. Das Haus selbst sah heruntergekommen aus und hätte einen neuen Anstrich gebraucht, doch der Garten war tadellos gepflegt. Zu Nancys Verwunderung gab es immer eine Menge Leute, die für Judy Hickey den Garten gossen, Unkraut jäteten und die Vögel verscheuchten; dabei gehörte sie gar nicht zu der Sorte Frauen, die man sympathisch nennen würde. Sie ging nur jeden vierten Sonntag zur Messe, wenn überhaupt. Und niemals sprach sie von ihrem Mann und ihren Kindern. Sie waren vor Jahren fortgegangen, als der Junge noch ein Baby war; Nancy konnte sich kaum noch an die Zeit erinnern, als in diesem Haus Kinder gelebt hatten. Jedenfalls war der Vater mit den Kindern von einem Tag auf den anderen verschwunden, und die Mutter verlor kein Wort darüber. Sie hatte nie auf gerichtlichem Wege versucht, ihre Kinder zurückzubekommen. Man munkelte, es seien irgendwelche dunklen Geheimnisse im Spiel, an denen sie nicht rühren wollte; sonst wäre sie gewiß vor Gericht gegangen. Und seit Jahren arbeitete sie in diesem Laden, wo man Dinge bekam, die die Gurus im Fernen Osten benutzten und die überhaupt höchst suspekt waren – Ginseng und so etwas. Dennoch schien Judy Hickey mehr als nur ein paar Freunde zu haben. Momentan gingen ihr zwei von Kev Kennedys Brüdern zur Hand, und letzte Woche hatte sich Mikey Burns mit seiner Schaufel nützlich gemacht. Wahrscheinlich wäre auch der junge Rupert dabeigewesen, wenn sein Vater nicht so krank wäre; seinetwegen fuhr er jedes Wochenende nach Hause.

Nancy seufzte und ging weiter. Kurzzeitig kam es ihr in den Sinn, daß sie auch helfen könnte, doch sie verwarf den Gedanken sofort wieder. Warum sollte sie unentgeltlich in Judy Hickeys Garten buddeln und sich dreckig machen? Sie hatte Besseres zu tun. Als sie aber nach Hause kam und eine Nachricht auf dem Küchentisch vorfand, fragte sie sich, ob sie tatsächlich Besseres zu tun hatte. Ihre Mutter hatte geschrieben, Mrs. Casey habe sie zu einem Ausflug abgeholt. Mrs. Casey hatte erst in ihren späteren Lebensjahren den Führerschein gemacht und besaß einen alten, wenig vertrauenswürdig wirkenden Wagen, an dem ihr ganzes Herz hing. Er war für so manche Leute eine Bereicherung ihres Lebens, einschließlich Nancys Mutter; ein paar von ihnen wollten mit diesem Oldtimer sogar die ganze Strecke nach Dublin zurücklegen. Es war geplant, daß Mrs. Casey und Mrs. Morris dort in der Wohnung übernachten würden. Schließlich war Mrs. Casey Maireads Tante. Doch jetzt war es vorbei mit der Wohnung und mit Mairead. Als Nancy daran dachte, gab es ihr einen Stich.

Und nichts zum Mittagessen, kein Hinweis, wann die beiden von ihrem Ausflug zurückkommen würden, kaum etwas in der Vorratskammer oder in dem kleinen Kühlschrank, nichts zu essen im Haus. Nancy setzte einen Topf mit zwei Kartoffeln auf und ging zu Kennedys Laden gegenüber.

»Kann ich bitte zwei kleine Speckscheiben haben?«

»Zwei Pfund haben Sie gesagt?« Kev Kennedys Vater nahm immer nur die Hälfte von dem wahr, was man ihm sagte, denn er hörte in seinem Geschäft unentwegt Radio.

»Nein, nur zwei einzelne.«

»Hm«, meinte er, während er zwei Scheiben nahm und abwog.

»Wissen Sie, meine Mutter hat ihre Einkäufe noch nicht erledigt, und ich weiß nicht genau, was sie will.«

»Mit zwei Scheiben können Sie nicht allzuviel falsch machen«, gab Mr. Kennedy mürrisch zurück, wickelte den Speck in Wachspapier und steckte ihn in eine Tüte. »Jedenfalls kann sie Ihnen nicht vorwerfen, daß Sie die Familie in den Ruin getrieben haben.«

Da hörte Nancy hinter sich jemanden lachen und stellte zu ihrem Verdruß fest, daß Tom Fitzgerald den Laden betreten hatte. Aus irgendeinem Grund konnte sie es nicht leiden, wenn er hörte, wie sich jemand über sie lustig machte. So wie jetzt.

»Oh, Miss Mouse lebt gern auf großem Fuß«, bemerkte er.

Nancy zwang sich zu einem Lächeln und ging.

Der Nachmittag zog sich hin. Im Radio lief nichts, und zu lesen hatte sie auch nichts. Sie wusch zwei Blusen und hängte sie zum Trocknen draußen auf die Leine. Als ihr einfiel, daß niemand, nicht einmal ihre Mutter, eine Bemerkung zu ihrer Dauerwelle gemacht hatte, ärgerte sie sich. Wozu ließ man sich denn eine Dauerwelle legen, wenn es keiner merkte? Da gab man gutes Geld für eine der modischsten Frisuren aus ... na, wenn man dafür bezahlen mußte, aber das hatte sie ja glücklicherweise nicht. Um sechs hörte sie das Schlagen von Autotüren und Stimmen.

»Ach, da bist du ja, Nancy.« Ihre Mutter schien immer überrascht, sie zu sehen. »Mrs. Casey und ich haben einen ganz wunderbaren Ausflug gemacht.«

»Hallo, Mrs. Casey. Das ist ja schön«, erwiderte Nancy mißmutig.

»Hast du uns was zum Abendessen gekocht?« Ihre Mutter sah sie erwartungsvoll an.

»Nein. Du hast doch auch gar nichts gesagt. Es war nichts da«, stammelte Nancy verwirrt.

»Ach, komm, Maura, sie macht nur Witze. Du hast deiner Mutter doch bestimmt was gekocht, stimmt's, Nancy?«

Nancy fand es unerträglich, wenn Mrs. Casey sie in ihrem schelmischen Tonfall wie eine begriffsstutzige Fünfjährige anredete.

»Nein, wie denn auch? Es war nichts zu essen da. Ich habe gedacht, meine Mutter würde sich etwas besorgen.«

Schweigen.

»Und zum Mittagessen war auch nichts da«, beklagte sie sich. »Ich mußte in Kennedys Laden gehen und mir Speckscheiben kaufen.«

»Na, dann essen wir eben Speck zu abend.« Mrs. Morris' Miene hellte sich auf.

»Ich habe sie alle selbst gegessen«, erklärte Nancy.

»Alle?« Mrs. Casey starrte sie ungläubig an.

»Es waren nur zwei.«

Wieder Schweigen.

»Na gut«, meinte Mrs. Casey. »Damit ist alles klar. Ich wollte deine Mutter überreden, mit zu mir zu kommen, aber sie wollte nicht, weil sie meinte, du hättest bestimmt für uns alle etwas zum Tee zubereitet, und da wollte sie dich nicht enttäuschen. Ich habe ihr gleich gesagt, daß ich das für ziemlich unwahrscheinlich halte, nach allem, was ich gehört habe. Aber sie wollte unbedingt zurück und ließ sich nicht umstimmen.« Sie trat zur Tür. »Komm, Maura, lassen wir die jungen Leute allein ... sie haben Besseres zu tun, als unsereins eine kleine Teemahlzeit vorzusetzen.« Nancy sah ihre Mutter an, in deren Gesicht sich Enttäuschung und Scham spiegelten.

»Einen schönen Abend noch, Nancy«, sagte sie. Und schon waren sie zur Tür hinaus. Ächzend und stotternd setzte sich das Auto in Bewegung.

Was hatte Mrs. Casey denn gehört, was meinte sie damit? Die einzigen, von denen sie etwas erfahren haben konnte, waren Mairead oder Maireads Mutter. Was mochten sie ihr erzählt haben – daß Nancy den Leuten auf die Nerven ging? War es das?

Sie wollte nicht zu Hause sein, wenn die beiden heimkamen, aber wohin sollte sie gehen? Sie hatte sich nicht um eine Mitfahrgelegenheit zum Tanzen gekümmert; um nichts auf der Welt würde sie sich an die Straße stellen und die ganze Strecke zur Diskothek per Anhalter fahren. Und wohl fühlen würde sie sich dort sowieso nicht. Immerhin könnte sie in Ryan's Pub gehen, überlegte sie. Dort würde sie zwangsläufig Bekannte treffen, denn es war ja ihre Heimatstadt, und sie war fünfundzwanzig Jahre alt und konnte tun und lassen, was sie wollte. Also zog sie eine ihrer frisch gewaschenen Blusen an, nachdem sie sie mit großer Sorgfalt gebügelt hatte. Die Dauerwelle stand ihr phantastisch, fand sie. Schließlich besprühte sie sich noch ein wenig mit dem Parfüm, das sie ihrer Mutter zu Weihnachten gekauft hatte, und machte sich auf den Weg.

Die Stimmung bei Ryan's war nicht schlecht; ein paar von den Golfspielern gaben große Runden aus und riefen einander von der Theke aus zu: Was wolltest du zu deinem Wodka, Brian, wolltest du Wasser zum Whiskey, Derek? Hinter der Theke stand Celia und half ihrer Mutter.

»Du kommst doch sonst nie hierher«, meinte Celia.

»Wir leben in einem freien Land, und ich bin über einundzwanzig«, erwiderte Nancy schnippisch.

»Schon gut, reg dich nicht auf«, beruhigte sie Celia, »es ist noch zu früh, um Streit anzufangen.«

Als Nancy sich umsah, bemerkte sie Dee Burke, die von der Telefonzelle in der Ecke aus ein Gespräch führte; anscheinend funktionierte das Telefon bei ihnen zu Hause nicht. Nancy winkte, doch Dee sah sie nicht. Biddy Brady, die in der Schule zwei Klassen unter Nancy gewesen war, feierte gerade mit ein paar Mädchen ihre Verlobung. Der Ring ihres Zukünftigen wurde herumgereicht und gebührend bewundert. Als Biddy ihr zuwinkte, beschloß Nancy, sich zu ihnen zu gesellen, anstatt allein dazusitzen.

»Wir steuern alle was in die gemeinsame Kasse bei, und dann können wir so lange trinken, wie das Geld reicht«, erklärte eines der Mädchen.

»Oh, ich glaube, so lange bleibe ich nicht«, erwiderte Nancy hastig und merkte, wie einige vielsagende Blicke ausgetauscht wurden.

Nancy winkte Mikey Burns zu, der mit zwei vollen Gläsern zu einem Tisch in einer Ecke unterwegs war. »Weißt du keinen Kneipenwitz?« fragte sie in der Hoffnung, daß er für ein Weilchen dablieb und sie unterhielt.

»Heute nicht, Nancy«, antwortete er im Vorbeigehen. Mikey, der sonst für jeden Zuhörer dankbar war! Schnurstracks marschierte er zu der Ecke, wo eine Frau mit gesenktem Kopf dasaß. War das nicht Billy Burns' Frau?

Billy war Mikeys Bruder – derjenige, der mit Glück, gutem Aussehen und einem hellen Kopf gesegnet war, hieß es.

Hinter dem Tresen entstand Unruhe, anscheinend wurde Celia von ihrer Mutter angeschrien. Zwar ließ diese sich gleich wieder besänftigen, doch Celia wirkte sehr verstört. Einer der Kennedy-Brüder ging daraufhin hinter die Bar, um beim Gläserspülen zu helfen.

Nancy war ein wenig benommen. Sie hatte zwei Gin Orange auf eigene Rechnung und zwei weitere auf Kosten von Biddy Bradys Clique getrunken. Seit Mittag hatte sie nichts gegessen. So beschloß sie, erst einmal etwas frische Luft zu schnappen und sich dann ein paar Pommes frites zu leisten. Zurückkommen konnte sie immer noch. Bedächtig verzehrte sie ihre Pommes, während sie auf der Mauer neben dem Imbißstand saß. Von hier konnte man die ganze Stadt überblicken: das Haus der Burkes mit dem hübschen Efeu, der um die Fenster säuberlich gestutzt war. Sie glaubte zu sehen, daß Dee am Fenster stand und rauchte, doch sie war sich nicht sicher, denn es dunkelte bereits. Dann schaute sie zu Fitzgeralds Textilgeschäft hinüber, Toms Familienbetrieb, in dem seine beiden Brüder und deren Frauen sowie sein Vater arbeiteten. In der vor kurzem angebauten Schneiderei stellten sie für die Touristen nun auch Röcke aus irischem Tweed her. Mrs. Casey wohnte etwa eineinhalb Kilometer außerhalb, so daß Nancy nicht in ihre Fenster spähen und sich ausmalen konnte, wie ihre Mutter gerade mit Mrs. Casey Lammkeule aß und fernsah und die Tage zählte, bis die *Late Late Show* nach der Sommerpause wieder anfing. Für ihre geplante Fahrt nach Dublin hatten sie Mairead und Nancy gebeten, ihnen Eintrittskarten für die Show zu besorgen, und Mairead hatte sich tatsächlich erkundigt, ob Aussichten bestünden. Nancy hatte gemeint, das sei doch schierer Wahnsinn.

Es wurde kühl, die Pommestüte war leer, und so schlenderte sie zurück zu Ryan's. Sie beschloß, den Nebeneingang zu benutzen und unterwegs auf die Toilette zu gehen. Dabei stolperte sie beinahe über Mrs. Ryan, die auf der Schwelle saß.
»Ja, haben wir da nicht unsere *Miss* Morris?« sagte die Frau mit einem kurzen, spöttischen Lachen.
»Guten Abend, Mrs. Ryan«, antwortete Nancy ein wenig nervös.
»Ja, unsere Miss Morris. Die knauserige Miss Morris. Ein Geizkragen, wie er im Buche steht, sagen die Leute.«
Es klang nicht, als ob sie betrunken wäre. Sie sprach deutlich und in einem eisigen Ton.

»Wer sagt das von mir?« gab Nancy ebenso eisig zurück.

»Jeder. Jeder, der auch nur ein Wort über Sie verliert. Die Freundinnen der armen Biddy Brady, um nur einige zu nennen. Sie setzen sich zu ihnen, trinken auf ihre Kosten ein paar Schnäpschen und hauen wieder ab. Eine echte Glanzleistung, Miss Morris, da können Sie sich wirklich was darauf einbilden.«

»Warum nennen Sie mich Miss Morris?«

»Weil Sie sich doch selbst so nennen und sich für ein Fräulein halten. Und bei Gott, das sind Sie und werden es immer bleiben. Mit Ihnen wird es nie ein Mann aushalten, Miss Morris, denn eine Pfennigfuchserin ist schlimmer als ein Hausdrachen und eine Schlampe zusammen . . .«

»Ich denke, ich gehe jetzt, Mrs. Ryan.«

»Ja, tun Sie das, Miss Morris; die Mädchen da drinnen sind schon ziemlich in Fahrt, und wenn Sie nicht noch ein paar Fünfer in ihre Kasse legen wollen, dann sollten Sie sich schleunigst vom Acker machen.«

»*Was* soll ich in die Kasse tun?« Nancy war verblüfft.

»Ach, verschwinden Sie, Miss Morris, tun Sie mir diesen Gefallen.«

Doch jetzt war sie nicht mehr zu halten. Sie drängte

sich an der Frau vorbei und trat in den verqualmten, stickigen Raum.

»Entschuldige, Biddy«, sagte sie laut, »ich bin heimgegangen, um Geld zu holen, ich hatte nichts bei mir. Kann ich das zu eurer gemeinsamen Kasse beisteuern, dann trinke ich bei der nächsten Runde einen Gin Orange mit.«

Ungläubig und ein wenig schuldbewußt schauten die Mädchen sie an. Diejenigen, die am lautesten über sie geschimpft hatten, schwiegen beschämt.

»Einen großen Gin Orange für Nancy«, riefen sie dann, und Celia, die allein mit Bart Kennedy arbeitete, zog verwundert die Augenbrauen hoch. Seit wann bestellte Nancy Morris große Drinks?

»Die kosten heutzutage aber ein Heidengeld, Nancy«, bemerkte sie.

»Herrgott, Celia, ich brauche keine Belehrungen, sondern was zu trinken«, erwiderte Nancy, was allgemeine Heiterkeit auslöste.

Sie sangen »By the River of Babylon, where I sat down«, doch Nancy murmelte den Text nur mit. *Geizig. Knickerig.* Das war es, was Mairead dachte und was sie ihrer Mutter und ihrer Tante erzählt hatte, der Grund, warum sie nicht mehr mit ihr zusammenwohnen wollte; dasselbe dachten Mrs. Casey und ihre Mutter heute abend. Vorhin im La-

den hatte sich der alte Kennedy darüber lustig gemacht, und Celia hieb mit ihrer Anspielung auf die
Getränkepreise in dieselbe Kerbe. Und Mrs. Ryan,
die vor dem Nebeneingang ihres Lokals auf der
Schwelle hockte und an diesem Abend anscheinend
völlig übergeschnappt war, teilte diese Meinung
auch.

Knickerig.

Aber das war sie doch gar nicht! Sie ging nur spar-
sam und vernünftig mit ihrem Geld um und warf es
nicht zum Fenster hinaus. Für Dinge, die ihr etwas
bedeuteten, gab sie durchaus Geld aus. Zum Beispiel
für ... für ... Nun, sie wußte es noch nicht. Jedenfalls nicht für Kleider, Urlaubsreisen oder ein Auto.
Und nicht für unerschwingliche Einrichtungsgegen-
stände, zumal sie ja zur Miete wohnte. Ebensowenig
für Tanzabende in Diskotheken oder diese unver-
schämt teuren Hotelzimmer. Aber auch nicht für
eine schicke Frisur, für italienische Schuhe, Filet-
steaks oder ein Stereoradio mit Kopfhörern.

Nun hatten sie sich untergehakt, schunkelten und
schmetterten »Sailing«. Mrs. Ryan war wieder hereingekommen und sang sich die Seele aus dem Leib;
die anderen bildeten einen Kreis um sie, während sie
– mit einem Golfschläger als Mikrofon – Rod
Stewart mimte.

Unterdessen zapfte Celia weiterhin Bier und betrachtete ihre Mutter weder mit verlegener noch mit stolzer Miene – so als wäre sie nur ein Gast wie jeder andere. Tom Fitzgerald saß über den Tresen gebeugt und unterhielt sich mit Celia. Sie waren ziemlich dicke Freunde, die beiden. Als Nancy an Mrs. Ryans Worte dachte, liefen ihr Tränen über das Gesicht. Ein Geizkragen, eine Pfennigfuchserin. Dabei war sie doch gar nicht geizig. Aber wenn das die Leute von ihr dachten, mußte ja etwas daran sein, oder nicht?

Deirdre hatte ihr einmal gesagt, sie sei ein bißchen knauserig mit ihrem Geld, aber Nancy hatte gedacht, es gehöre nun mal zu Deirdres amerikanischer Lebensart, alles offen auszusprechen. Ihr Bruder aus Cork hatte vor einer Weile erwähnt, sie müsse in Dublin ja ein Vermögen besitzen, da sie doch gut verdiene und, abgesehen von der Miete und dem lila Bus, kaum einen Penny ausgebe. Unsinn, erwiderte sie, das Leben in Dublin koste eine hübsche Stange Geld. Aber sie habe doch ein Fahrrad und bekomme im Krankenhaus ein dreigängiges Mittagsmenü, beharrte er, wofür brauche sie denn sonst noch Geld? Damals hatte sie das Ende des Gesprächs als ziemlich unbefriedigend empfunden. Jetzt erkannte sie, was er eigentlich meinte: daß sie geizig war.

Wenn man sie nun aber *wirklich* für geizig hielt? Sollte sie allen erklären, daß sie nicht geizig war, sondern nur unsinnige Ausgaben vermeiden wollte?

Nein, so etwas konnte man nicht erklären. Entweder hatten die Leute diese Meinung, oder sie hatten sie nicht. Und mochte es noch so ungerechtfertigt sein: Nun blieb ihr nichts anderes übrig, als ins andere Extrem umzuschlagen.

Morgen würde sie ihre Mutter und Mrs. Casey zu einem netten Sonntagsessen ins Hotel einladen. Was Mairead betraf, da ließ sich nichts mehr ändern. Es hatte keinen Sinn, ihr zu versprechen, daß sie künftig großzügiger sein und mehr Geld ausgeben würde oder was man eben von ihr erwartete. Vielleicht sollte sie ein paar Poster von Irland kaufen und Deirdres Kindern schicken. Alles Gute zum Geburtstag, Shane, April oder Erin, wünscht Dir Deine Tante Nancy von der Grünen Insel. Und ihr schweigsamer Bruder würde irgendein Angelbuch bekommen, dazu eine nachdrückliche Einladung, sie zu besuchen, wenn er das nächste Mal zum Frühlingsfest nach Dublin fuhr.

So mußte es funktionieren: Man brauchte sich ja nur anzusehen, wie begeistert Biddy Bradys Gesellschaft von ihr war! Kein Wunder, schließlich hatte sie ganze zehn Pfund in das Schälchen auf dem Tisch gelegt. Doch die Mädchen freuten sich darüber, hoben ein wenig schwankend ihre Gläser und sagten »Whiskey-Nancy« und andere Sachen zu ihr, was sie sonst nie getan hätten.

Von Mrs. Ryan war nichts mehr zu sehen, nach ihrer Showeinlage war sie wieder hinausgegangen. Nancy hätte sich gern bei ihr bedankt. Denn jetzt hatten sich etliche Probleme für sie gelöst. Und das beste, das allerbeste war: Es mußte gar nicht teuer sein! Ja, wenn sie es bedachtsam anging, kostete es sie fast gar nichts. Beispielsweise konnte sie eine Menge von diesen Traubenzuckerbonbons mitnehmen und in einer Schachtel sammeln, um sie dann einmal ihrer Mutter zu schenken. Und auch diese Briefbeschwerer, die sie von den Pharma-Unternehmen bekam, würden sich als Geschenke eignen – manchmal war der Name des Produkts, für das geworben wurde, so winzig, daß man ihn kaum sah. Und wie gut, daß sie niemandem von ihrer Gehaltserhöhung erzählt hatte! Die hatte sie ganz still und heimlich durchgesetzt – und so brauchte auch keiner je davon zu erfahren.

*O*ft gingen sie freitags nach Büroschluß noch in den Pub nebenan auf einen Drink. Dee blieb für gewöhnlich nur eine halbe Stunde. Sie wußte, der lila Bus würde nicht warten. Und sie wußte auch, daß sich viele der Kanzleiangestellten über ihre allwöchentlichen Heimfahrten wunderten. Weshalb solch eine lange Fahrt auf sich nehmen, wo man in Dublin doch soviel unternehmen konnte? War sie nicht vielleicht zu pflichtbewußt? Aber nein, winkte sie jedesmal ab, ganz und gar nicht. Es war reiner Eigennutz, der sie nach Hause trieb; dort hatte sie ihre Ruhe und konnte ungestört lernen. In Wahrheit jedoch blieben die juristischen Bücher, die sie in einer Leinentasche quer durch ganz Irland schleppte, meist ungelesen. Dee Burke verbrachte den größten Teil ihrer Wochenenden zu Hause damit, am Fenster ihres Zimmers zu sitzen und auf Rathdoon hinauszustarren, bis es Sonntag abend wieder an der Zeit war, nach Dublin zurückzufahren.

Ihre Eltern freuten sich natürlich über ihre Besuche.

Dee ließ sich an der Kreuzung absetzen und ging die wenigen Schritte zum Golfclub hinauf, während sie dem Bus, der weiter in Richtung Stadt fuhr, fröhlich nachwinkte. Solange man zurückdenken konnte, verbrachten Dr. Burke und seine Frau den Freitagabend im Golfclub. Gab es in dieser Zeit eine Geburt, einen Todesfall oder etwas anderes Unvorhergesehenes, wußte jedermann, wo der Doktor zu erreichen war.

Doch als Dee zu Beginn des Sommers häufiger als gewohnt nach Hause kam, waren ihre Eltern überrascht. Überrascht, aber glücklich! Sie hatten gern jemand im Haus, und Dee war schon immer das lebhafteste ihrer Kinder gewesen. Kaum erschien sie in der Tür, um sich zu ihnen und den anderen Clubgästen zu gesellen, sprangen beide vor Freude aus ihren Sesseln hoch. Sie stellten sich an die Theke, der Vater legte ihr den Arm um die Schultern und bestellte ein getoastetes Sandwich, während die Mutter ihr vom Tisch aus zulächelte. Wie sehr sie sich freuten, die Tochter zu Hause zu haben! Es gab Zeiten, da konnte Dee die unschuldige Freude und den liebevollen Empfang ihrer Eltern kaum ertragen. Was taten Leute, die keine Burkes hatten? fragte sie sich. Drehten sie durch? Gingen sie in Diskotheken? Oder kamen sie zur Vernunft? Vielleicht würden sie sich aber auch einfach zusammenreißen. Was wußte man denn schon über andere Leute? Und wen kümmerte es?

Daß Tom Fitzgerald ziemlich gut aussah, war ihr erst heute abend aufgefallen, als sie ihre Tasche auf den Dachständer geschleudert und er sie angelacht hatte. Sein Lächeln hatte etwas Anziehendes, wenngleich er selbst ein wenig sonderlich wirkte: Nie gab er auf eine Frage eine klare Antwort. Zwar war Dee nur knapp fünfhundert Meter entfernt von ihm und seinen Brüdern aufgewachsen, dennoch wußte sie so gut wie nichts über ihn. Nicht einmal, wie er sich seinen Lebensunterhalt verdiente. Eines Tages hatte sie ihre Mutter danach gefragt.

»Bist nicht du diejenige, die mit ihm im selben Bus durchs Land fährt? Warum fragst du ihn nicht selbst?« gab ihre Mutter zurück. Womit sie ja eigentlich auch recht hatte.

»Jemanden wie ihn kann man nicht einfach fragen«, wandte Dee ein.

»Na, dann wirst du es aber nie erfahren!« lachte ihre Mutter. »In meinem Alter gehe ich gewiß nicht ins Stoffgeschäft, um mich bei den Fitzgeralds zu erkundigen, womit ihr Sohn sein Geld verdient!«

Nancy Morris saß bereits im Bus – wie immer war sie die erste. Heute sah sie irgendwie anders aus als sonst. Hatte sie eine neue Bluse an oder eine neue Frisur? Dee wußte es nicht und wollte auch nicht fragen, um sich nicht Nancys übliche Litanei über die hohen Preise anhören zu müssen. Dabei verdiente sie doch eine hübsche Stange Geld, nach dem, was Sam ihr erzählt hatte. Weit mehr als die Empfangsdamen oder die Buchhalterinnen in der Kanzlei. Vielleicht werde ich mich heute einmal nicht neben sie setzen, überlegte Dee, obgleich sie nur zu gut wußte, daß sie gar nicht anders konnte. Wer außer Nancy kannte Sam und konnte ihr mehr von ihm und seinen täglichen Gepflogenheiten erzählen? Was für eine glückliche Fügung, daß sie jedes Wochenende im selben Bus wie Sams Sekretärin nach Hause fahren konnte! Es schien ihr, als könnte sie etwas von Sams Gegenwart spüren. Allein von ihm sprechen zu können machte die Einsamkeit ein wenig erträglicher. Auch wenn jedes Wort belanglos klingen mußte und es unumgänglich war, daß sie sich auch nach den beiden Langweilern Dr. White und Dr. Charles erkundigen mußte. Nancy durfte keinesfalls Verdacht schöpfen, daß Dees Interesse ausschließlich Dr. Sam Barry galt.

Das Mädchen redete ohne Punkt und Komma: von der täglichen Routine angefangen über die Probleme der Ärzte, rasch genug Krankenhausbetten für ihre Patienten zu bekommen, bis hin zu den Schwierigkeiten mit der freiwilligen Krankenversicherung und den ganzen Formularen, die kein Mensch kapierte. Über das Privatleben ihrer Chefs wußte sie indes nichts, abgesehen von dem wenigen, was sie von den Krankenschwestern oder den Ärzten selbst erfuhr.

»Rufen ihre Frauen jemals in der Praxis an?« erkundigte sich Dee. So vorsichtig wie ein Zahnarzt den Bohrer an den kranken Zahn führt, tastete sie sich vor, denn eigentlich ging es sie ja nichts an.

»Ja, hin und wieder.« Nancy brachte sie manchmal an den Rand des Wahnsinns.

»Und was sagen sie so?«

»Sie sind alle sehr nett. Und reden mich mit meinem Namen an.«

Dee war überrascht. Wie konnte jemand das Bedürfnis haben, sich mit einer derart reservierten, geschäftsmäßigen Person wie Nancy zu unterhalten?

»Ja, wirklich. Mrs. White, Mrs. Charles, Mrs. Barry – alle begrüßen sie mich am Telefon mit: ›Hallo, Miss Morris.‹«

Ach so! Jetzt verstand Dee, was Nancy meinte.

»Spricht Mrs. Barry mit kanadischem Akzent?«

»Was für ein Gedächtnis du hast, Dee! Kein Wunder, daß du Rechtsanwältin wirst, so gescheit wie du bist! Kaum zu glauben, du weißt also noch, daß sie aus Kanada stammt. – Nein, ihr Akzent ist nicht besonders stark, aber man hört schon, daß sie aus Übersee kommt. Es klingt etwas amerikanisch.«

Kaum zu glauben, daß ich noch weiß, daß sie aus Kanada kommt? Ganz im Gegenteil – schwer vorstellbar, daß ich es jemals vergessen könnte! Sie hat kaum Bekannte hier und lebt fern ihrer Heimat. Schließlich ist sie nicht hier aufgewachsen und hat daher keinen eigenen Freundeskreis; sie muß sich erst einmal allein zurechtfinden; wir müssen warten, bis sich alles eingespielt hat.

Mit dieser Logik konnte Dee nichts anfangen. Durch eine derart abwartende Haltung würden sich die jetzigen Schwierigkeiten doch nur noch vergrößern. Zu gerne hätte sie gewußt, warum Candy nicht wieder zurück nach Kanada ging. Und zwar, solange sie dort noch verwurzelt war. Weshalb unternahm sie nichts? Natürlich wegen der Kinder, den zwei kleinen Barrys, fünf und sieben Jahre alt – das Ebenbild ihres Vaters. Nie und nimmer würde er zulassen, daß die beiden mehr als siebentausend Kilometer weit wegzogen und er sie dann nur einmal im Jahr sehen konnte.

Und die Kinder, die er und Dee zusammen hätten? Das war etwas anderes. Etwas Wunderbares, aber eben nicht das gleiche. Niemand schickt seine eigenen beiden entzückenden Söhne in die Wüste, nur um mit jemand anderem eine neue Familie zu gründen. Keine Frage. Typisch für die unreife Dee, einen solchen Vorschlag zu machen.

Sam gebrauchte den Begriff »unreif« wie eine Beleidigung. Er meinte, Reife sei keine Frage des Alters. Selbst jüngere Menschen als Dee könnten reif sein, andererseits gäbe es auch weit ältere Menschen, die bis ans Ende ihrer Tage unreif blieben. Dee mochte diese Bezeichnung nicht, weil Sam ihr je nach Lust und Laune eine andere Bedeutung zuzuordnen schien. Wie bei einem Pokerspiel, wo die Zwei als Joker galt und für jede beliebige Karte eingesetzt werden konnte.

Wie war sie nur auf die Idee gekommen, Nancy auszufragen, wo sie doch nie etwas Neues erfuhr? Es kam ihr vor, als würde sie ein vertrautes Foto sehen, auf dem sich, je nach Blickwinkel, immer wieder Unerwartetes entdecken ließ. Nur die Frage nach den Anrufen der Ehefrauen hätte sie sich verkneifen sollen. Jetzt war ihr unbehaglich zumute.

Laut Sam rief Candy nie in der Praxis an, doch Nancy Morris behauptete genau das Gegenteil. Gewiß hatte sie nur damit prahlen wollen, wie gut sie sie alle kennt. Reine Wichtigtuerei! Im Augenblick hielt sie einen weitschweifigen Monolog über die Telefonanlage der Praxis. Dee fielen die Augen zu. Sie träumte, daß sie vom obersten Richter ihre Zulassung überreicht bekam und Sam sie dazu beglückwünschte. Ein Fotograf der *Evening Press* bat sie, sich nebeneinander aufzustellen, und fotografierte sie gemeinsam mit den beiden Männern. Anschließend notierte er sich ihre Namen.

In Dees Träumen war Sam häufig Teil ihres Lebens. Sie nahm dies als Zeichen dafür, daß sie keine Schuldgefühle zu haben brauchte und ihre Beziehung nichts von unnötiger Heimlichtuerei an sich hatte. Sicher, es mußte nicht jeder davon wissen, aber sie war auch nicht aufs stille Kämmerchen beschränkt. So wußte beispielsweise ihre Zimmergenossin Aideen alles über Sam und hatte ihn auch kennengelernt, als er einmal zu Besuch kam. Und Sams Freund Tom war ebenfalls eingeweiht. Hin und wieder gingen sie zusammen essen. Sie hielten ihre Beziehung also keineswegs so geheim, wie man hätte annehmen können. Sam hatte Dee einmal gefragt, ob ihr ihre Eltern nicht nachspionierten, worauf sie geantwortet hatte, daß ihnen so etwas niemals in den Sinn käme. Außerdem hätte sie ihnen zu verstehen gegeben, daß sie sich zwar augenblicklich nicht mit Heiratsabsichten trüge, aber sich zu gegebener Zeit zweifellos in einen ganz und gar unpassenden Mann verlieben würde. Während sich Dee köstlich über ihre Worte amüsierte, wirkte Sam niedergeschlagen. Auch als sie abrupt aufhörte zu lachen, schwieg er.

»Die Zukunft könnte sich auch alles andere als glücklich entwickeln«, meinte er schließlich. »Du solltest dir in bezug auf uns beide keine allzu großen Hoffnungen machen.«

»Die Zukunft sieht für die meisten Menschen nicht nur rosig aus«, erwiderte sie heiter. »Aber man darf die Hoffnung nicht aufgeben, sonst wäre doch alles sinnlos.«

Das schien ihn zwar etwas aufzumuntern, jedoch nur für kurze Zeit.

Dee wußte selbst nicht, weshalb sie seit einiger Zeit so oft nach Hause fuhr. Und auch Aideen fand keine Erklärung dafür.

»Wenn du bei deinen Leuten bist, kann er sich natürlich nie mit dir verabreden. Hier könnte er dich doch anrufen, wenn er ein paar Minuten Zeit hat.«

Gewiß konnte er das. Aber seine Freizeit wurde immer knapper. Gerade waren Candys Eltern aus Toronto zu Besuch. Man mußte mit ihnen etwas unternehmen. Und einer der beiden blonden Jungen war mit dem Fahrrad gestürzt und hatte sich die Stirn aufgeschlagen; man mußte ihn im Krankenhaus besuchen und ihn pflegen, sobald er wieder zu Hause war.

Sie dachte an die Bootsferien der Familie auf dem Shannon und an Sams kurze Abstecher zum nächsten Münzfernsprecher, während er vorgeblich Getränke besorgte oder zur Toilette mußte.

Doch seit kurzem blieb er ihr selbst Erklärungen

schuldig, warum er nicht einmal für kurze Anrufe
Zeit fand. In Rathdoon war das alles weniger kom-
pliziert. Dort hatte er keine Möglichkeit anzurufen,
selbst wenn er wollte. Ihr Vater würde ihn am Namen
erkennen, und außerdem stand das Telefon in der
Diele. Also keine Chance! Vielleicht fuhr sie deshalb nach Hause, denn es gab nichts Schlimmeres,
als dazusitzen und auf einen Anruf zu warten, der
nicht kam.

Aideen war der Meinung, Dee solle stärker um ihn
kämpfen und ihn zwingen, Candy zu verlassen. Zu
Beginn war er so versessen auf Dee gewesen und
hätte alles für sie stehen- und liegengelassen, aber
mittlerweile wiegte er sich natürlich in dem Glauben, er könne sein Doppelleben ungehindert weiterführen. Andererseits hatte auch Dee an diesem Zustand irgendwie Gefallen gefunden. Sie wollte keinen großen Skandal heraufbeschwören und ihren
Ausbildungsplatz verlieren, um schließlich in jeder
Hinsicht nur mit der Hälfte dazustehen: Mit halber
Qualifikation, halbverheiratet, halberniedrigt und
halb Nebenbuhlerin. Aideen hielt das für Unsinn.
Ebenso wie sich Dees Eltern mit der Tatsache abge-
funden hatten, daß ihr Bruder mit einem Mädchen
zusammenlebte, würden sie auch Dees Entscheidung akzeptieren. Aber das waren doch zwei Paar
Stiefel, hielt Dee ihr entgegen. Schließlich wußte

jeder, daß Fergal und seine Freundin über kurz oder lang heiraten würden, wohingegen Dee einen bekannten Arzt dazu bewegen wollte, Weib und Kinder zu verlassen und mit ihr durchzubrennen. Das ließ sich nicht miteinander vergleichen. Doch Aideen beharrte auf ihrer Meinung. Im Grunde war beides sündhaft und brachte Schande über die Familie. Weshalb also sollte Dee nicht um ihn kämpfen? Ja, warum eigentlich nicht? Doch die Entscheidung war ihr bereits aus der Hand genommen. Sams Leidenschaft hatte sich abgekühlt. Schon mehr als einmal hatte er Ausflüchte gemacht, die wie ein Aufguß früherer Entschuldigungen gegenüber Candy klangen. »Es tut mir leid, Liebling, es klappt nicht. Man hat eine Besprechung angesetzt; die einzige Gelegenheit, alle Leute an einen Tisch zu bringen. Ich habe mich schon das letzte Mal gedrückt. Diesmal komme ich nicht darum herum.« Vertraute Worte am Telefon. Erschreckend vertraut. Aber benutzte er diese Ausreden gegenüber seiner jungen Geliebten, um mit seiner nicht mehr ganz taufrischen kanadischen Ehefrau zusammenzusein? Oder gab es eine weitere junge Geliebte? Eine, die vielleicht noch jünger war als dreiundzwanzig und die nicht seufzte und murrte, wenn er ein Rendezvous absagte? Eine, die nie den Vorschlag machte, Candy nach Toronto zurückzuschicken?

Dee blieb erstaunlich gelassen bei dem Gedanken an eine mögliche Rivalin. Denn an so etwas konnte sie nicht ernsthaft glauben. Objektiv betrachtet war er in der Tat ein sehr beschäftigter Mann. Er arbeitete bis tief in die Abendstunden hinein, und auch danach suchten Leute Rat und Hilfe bei ihm. Es fehlte ihm schon an der Zeit, *eine* Beziehung zu pflegen, geschweige denn eine zweite. Gar nicht zu reden von einer dritten. Lachhaft! Keiner konnte auf so vielen Hochzeiten zugleich tanzen. Undenkbar.

Die Fahrtunterbrechung kam ihr gelegen. Endlich konnte sie sich die Beine vertreten. Tom gewährte ihnen eine Pause von exakt zehn Minuten in dem Pub neben der Tankstelle, während er Benzin nachfüllte. Die Männer tranken für gewöhnlich ein kleines Bier, während Dee hin und wieder Nancy auf einen Gin mit Orangensaft und Celia auf ein Glas Guinness einlud. Sie selbst genehmigte sich, je nach Verfassung, einen kleinen Brandy. Doch heute fühlte sie sich wohl in ihrer Haut. Sam war auf einer Tagung. Als er sie vom Flughafen aus angerufen hatte, um sich von ihr zu verabschieden, hatte er zu ihr gesagt, er liebe sie und würde sie Montag spätabends nach seiner Rückkehr aus London besuchen. Candy hätte er gesagt, die Konferenz dauere bis Dienstag. Dee freute sich – er war seit ewigen Zeiten nicht mehr die ganze Nacht geblieben. Keine Vorhaltungen und

Anschuldigungen sollten die Stimmung trüben. Alles sollte so sein wie am Anfang.

Nach und nach füllte sich der Bus wieder. Der arme Mikey Burns, abgesehen von seinen Witzen ein netter Kerl und von Beruf Wachmann bei einer Bank, meinte, er fühle sich jetzt, nachdem er dem besten Freund einer Ehefrau die Hand geschüttelt habe, wesentlich wohler. Zweimal wiederholte er diesen Satz, um sicherzugehen, daß auch jeder ihn verstanden hatte. Nur bei Kev Kennedy fiel der Groschen nicht.

»Du bist doch gar nicht verheiratet, Mikey«, wandte er ein.

Mikey gab es auf.

Als Dee erklärte, sie dürfe im Bus nicht einschlafen, weil sich sonst ihr Nacken verkrampfe, riet Nancy ihr, den Kopf nach unten hängen zu lassen und hin und her zu wiegen. Judy Hickey mischte sich überraschend ein und fügte beifällig hinzu, diese Haltung gehöre zu den Yoga-Grundstellungen. Daraufhin verstummte Nancy, als wolle sie mit Yoga nichts zu tun haben.

Mittlerweile war er gewiß in London angekommen und hatte bereits sein Zimmer in dem großen vornehmen Hotel neben der amerikanischen Botschaft bezogen, wo sie früher einmal – Dee als seine angebliche Gattin – ein Wochenende miteinander verbracht hatte. Bei diesem gewagten Unterfangen hatte sie die ganze Zeit über Angst gehabt, einem Bekannten aus Rathdoon in die Arme zu laufen; dabei wußte sie nur zu gut, daß niemand aus ihrem Heimatort jemals auch nur einen Fuß in solch eine noble Herberge setzen würde. Sams Worten nach war der Empfang – zu dem jeder Gast ein Namensschild trug – auf 20.30 Uhr festgesetzt. In diesem Moment mußte er beginnen. Es überkam sie das drängende Verlangen, noch einmal über ihn zu sprechen. Da sie zu Hause kein Wort über ihn verlieren durfte, bot sich jetzt die letzte Gelegenheit.

»Ich nehme an, die Ärzte müssen häufig zu Tagungen und Kongressen«, nahm sie das Gespräch wieder auf.

»Nur gelegentlich, es hält sich in Grenzen«, meinte Nancy vage. »Natürlich haben im August alle ihren Urlaub genommen. Man kann sich nicht vorstellen, wie anstrengend es manchmal ist, Termine zu vereinbaren. Die Leute wollen einfach nicht akzeptieren, daß Ärzte ebenso wie andere Menschen auch mal Ferien brauchen! Sogar mehr als andere!«

Dee wollte nicht mehr lange um den heißen Brei herum reden. Sie wollte hören, daß Dr. Barry zu der illustren Tagung in London eingeladen worden war und was er zu dieser Einladung gesagt hatte. Und sie wünschte sich von Nancy die Bestätigung, daß er erst am Dienstag zurückkam, um diese Gewißheit tief in ihrem Herzen zu hüten.

»Ich verstehe, aber hast du nicht gesagt, einer von ihnen sei an diesem Wochenende auf einer Konferenz?« fragte sie beharrlich weiter.

»Nein, bestimmt nicht!« antwortete Nancy verunsichert.

»Vielleicht fahren sie ja auch weg und sagen es dir nicht immer.« Dees Herz hämmerte wild.

»Das kann ich mir nicht vorstellen«, widersprach Nancy von oben herab, »und schon gar nicht an diesem Wochenende! Da weiß ich zufällig genau, was jeder tut. Sie gehen alle zu einem großen Fest: Dr. Barry und seine Frau – du weißt ja, die Kanadierin – feiern morgen ihren zehnten Hochzeitstag, und es gibt ein phantastisches Barbecue. Dr. Barry hat mich gebeten, ihnen den Daumen zu drücken, daß es nicht regnet.«

Den Rest der Fahrt war Dee völlig benommen. Dennoch gelang es ihr anscheinend, ab und an zu nicken oder zu lächeln, so daß Nancy sich weder wunderte noch etwas Ungewöhnliches an ihr bemerkte. Doch Dee fühlte sich, als hätte ihr jemand den Hals dort aufgeschnitten, wo sie Sams goldenen Hufeisenanhänger trug – ein Andenken an eine gemeinsame Reise nach London –, und Eiswasser hineingeschüttet. Warum? Das war das einzige, was sie wissen

wollte. Weshalb diese wohldurchdachten Lügen-
märchen? Ausgeklügelt bis zu den Namensschildchen und der Aufzählung der anwesenden Kollegen
aus Amerika, Frankreich und Deutschland. Ob es sie
überhaupt gab? Vielleicht hatte er ja die Namen aus
Telefonbüchern oder aus Romanen? Warum nur?
Wenn er und seine Frau eine so harmonische Ehe
führten, die ihnen eine große Party mit einem albernen Barbecue wert war – weshalb brauchte er da
noch Dee?

Sie dachte zurück an den Beginn ihrer Romanze. Sie
hatten sich auf einem internationalen Rugby-Turnier
kennengelernt. Die Veranstalter hatten vor dem
Match zu einem Büfett eingeladen, bei dem sich die
meisten Gäste so gut unterhielten, daß sie gar nicht
erst zum Spiel gingen, sondern es sich statt dessen
am Bildschirm ansahen. Dee war nicht wohl dabei,
denn dadurch verfielen ihre Eintrittskarten, wo doch
so viele junge Rugby-Anhänger leer ausgegangen
waren. Also schnappte Sam sich ein halbes Dutzend,
lief auf die Straße und schenkte sie den erstbesten
vorbeikommenden Fans. Vom Fenster aus lachten
sie den Jugendlichen zu, die aufgeregt in Richtung
Lansdowne Road strömten. Sie hatten überhaupt viel
gelacht an diesem Nachmittag, während sich Candy
am anderen Ende des Raumes über Rezepte verbrei-
tete. Als sich Sam von Dee verabschiedete, sagte er:

»Ich muß Sie wiedersehen!« Beglückt hatte sie ihn angelächelt und geantwortet, sie käme sich vor wie in Hollywood, woraufhin er erwiderte: »Ich bin Hollywood, durch und durch!« Es klang liebenswert und nett. Also hatte sie ihm ihre Büro- und Privatnummer gegeben und erhielt bereits am nächsten Tag einen Anruf. Er hatte sie verfolgt, man konnte es nicht anders sagen. Wirklich verfolgt! Sie hatte ihm zu verstehen gegeben, daß sie mit einem verheirateten Mann kein Verhältnis eingehen mochte, und er räumte ein, es sei wirklich wie ein Hollywood-Film, der reinste Kitsch und das Gefasel eines frustrierten Ehemannes, aber er und seine Frau hätten sich tatsächlich nichts zu sagen: Diese Ehe sei ein großer Fehler gewesen, den er nie hätte begehen dürfen. Doch damals in Kanada habe er Heimweh gehabt und sich einsam gefühlt. Candy und er würden sich sowieso trennen, sobald die Kinder groß genug wären, ganz gleich, ob es Dee gäbe oder nicht. Außerdem würde er sie auf Händen tragen und immer lieben. Weshalb verhielt sich jemand so? Wenn man einen Menschen gern hatte und sich mit ihm rundherum glücklich und zufrieden fühlte, warum feierte man dann mit jemand anderem große Partys, hielt Händchen und machte verliebten Blödsinn? Was sollte das? Oder mal angenommen, ein Mann liebte seine Frau, war auch noch nach zehn Jahren glücklich verheiratet, vergötterte seine zwei kleinen Söhne und so weiter – weshalb dann die Lügen, wie betört man war und daß es eine Tagung in London gäbe mit Namensschildchen und all das? Sie konnte es sich nicht erklären. Wahrscheinlich würde sie eher wahnsinnig werden, als des Rätsels Lösung finden. Sie beugte sich ein wenig vor. Tom sah ihre Bewegung im Rückspiegel.

»Alles in Ordnung, Dee?« fragte er.

»Ja, kein Problem«, murmelte sie.

»In fünf Minuten sind wir da.« Gewiß nahm er an, ihr sei von der Fahrt übel.

»Wir sind doch noch nicht in Rathdoon?« Sie konnte es nicht glauben. Ihrem Empfinden nach mußten es noch über hundert Kilometer bis dorthin sein. »Sie sollten die Concorde fliegen!« bemerkte sie scherzhaft.

»Gegen den lila Bus wäre die gewiß ein Kinderspiel«, entgegnete Tom grinsend.

Dee überlegte, ob sie nicht lieber geradewegs nach Hause gehen sollte anstatt noch zum Club. Aber in einem leeren Haus würde sie sich gewiß noch elender fühlen. Nein, besser, mit Menschen zusammenzusein, die sich freuten, sie zu sehen, und mit denen sie plaudern und lachen konnte.

Bevor sie den Club betrat, nahm sie einen Spiegel aus der Handtasche. Sie war erstaunt über ihr gutes

Aussehen: braungebrannt von den vielen Wochenenden zu Hause, das glatte Haar schulterlang (Sam meinte bewundernd, es sähe aus wie in einer Werbung für Shampoo) und nichts in ihrem Blick, was sie verraten konnte. Nein, weder ihre Eltern noch deren Freunde würden erschrecken. Also, rein in den Club, und wenn jemand fragte, was sie trinken wolle, würde sie sagen, ihr Magen spiele ein wenig verrückt, und sie bräuchte einen Brandy mit Portwein. Jemand hatte ihr verraten, diese Mischung sei ein Allheilmittel. Jedenfalls beinahe.

Die Eltern waren wie immer über ihr Erscheinen entzückt, jedoch vollkommen überwältigt von einer Neuigkeit, die sie unbedingt loswerden mußten. Es konnte ihnen gar nicht schnell genug gehen, bis sie die Gläser in Händen hatten, um miteinander anzustoßen. Fergal hatte angerufen – »und stell dir vor, Kate und er haben Ringe gekauft! Kurz vor Weihnachten soll die Hochzeit sein. Ist es nicht wunderbar?« Dees Eltern hatten auch mit Kates Eltern geredet. »Sie sind so glücklich über diese Entscheidung und einhellig der Meinung, die jungen Leute wären wohl doch klüger als die ältere Generation, weil sie die Dinge nicht überstürzen!« Dee hob ihr Glas, trank Portwein mit Brandy auf ihren Bruder Fergal und ihre zukünftige Schwägerin Kate und überlegte gemeinsam mit ihrer Mutter, was sie bei der Hochzeit tragen sollten. Der Inhalt des Glases rann ihr die Kehle hinunter. Wo sie zuvor das Eiswasser gespürt hatte, brannte es nun höllisch, aber betäubend, und sie verstand, weshalb Brandy mit Port als Wundermedizin galt.

Nur als Schlafmittel verfehlte es seine Wirkung. Da die unebenen Dielen in dem alten Haus knarzten und ächzten, mußte sie sich überaus behutsam bewegen. Ein nächtlicher Gang auf die Toilette riß jeden aus dem Schlaf. Daher war es eine Frage der Rücksichtnahme, notwendige Verrichtungen vor der Schlafenszeit zu erledigen. Ihre Eltern saßen im Erdgeschoß und unterhielten sich noch bis spät in die Nacht. Dee fiel ein, daß sie mittlerweile dreißig Jahre verheiratet waren. Nie hatten sie viel Aufhebens um ihren Hochzeitstag gemacht, und auch der fünfzigste Geburtstag ihrer Mutter im Jahr zuvor war höflich übergangen worden. Keine protzigen Barbecues, keine großen Feierlichkeiten.

Aber es waren andere Gedanken, die ihr im Kopf herumspukten. Wie sollte sie sich verhalten? Sollte sie so tun, als wisse sie von nichts, und sich geduldig sein Märchen über London anhören? Nein, denn das hieße weiterhin mit der Lüge leben. Aber würde ihn dies nicht ermutigen, sich ihr gegenüber weiterhin so zu benehmen und abwechselnd mal sie und mal

Candy zu betrügen? Ehrlichkeit besaß für ihn keinen sonderlich großen Stellenwert. War es ihm nie in den Sinn gekommen, daß Nancy es ausplaudern könnte? Dee hatte Sam erzählt, daß sie jedes Wochenende im selben Bus nach Hause fuhren. Sie hatte ihm jedoch nichts davon gesagt, daß sie Nancy über die Ärzte ausfragte, und sicherlich konnte er sich nicht vorstellen, daß seine Sekretärin jemandem, der Sam vermeintlich gar nicht kannte, von seiner Party erzählen würde. Sollte sie ihn zu Hause anrufen und ihn zur Rede stellen? Welchen Nutzen hätte das? Keinen.

Sie wollte sich bemühen, ruhig zu bleiben, und die Sache überschlafen. Was sollte man noch mal bei Verspannungen im Nacken und den Schultern tun? Sie versuchte sich zu erinnern, doch dabei wurden die Schmerzen noch schlimmer.

Eine Stunde später wußte sie, was Schlaflosigkeit hieß. Nie hatte sie begriffen, weshalb die Menschen nicht einfach das Licht anknipsten und zu einem Buch griffen, wenn sie nicht einschlafen konnten.

Nach einer weiteren Stunde lachte sie bitter auf: Sie, Arzttochter und Geliebte eines Arztes, hatte nicht einmal eine einzige kleine Schlaftablette! Dann brach sie in Tränen aus und weinte sich schließlich in den Schlaf. Es war zwanzig vor acht. Ihre Mutter ging gerade die knarzenden Stufen hinunter, um Kaffee aufzusetzen.

Als Dee kurz nach eins aufwachte, stand die Mutter neben ihrem Bett.

»Geht es deinem Magen besser?«

Dee hatte ihre angebliche Magenverstimmung ganz vergessen.

»Ja, es scheint so«, erwiderte sie unsicher.

»Falls du dich wohl genug fühlst, könntest du mir dann einen Gefallen tun?« bat die Mutter. »Fergal hat noch einmal angerufen.« Ihre Stimme klang erwartungsvoll.

»Ist die Hochzeit abgeblasen?« fragte Dee und rieb sich die Augen.

»Unsinn, Dummerchen. Aber sie kommen uns heute abend besuchen, so gegen sechs. Vielleicht könntest du mich in die Stadt fahren, ich brauche noch ein paar Sachen.« Mit »in die Stadt fahren« meinte sie, daß sie in der knapp dreißig Kilometer entfernten Kleinstadt einkaufen wollte und nicht in Rathdoon.

»Warum willst du denn extra in die Stadt fahren?«

»Man bekommt hier nichts Anständiges. Ich möchte etwas Besonderes.«

»Du lieber Himmel, Mum, es ist doch bloß Fergal! Warum möchtest du denn etwas *Anständiges* und *Besonderes* für Fergal?«

»Aber Kate kommt doch auch!«

»Die beiden leben doch schon ein Jahr zusammen?

Bist du denn von allen guten Geistern verlassen? Wozu etwas Anständiges und Besonderes? Können wir nicht einfach in Kennedys Laden gehen und das Übliche besorgen, zum Beispiel Schinken oder Lamm?«

»Nun, du brauchst es ja bloß zu sagen, wenn du keine Lust hast«, erwiderte ihre Mutter beleidigt. »Ich bin sicher, daß mich dein Vater gerne die paar Meter fährt.«

»Du weißt, daß es keine paar Meter sind. Es sind fast dreißig Kilometer auf einer schlechten Straße. Außerdem wird es am Samstag in der Stadt von Leuten wimmeln, so daß wir nie und nimmer einen Parkplatz bekommen. Die kurze Besorgung wird drei Stunden dauern.«

»Darüber brauchst du dir doch nicht den Kopf zerbrechen, gnädiges Fräulein; du hast ja so viel zu tun, daß du bis in die Puppen schläfst. Es ist nicht zu übersehen, wie beschäftigt du bist! Laß es sein. Ich denke, dein Vater verzichtet mir zuliebe auf die Runde Golf, die er sich normalerweise einmal die Woche gönnt.«

Dee sprang aus dem Bett und schlüpfte in ihren Morgenmantel.

»Ich nehme kurz ein Bad und fahre dich hin. Aber paß auf, sonst schnappst du noch über. Nächste Woche fährst du dann vielleicht in die Stadt, um für mich etwas Anständiges und Besonderes zu besorgen.«

»Mit Vergnügen, falls du mich mit einem Verlobten überraschst!« antwortete ihre Mutter. »Und übrigens: Trägst du nie ein Nachthemd oder einen Schlafanzug oder so etwas? Ist es nicht etwas ungewöhnlich, beim Schlafen überhaupt nichts anzuhaben?«

»Sehr ungewöhnlich, Mum – ich komme wahrscheinlich hinter Gitter, falls es jemand erfährt.«

»Es gibt nichts Schöneres, als wenn die eigene Tochter so neunmalklug daherredet!« konterte ihre Mutter und ging beschwingt die Treppe hinunter, um einen Einkaufszettel zu schreiben.

Mrs. Burke erstand eine neue Tischdecke mit sechs passenden Servietten. Dee verdrehte jedesmal die Augen, wenn ihre Mutter sie bat, sie nicht in den nächsten Laden zu begleiten, damit sie sich nicht genieren müsse. Dreimal wurde sie von streßgeplagten Polizisten aufgefordert wegzufahren. Sie hätten sich gewiß nie träumen lassen, was so alles zu ihren Aufgaben gehörte. Dee beobachtete, wie eine Frau ihren dreijährigen Sohn auf die Beine schlug, bis er vor Angst schrie wie am Spieß, woraufhin der Vater meinte, das ginge zu weit, und der Mutter einen harten Stoß versetzte. Die Ehe – schoß es Dee durch den Kopf. Familienleben! Einem Marsmännchen müßten wir alle wie Verrückte vorkommen, weil wir blindlings nur nach diesem einen Ziel streben! Wohin man auch blickte, alle wollten sie nur das eine: in Liebesromanen, in *Dallas*, im Bekanntenkreis. Offenbar lernte keiner was dazu!

Als sich schon wieder ein Polizist an Dee heranpirschte, trat ihre Mutter – gebeugt unter der Last der Päckchen – aus dem Geschäft. Mit einem Schwung beförderte Dee Mutter und Tragetaschen ins Auto.

»Du wirst immer rücksichtsloser und unhöflicher!« beschwerte sich ihre Mutter erregt und verärgert.

»Das liegt nur daran, weil ich nackt schlafe«, entgegnete Dee und schenkte dem Polizisten ein Lächeln. »Ganz bestimmt!«

Auf halbem Weg nach Hause ging Dee ein Licht auf: Diese blöde Nancy hatte die Wochenenden verwechselt. Das war's. Hatte Sam nicht gesagt, er müsse sich das *nächste* Wochenende um die Familie kümmern? Man konnte sich doch bei Nancy auf nichts verlassen, die schließlich drauf und dran war überzuschnappen. Und das meinte sie nicht im Scherz wie bei ihrer Mutter. Während Nancy geschäftig Termine in ihren Kalender eintrug und über die Lebenshaltungskosten klagte, hörte sie bestimmt nicht genau zu, was man ihr sagte.

Dee spürte eine unbeschreibliche Erleichterung – als hätte sie ein Examen bestanden oder die Fahrprüfung. Oder als wäre sie zur Beichte gegangen, was sie schon lange nicht mehr getan hatte.

Als sie glücklich auflachte, zuckte ihre Mutter zusammen.

»Weißt du, Mum, mir ist gerade der Tag eingefallen, an dem ich die Fahrprüfung bestanden habe«, erklärte sie.

»Ich bezweifle, ob du sie heute noch einmal bestehen würdest«, meinte ihre Mutter. »Du läßt so gut wie kein Schlagloch aus. Dein Vater schätzt es nicht besonders, wenn man so mit seinem Auto umgeht.«

»Ich dachte gerade an das tolle Gefühl, als der Fahrlehrer sagte, ich hätte bestanden. Ernsthaft, Mum, hättest du keine Lust, Autofahren zu lernen?«

»Nein«, entgegnete ihre Mutter entschieden. »Vor allem aber weigere ich mich, jemals wieder mitzufahren, wenn du am Steuer sitzt. Schau gefälligst auf die *Straße*, Dee!«

»Es ist ein Angebot meinerseits. Eine Stunde am Samstag, eine am Sonntag – und du kannst uns alle zu Fergals Hochzeit chauffieren!«

Sie fühlte sich glücklich und schwebte wie auf Wolken. Wäre ihr jetzt die blöde Miss Mouse – wie Tom Nancy nannte – vor den Kühler gelaufen, sie hätte sie überfahren.

Fergal und Kate machten auf Dee einen ziemlich entrückten Eindruck. Übermäßige Redseligkeit wechselte bei ihnen mit völliger Schweigsamkeit. Weitschweifig legten sie dar, welche Entwicklung sie im Verlauf der vergangenen Monate durchgemacht hatten und wie sie sich beide zum selben Zeitpunkt über ihre Unreife und das mangelnde Verantwortungsbewußtsein klargeworden waren. Anstatt weiterhin zu zögern und zu zaudern, hätten sie nun das Bedürfnis, sich vor aller Welt zueinander zu bekennen. Dr. Burke machte ein Gesicht, als hätte er nichts dagegen gehabt, wenn die beiden nie geheiratet hätten. Dennoch nickte und grunzte er beifällig. Fergals Mutter atmete schwer und hing an den Lippen der beiden. Außerdem ließ sie sich in allen Einzelheiten über Johns Hochzeit vor fünf Jahren aus; allein den Umstand, daß die Braut im vierten Monat schwanger war, ließ sie unerwähnt. Dees Gedanken schweiften ein wenig ab, und sie träumte von Sam in London. Er hatte ihr erzählt, daß der Samstag nachmittag mit Referaten verplant war, er jedoch an dem offiziellen Abendessen nicht teilnehmen wollte. Gemeinsam hatten sie eine englische Zeitung studiert und interessante Theaterstücke und Ausstellungen angestrichen. Ob es heute abend in London so warm war wie in Rathdoon? Unversehens krampfte sich ihr Magen zusammen: Er hatte Nancy Morris gebeten, sie solle die Daumen für gutes Wetter drücken, damit das Barbecue nicht ins Wasser fiel ... Und zwar an *diesem* Wochenende!

Sie brachte keinen Bissen von den Baisers hinunter, die ihre Mutter so sorgfältig mit Mokka-Sahne gefüllt hatte, um Fergal und Kate zu beeindrucken. Dee bat, man möge sie kurz entschuldigen, da ihr plötzlich eingefallen sei, daß sie Celia Ryan noch etwas in das Pub bringen sollte.

»Kannst du das nicht später tun?« meinte ihre Mutter.

»Nein, sie braucht es gleich.« Dee erhob sich.

»Soll ich dich auf ein Bier begleiten?« schlug Fergal vor. Doch Dee lehnte schroff ab: »Was für eine Idee, wo Mum so ein wundervolles Essen für euch gekocht hat! Nein, nein, ich bin in ein paar Minuten wieder da.«

»Was braucht Celia denn noch um diese nachtschlafende Zeit?« fragte Dees Vater sanft. »Sie ist doch bestimmt vollauf damit beschäftigt, Bier zu zapfen und ihrer armen Mutter zur Hand zu gehen.«

»Bis gleich«, rief Dee, rannte hinauf in ihr Zimmer, schnappte sich ihre Handtasche und war schon in Richtung Pub verschwunden.

»Celia, könntest du mir ein Pfund in Kleingeld wechseln?« fragte sie.

»Du bist genau der Gast, von dem unsereins träumt. Gäbe es mehr von deiner Art, könnten wir eine Musikbühne aufmachen und von dem Gewinn Varietés veranstalten!« lachte Celia.

»Ach, komm schon, Celia. Ich trinke gleich einen Brandy, aber jetzt muß ich erst einmal einen Anruf nach Dublin hinter mich bringen.«

Celia verzog keine Miene. Niemals würde sie fragen, ob das Telefon der Burkes kaputt sei; sie schob ihr nur wortlos die Münzen hinüber.

»Kannst du mir das Gespräch in die Telefonzelle legen?« bat Dee.

»Na gut, dir geb ich die Nummer, aber sonst niemandem. Ich möchte nicht, daß die Leute sie kennen.«

»Du bist prima«, entgegnete Dee.

»Barry«, sagte die Stimme am anderen Ende der Leitung mit kanadischem Akzent – Sams Frau, die Dee zum ersten und bisher letzten Mal auf der Rugby-Party vor erst anderthalb Jahren gesehen hatte. Es schien eine Ewigkeit her zu sein.

»Ich möchte bitte mit Mr. Sam Barry sprechen.«

»Es ist etwas ungünstig im Augenblick. Wer ist denn bitte am Apparat?«

»Miss Morris, die Sekretärin.«

»Ach, Sie sind es, Miss Morris. Ich habe Ihre Stimme nicht gleich erkannt. Es tut mir leid, aber Sam zündet gerade den Grill an. Ein heikler Augenblick.«

Dee hörte ein kurzes Lachen. »Wenn das Feuer erst einmal brennt, geht alles wie von selbst. Kann er Sie zurückrufen, Miss Morris? Ich nehme an, es ist dringend, oder?«

»Ja, Mrs. Barry.« Dees Stimme klang entschuldigend. »Es geht ganz schnell, aber ich müßte ihn persönlich sprechen. Nur ein paar Minuten.«

»Kein Problem. Sam hat mir erzählt, daß Sie ein unerschütterlicher Fels in einer sich rasch verändernden Welt sind. Kann er Sie zurückrufen?«

»Möglichst in der nächsten halben Stunde, bitte.« Dee nannte ihr die Telefonnummer, die Celia ihr aufgeschrieben hatte.

»Rathdoon, was für ein hübscher Name!« Mrs. Barry schien entschlossen, dem unerschütterlichen Fels gegenüber die Liebenswürdigkeit selbst zu sein. Vielleicht schwebte sie auch im siebten Himmel bei ihrem Hochzeitstag-Barbecue und war mit der ganzen Welt in Einklang. Dee wollte das gar nicht wissen.

»Ja, sehr hübsch. Auf Wiederhören, Mrs. Barry.« Zitternd legte Dee den Hörer auf die Gabel. Sie setzte sich auf einen Hocker an der Bar. Als Celia ihr einen doppelten Brandy zum Preis für einen kleinen einschenkte, protestierte Dee.

»Unsinn, du lädst mich auch immer ein!«

»Danke.« Sie umklammerte das Glas mit beiden

Händen. Bestimmt war es Celia nicht verborgen geblieben, wie sehr sie zitterte.

»Es heißt, euer Fergal hätte sich verlobt«, bemerkte Celia.

»Na, das macht ja schnell die Runde«, grinste Dee.

»Ach, diese Neuigkeit ist doch ein alter Hut. Ich habe schon gestern abend davon gehört, als ich aus dem Bus stieg.«

»Ich auch. Für die Eltern hängt der Himmel voller Geigen.«

»Sie brauchen ja auch nicht die Hochzeit auszurichten«, lachte Celia.

»Celia, hör auf, du klingst ja schon wie Nancy Morris.«

Das Telefon klingelte. Wortlos schenkte Celia ihr nach, und Dee verschwand in der Telefonzelle.

»Hallo«, sagte sie in die Muschel.

»Ein Anruf für Sie«, sagte die Vermittlung.

»Miss Morris?« fragte Sam.

»Nein, Miss Burke«, antwortete Dee.

»Was?«

»Miss Burke am Apparat. Kann ich Ihnen helfen?« Er schien verwirrt. »Entschuldigung, aber ich sollte eine Miss Morris unter dieser Nummer zurückrufen ...«

»Nein, das ist nicht ganz richtig. Sie wurden gebeten, Ihr Barbecue kurz sich selbst zu überlassen und Ihre

Geliebte, Miss Dee Burke, zurückzurufen. So lautete die Nachricht, die ich Ihrer Frau übermittelt habe.«

»Dee! Um Gottes willen!« rief er mit entsetzter Stimme.

»Keine Sorge, sie war wirklich nett und hat sofort einen Stift gezückt, um die Nummer zu notieren. Sie meinte, Rathdoon klingt hübsch.«

»Dee, was soll das?« fragte er in gedämpftem Ton.

»Ich bin übers Wochenende zu Hause, wie ich dir gesagt hatte. Die Frage ist nur, wo *du* bist. Hat man die Tagung abgesagt? Du mußt ungefähr um halb fünf vom Flughafen weggefahren sein – mein Gott, hat man dir denn dort bereits gesagt, daß die Konferenz nicht stattfindet, oder mußtest du erst bis ins Zentrum fahren?«

»Dee, ich kann dir alles erklären, aber nicht hier und jetzt. Was hast du Candy wirklich erzählt?«

»Nichts weiter, und sie hat tatsächlich gesagt, daß Rathdoon hübsch klingt – frag sie selbst.«

»Aber ... warum?«

»Weil ich das alles so verwirrend fand, all diese Lügengespinste und Märchen, von denen jeder – wirklich jeder – weiß, daß sie nicht wahr sind. Ich finde es einfacher, mit dieser Heuchelei Schluß zu machen.«

»Aber ...«

»Ich will damit sagen, Candy *weiß*, daß du Montag

nacht bei mir bist, also brauchst du ihr nicht länger Lügen aufzutischen. Und *ich* weiß von eurem wundervollen zehnten Hochzeitstag mit Barbecue und daß dir Dr. Charles und Dr. White und alle deine Freunde beim Grillanzünden zugeschaut haben. Sie hat mir alles erzählt – also Schluß mit der Heuchelei! Von jetzt an wird alles einfacher.«

»Das kann doch nicht sein, Dee! Das hast du doch Candy nicht wirklich erzählt!«

Ihre Stimme wurde eisig. »Das mußt du schon selbst herausfinden.«

»Aber sie hat zu mir gesagt, Miss Morris sei am Telefon.«

»Ja, ich habe sie gebeten, das zu sagen.« Dees Stimme klang, als würde sie einem Kind etwas erklären. »Das macht es doch deinen Gästen gegenüber einfacher. Ich weiß ja nicht, was du den anderen Leuten erzählen willst, aber darüber können wir am Montag sprechen, ja?«

»Dee, bitte leg nicht auf. Du mußt mir alles erklären.«

»Das habe ich bereits.«

»Ich rufe dich zurück.«

»Ruf an, soviel du willst, ich telefoniere von einem Pub aus.«

»Wohin gehst du jetzt?«

»Dort in der Ecke sitzt die echte Miss Morris. Ich

denke, ich lade sie zu einem Gin mit Orangensaft ein und erzähle ihr von uns. Dann ist es einfacher, dich in der Praxis anzurufen. Bisher konnte ich es ihr nicht erzählen, weil sie mich doch kennt, aber jetzt, wo all die Heimlichtuerei ein Ende hat ...«

»Was meinst du damit?«

»Ich meine, nachdem Candy und ich über alles gesprochen haben.«

»Du Miststück, nichts hast du Candy erzählt! Du treibst ein Spiel mit mir, ein mieses, kleines Spiel.«

»Psst, nicht so laut, sonst hören sie dich.«

»Wo bist du morgen?«

»Wir sehen uns Montag abend, wie verabredet. Komm, wann du willst, vielleicht direkt von der Praxis aus, wenn du magst. Jetzt brauchst du ja keinen Umweg mehr zu fahren.«

»Ich flehe dich an: Was hast du Candy erzählt?«

»Das mußt du *sie* fragen.«

»Aber falls du ihr nichts gesagt hast, dann ...«

»Richtig, dann hast du dich selbst hineingeritten!«

»Dee!«

»Montag.«

»Ich lasse mich nicht erpressen.«

»Tu, was du willst. Ich werde jedenfalls zu Hause sein, falls nichts dazwischen kommt.« Sie hängte ein.

»Wenn er noch mal anruft, Celia, sag ihm bitte, du

würdest mich nicht kennen und ich sei den ganzen Abend nicht aufgetaucht.«

»Geht in Ordnung«, entgegnete Celia.

Sie ging zurück nach Hause. Fergal erklärte soeben, im Leben eines jeden Menschen gäbe es einen Moment, an dem man mit dem Spielen aufhören und sich der Realität stellen müsse.

»Jesus, Maria und Joseph, du hättest Philosoph werden sollen, Fergal!« sagte Dee voller Bewunderung.

»Hast du mit Celia Ryan was getrunken?«

»Ich hatte zwei doppelte Brandys, liebste Mutter!« entgegnete Dee.

»Wie teuer waren die?« Fergal, der Mann, der für ein Nest sparte, wollte wissen, wieviel das Vergnügen kostete.

»Ich weiß nicht. Ich habe nur einen gezahlt, fällt mir ein.« Plötzlich füllten sich ihre Augen mit Tränen.

»Dee, was hältst du davon, wenn wir zwei einen Spaziergang machen und die anderen sich und ihren großen Plänen für die Hochzeit überlassen?« Dr. Burke hatte bereits seinen Schlehdornstock zur Hand genommen.

Schweigend spazierten sie an der Pommes-frites-Bude vorbei, nahmen den Weg über die Brücke und gingen weiter bis zur Weggabelung.

Erst auf dem Rückweg entspann sich ein Gespräch.

»Ich komme schon zurecht, Dad«, meinte Dee.

»Das bezweifle ich nicht, schließlich bist du ein wundervolles Mädchen, das gewiß eines Tages als Anwältin sämtliche Leute am Bezirksgericht das Fürchten lehren wird.«

»Vielleicht.«

»Aber sicher. Und das andere Problem wird sich von selbst lösen.«

»Du weißt von ihm?« Dee fiel aus allen Wolken.

»Wir sind hier in Irland, Kind. Ich bin Arzt, er ist Arzt, nun, zumindest so etwas Ähnliches. Wenn Ärzte erst mal so hochspezialisiert sind, läßt sich schlecht sagen, was sie eigentlich sind.«

»Woher weißt du es?«

»Jemand hat dich gesehen und war der Meinung, ich sollte Bescheid wissen. Es ist schon eine ganze Weile her.«

»Es ist aus.«

»Vielleicht eine Zeitlang ...«

»Nein, wirklich. Seit heute abend.«

»Warum so plötzlich?«

»Weil er nichts als ein Lügner ist. Er hat mich angelogen und sie ebenfalls. Warum verhalten sich Menschen so?«

»Weil sie sich vom Leben benachteiligt fühlen und von allem etwas abhaben möchten. Da unsere Gesellschaft das nicht billigt, muß man schwindeln.

Und auf seltsame Art und Weise entwickelt die Heimlichtuerei einen eigenen Reiz und macht die Sache anfangs noch aufregender.«

»Wie kommt es, daß du so gut darüber Bescheid weißt?«

»Ich war doch auch mal jung.«

»*Vater!* Du doch nicht! Das kann ich nicht glauben.«

»Es ist schon Ewigkeiten her. Du warst noch ein ganz kleines Mädchen.«

»Hat Mum davon gewußt?«

»Ich glaube nicht. Ich hoffe nicht. Auf alle Fälle hat sie nie etwas erwähnt.«

»Und das Mädchen?«

»Es geht ihr gut. Das schlimmste daran war, daß sie mich eine Zeitlang haßte. Wenn sie doch nur ein wenig Verständnis gehabt hätte. Nur ein klein wenig.«

»Weshalb hätte sie denn sollen?« fragte Dee entrüstet.

»Nun, sie war so jung und entzückend wie du, und das Leben lag noch vor ihr, während ich keine Wahl mehr hatte. Ich war nicht unglücklich, das Leben war nur ein bißchen – wie soll ich sagen – eintönig.«

»Du wolltest, daß sie dir wie ein guter Kumpel die Hand schüttelt und sagt: ›Mach dir keine Sorgen, Johnny Burke. Ich werde immer gern an dich zurückdenken‹«, meinte Dee bissig.

»Ja, so etwas in der Art«, lachte ihr Vater.

»Vielleicht hast du ja recht.« Dee hakte sich freundschaftlich bei ihm unter. »Schließlich bist du ein viel netterer Mann als Sam Barry. Aber ich finde, er soll jetzt ruhig ein bißchen schmoren.«

»Na, dann laß ihn schmoren«, schmunzelte ihr Vater. »Du hast noch nie auf mich gehört, weshalb solltest du es jetzt tun?«

Dee saß in ihrem Zimmer und blickte auf die Stadt hinunter. Sie meinte, auf der Mauer neben der Pommes-frites-Bude Nancy Morris zu erkennen, verwarf diesen Gedanken jedoch sofort wieder. Nancy und Geld ausgeben für eine ganze Tüte Pommes? Was für ein abwegiger Gedanke!

MIKEY

*M*ikey behauptete immer, nettere Kolleginnen als in einer Bank gäbe es nirgends. Auch die Männer waren fabelhafte Kerle, aber sie hatten oft nur ihre Karriere im Kopf und wenig Zeit für ein Schwätzchen. Und einer von ihnen, so ein junger Fatzke, der es, noch bevor er dreißig war, zum leitenden Angestellten bringen würde, hatte sich berufen gefühlt, Mikey ins Gewissen zu reden: Man wäre ihm dankbar, wenn er seinen Humor etwas zügeln könnte, denn die weiblichen Bankangestellten nähmen mitunter Anstoß daran. Mikey war das sehr unangenehm gewesen, und er sprach den ganzen Tag kein Wort. Ja, er war so schweigsam gewesen, daß die sympathische Anna Kelly – ein wahres Goldstück – ihn fragte, was denn los sei. Daraufhin erzählte er ihr von dem jungen Fatzke. Anna Kelly meinte, in Banken gehe es nun mal steif und spießig zu, und der Fatzke habe vielleicht nicht ganz unrecht: Unter Freunden war es normal, Witze zu machen, aber in einer ach so seriösen Bank, da durfte einem doch kein Lacher auskommen.

Das sah Mikey ein, und innerhalb der Räumlichkeiten der Bank verkniff er sich von nun an jeden Scherz. Wenn er die Angestellten auf der Straße traf, war das etwas anderes; hier konnte er unbefangen eine Bemerkung anbringen oder einen Witz erzählen, denn sie befanden sich auf neutralem Boden. Dann erzählte er den Mädchen auch von seiner Familie in Rathdoon – na ja, eigentlich war es die Familie von Billy und Mary: die Zwillinge mit den roten Haaren und den Sommersprossen, Gretta mit ihren Zöpfen und das Baby, ein richtiger Wonneproppen, das man noch ein paar hundert Meter weiter lachen hören konnte. An Sommerabenden, wenn es lange hell blieb, so erzählte er Anna Kelly, gingen die Zwillinge manchmal nicht zu Bett, sondern saßen am Fenster und warteten, bis der lila Bus vorfuhr und Onkel Mikey ausstieg. Sie sammelten Briefmarken und Plaketten jeder Art, und Mikey ließ die halbe Bank nach neuen Marken, Anstecknadeln und Aufklebern Ausschau halten, damit er nie mit leeren Händen nach Hause kam.

Er war der einzige unter den Pförtnern in der Bank, der vom Land kam, die anderen waren alle aus Dublin. Da wurde er schon so manches Mal aufgezogen, etwa, wenn seine Kollegen scherzten, man müsse eine offizielle Untersuchung einleiten, wie er diese Stelle überhaupt bekommen habe. Aber sie

waren recht gutmütige Kumpel und einem Schwätzchen niemals abgeneigt, wenn sie an der Pforte Wa-
che standen oder mit der Sackkarre die großen Geld-
schatullen in den Schalterraum oder zum Tresor
transportierten. Sie erledigten auch Botengänge zu
Kunden in der Straße, und von vielen, die sie persönlich kannten, erhielten sie zu Weihnachten hübsche
Geschenke.

Der lila Bus hatte gerade, als Mikey ihn benötigte,
den Betrieb aufgenommen. Sein Vater wurde allmählich senil, und für Billy und Mary war es ziemlich belastend, wenn sie sich allein um ihn kümmern
mußten. Aber ohne Tom Fitzgerald und den Kleinbus, der seine Fahrgäste vor der Haustür absetzte,
wäre es eine lange Heimreise gewesen. Dann hätte
er mit dem Zug fahren müssen – der am Freitagabend berstend voll war und in dem es bestimmt
keine Sitzplätze gab. Anschließend müßte er für die
restlichen dreißig Kilometer nach Rathdoon irgendeine Mitfahrgelegenheit organisieren. Er wäre ewig
unterwegs und käme völlig erschöpft an.
Manchmal freute sich Mikeys Vater, ihn zu sehen,
ein andermal schien er ihn überhaupt nicht zu erkennen. An den Wochenenden übernahm Mikey die
Pflege seines Vaters: Er fütterte ihn, kämmte sein
verfilztes Haar, legte ihm eine Schallplatte mit sei-

nen geliebten Sousa-Märschen auf und brachte die Schmutzwäsche in den Hof, wo er sie in große Eimer mit Desinfektionsmittel und Wasser steckte. Billys Frau Mary – ein wahrer Engel – meinte, es sei gar nicht so schlimm, man müsse sich nur vorstellen, es seien Babywindeln. Eine Zeitlang in einem Kübel desinfizieren, dann abgießen, in einem Eimer Wasser einweichen lassen, abgießen und ab in die Waschmaschine. War es nicht ein Glück, daß sie soviel Platz hinter dem Haus hatten, mit Wasseranschluß und Abfluß und all dem? Für Leute, die in einer Wohnung lebten, mußte so etwas sehr viel beschwerlicher sein.

Zweimal wöchentlich kam eine Krankenschwester. Auch sie war sehr nett. Zu Mikey sagte sie einmal sogar, er brauche nicht *jedes* Wochenende kommen, das sei zuviel verlangt. Aber Mikey antwortete, er könne nicht alles Billy und Mary überlassen, das wäre nicht fair. »Aber sie werden das Haus erben; und was bekommt Mikey?« gab sie zu bedenken. Mikey meinte, das habe nichts damit zu tun. Außerdem freue er sich immer, in sein Elternhaus zurückzukommen.

Zu Mikeys Verblüffung meinten die Zwillinge, daß es nie Streit gäbe, wenn er zu Hause sei.

»Wird denn sonst in diesem Haus gestritten?« fragte er.

Die Zwillinge zuckten die Achseln. Phil und Paddy wollten nicht petzen.

»Na, mit eurem armen alten Großvater werdet ihr aber nicht streiten, oder? Er krümmt euch doch kein Haar«, meinte Mikey.

Da pflichteten ihm die Zwillinge bei, und das Thema war erledigt.

Die Kinder freuten sich, wenn Mikey da war, denn er hatte immer einen Riesenvorrat an Witzen für sie parat. Natürlich keine anzüglichen, sondern nur die jugendfreien. Gretta schrieb sie gelegentlich sogar auf, um sie in der Schule zum besten zu geben. Es kam nie vor, daß Mikey einen Witz wiederholte. Deshalb meinten die Kinder, er solle im Fernsehen vor einem Studiopublikum auftreten und einen nach dem anderen erzählen. Ein hübscher Gedanke, fand Mikey. Einmal hatte er auch gehofft, daß man ihn um einen Beitrag für den Revue-Abend der Bank bitten würde. Doch niemand hatte ihn gefragt. Als er sich der netten Anna Kelly anvertraute, meinte sie, ihres Wissens müsse man dafür in der Gewerkschaft sein; nur Mitglieder der Irischen Gewerkschaft für Bankangestellte dürften auftreten. Er war froh über diese Auskunft, denn andernfalls hätte er sich übergangen gefühlt.

Als er an einem Freitag zum ersten Mal zum lila Bus gekommen war, hatten ihn Zweifel befallen. Tom Fitzgerald hatte seine Fahrgäste gebeten, ihm bloß nicht in aller Öffentlichkeit Geld zu geben, denn das Ganze liege, rechtlich gesehen, gewissermaßen in einer Grauzone. Zwar besaß er durchaus eine entsprechende Versicherung und all das, und der lila Bus war auch zum Personentransport zugelassen, aber man brauchte das Schicksal ja nicht gerade herauszufordern. Das Geld sollten sie ihm lieber zu Hause geben, in der Ruhe und Abgeschiedenheit von Rathdoon. Niemand begriff, wozu das alles notwendig war, doch sie erklärten sich damit einverstanden. Mikey fragte sich, ob es Dr. Burkes Tochter und Mr. Greens Sohn Rupert nichts ausmachte, mit ihm zusammen heimzufahren. Mit dem Bankpförtner Mikey Burns, dem Sohn des armen Joey Burns, der – als er seine Sinne noch beisammen hatte – vor allem dafür bekannt war, daß er herumstand und wartete, bis Ryan's Pub öffnete. Doch wie sich dann herausstellte, waren Dee und Rupert ganz wunderbare Leute – kein bißchen eingebildet. Und Mrs. Hickey war zwar auch eine Dame, schien sich aber immer zu freuen, wenn sie ihn sah. Nancy Morris hatte sich seit ihrer Schulzeit nicht verändert, immer noch unbeholfen und verlegen. Niemals ging sie aus sich heraus und war drauf und dran, eine alte Jungfer zu werden. Auch Celia Ryan war ein Fall für sich. Es blieb ihm ein Rätsel, warum sie noch nicht geheiratet hatte. Immer schien sie in Gedanken ganz woanders, obwohl sie angeblich eine hervorragende Krankenschwester war. Ein Bekannter von Mikey hatte einmal auf Celias Station gelegen, und er lobte sie über den grünen Klee. Sie genieße einen sagenhaften Ruf im Krankenhaus, hatte er gemeint.

Nachdem Mikey seine anfängliche Scheu überwunden hatte, fühlte er sich nun ganz wohl bei den wöchentlichen Heimfahrten. Für gewöhnlich erzählte er ein oder zwei Witze; seine Mitreisenden gaben zwar kein so begeistertes Publikum ab wie Gretta, Phil und Paddy, aber immerhin konnte er ihnen ein Lächeln oder ein kurzes Lachen entlocken. Hauptsache, es heiterte sie ein bißchen auf, nicht wahr?

Manchmal saß er neben Celia und erzählte ihr von der Bankenwelt: von all den neuen Geräten, den Bankprüfungen, daß die Touristen einen in den Wahnsinn trieben und daß im Sommer spanische und französische Studenten immer endlos Schlange standen, weil jeder etwa für ein Pfund ausländische Währungen umtauschen wollte. Celia berichtete nur wenig vom Krankenhaus, doch sie gab ihm oft nützliche Ratschläge für seinen Vater – immer in verhaltenem Ton, damit die anderen es nicht hörten, wenn sie von Inkontinenzeinlagen und Kleidung mit Klettverschlüssen sprach.

Aber heute abend saß der junge Kennedy neben ihm. Mit diesem Burschen stimmte irgend etwas ganz und gar nicht. Seine Brüder Bart und Eddie waren die nettesten Kerle, die man sich nur vorstellen konnte, aber was immer auch mit dem jungen Kev passiert sein mochte, er schaute drein, als hätte er das Jüngste Gericht gesehen. Wenn man ihn nur höflich anredete, war er zu Tode erschrocken, als hätte man weiß Gott was gesagt. Und wenn man ihm eine witzige Anekdote erzählte, kapierte er die Pointe nicht. Mikey wollte ihm ein paar Kunststückchen zeigen, die sich ganz gut im Pub vorführen ließen. Doch der Bursche stierte ihn nur verständnislos an und begriff kein Wort. Am Ende gab Mikey es auf. Der Junge starrte zum Fenster hinaus, als würden Kobolde aus den Hecken springen und versuchen, zu ihm in den Bus zu klettern.

Mikey nickte ein. Im Bus ließ es sich gut schlafen. Die beiden Mädchen hinter ihm machten auch schon ein Schläfchen und träumten wahrscheinlich von Männern. Er aber träumte, sein Vater wäre wieder gesund und kräftig und hätte irgendein Import-Export-Geschäft in Rathdoon eröffnet. Er, Mikey, führte das Geschäft, und für Phil, Paddy und Gretta hatte er immer tolle Ferienjobs als Briefträger für die Kunden in der Straße. Von den Kindern träumte er oft. Aber die Frau fürs Leben erschien nie in seinen Träumen. Was Frauen und Heiraten betraf, war für Mikey der Zug abgefahren. Damals, als er sich nach einer Frau hätte umsehen sollen, war er zu schüchtern gewesen, hatte sich zu dumm angestellt. Und jetzt, mit fünfundvierzig Jahren, war er längst aus dem Rennen. Wenn er tanzen gehen oder sich mit zwielichtigen Frauen in Pubs einlassen würde, hätte er am Ende doch nur das Nachsehen und würde sich zum Narren machen.

Nachdem sie den Fluß überquert hatten und nun wirklich im Westen des Landes waren, legten sie eine zehnminütige Toilettenpause ein, die auch Gelegenheit bot, sich die Kehle mit einem kleinen Bier anzufeuchten. Celia stellte sich unauffällig neben Mikey und drückte ihm einen Umschlag in die Hand.

»Das hilft gegen wundgelegene Stellen; es steht alles drauf. Und dreh ihn möglichst oft um.«

»Ach, Celia, du bist wirklich ein Schatz. Was bin ich dir denn schuldig?«

»Spinnst du, Mikey? Glaubst du etwa, ich hätte dafür bezahlt? Betrachte es als ein kleines Geschenk der Dubliner Gesundheitsbehörde.« Sie lachten beide. Celia war wirklich ausgesprochen nett.

Welch ein Jammer, daß er nicht so ein prächtiges

Mädchen wie Celia gefunden hatte, als er noch jung und gutaussehend war! Schließlich hatte er jetzt eine ordentliche, gutbezahlte Arbeit und hätte jeder Frau ein Heim bieten können. Daß er kein Heim hatte, lag im Grunde nicht am Geld, sondern am mangelnden Interesse. Er konnte nicht einfach nur für sich selbst ein Haus kaufen, einrichten und passende Tische und Stühle besorgen. Das Zimmer, in dem er zur Miete wohnte, war geräumig und komfortabel, es fehlte ihm an nichts. Er besaß einen großen Fernseher und hatte sich einen hohen Spiegel für die Garderobe gekauft, damit er beim Ausgehen immer tadellos gekleidet war. Neben seinem Bett stand ein hübsches Radio, das gleichzeitig als Lampe, Uhr und Wecker diente. Wenn andere ihn zu sich nach Hause einluden – und die Dubliner Kollegen luden ihn oft zu sich ein –, dann brachte er stets eine große Schachtel Pralinen mit, schön verpackt und mit Schleife. Er war durchaus imstande, sich von seiner besten Seite zu zeigen.

Doch als er ein junger Bursche gewesen war, was stellten sie da schon dar, die Söhne des armen Joey Burns, deren Mutter für andere Leute waschen und putzen mußte? Aber Billy hatte sich nicht unterkriegen lassen: Er war immer mit hocherhobenem Haupt durch die Straßen von Rathdoon stolziert, als gehörten sie ihm, als sei er so gut wie jeder andere Bürger der Stadt. Und hatte er nicht recht behalten? Man brauchte sich nur anzuschauen, wozu er es mittlerweile gebracht hatte. Er war in den verschiedensten Branchen tätig und beschäftigte fünf Angestellte in Rathdoon. Ihm gehörte der Imbißstand; niemand hatte geglaubt, daß dafür ein Bedarf bestehen würde, bis der Laden eröffnet wurde. Nun aß jede zweite Familie des Ortes am Samstagabend Billys Hühnchen und Pommes frites, und gebratenen Fisch und Hamburger gab es auch. Und Limonade in Dosen. Der Stand hatte abends lange geöffnet, so daß auch die Heimkehrer von Ryan's Pub noch etwas bekommen konnten. Und zum Entzücken aller hatte Billy auf eigene Kosten zwei große Drahtkörbe für den Abfall aufgestellt.

Zudem wickelte er Versicherungsgeschäfte ab. Keine großen, doch jeder, der sich versichern wollte, kam zu ihm – der ganze Papierkram ließ sich rasch im Haus erledigen. Und dann hatte er auch irgendwelche Beziehungen zu einem Mann, der Teer-Macadam-Arbeiten ausführte. Wenn jemand die Zufahrt oder den Gehweg vor seinem Haus verschönert haben wollte, brachte Billy andere Leute, deren Häuser an derselben Straße lagen, dazu, bei sich ebenfalls teeren zu lassen; und wenn dann der Mann mit der Maschine und dem Teer anrückte, wurde es für alle billiger, und die Straße sah danach um Klassen besser aus. So war ein größerer Abschnitt der Hauptstraße inzwischen prächtig renoviert worden; Billy hatte sogar einen Pflanzkübel aufstellen lassen, daß man glaubte, man sei in einem Film. Ja, Billy war ein schlauer Kopf. Im Gegensatz zu Mikey hatte er sich nach dem Tod seiner Mutter nicht nach Dublin abgesetzt. Nein, Billy war geblieben und hatte Mary Moran geheiratet, eine Frau, von der sie nicht einmal zu träumen gewagt hätten. Jedenfalls Mikey nicht.

Er freute sich darauf, nach Hause zu kommen. Den Zwillingen brachte er zum Geburtstag ein Computerspiel mit. Es war deutlich besser als Space Invaders, das sie mal ausprobiert hatten, und man konnte es an jeden Fernseher anschließen; Mikey hatte es die ganze Woche über an seinem Fernseher gespielt, aber nach Auskunft des Verkäufers eignete es sich auch für kleinere Geräte. Obwohl die Zwillinge erst am Montag Geburtstag hatten, würde er ihnen das Spiel schon am Sonntagnachmittag schenken. Er würde im Zimmer alles vorbereiten, die Vorhänge zuziehen und so tun, als wollte er sich etwas im Fernseher anschauen – und dann kam die große Überraschung. Für Gretta hatte er eine hübsche rote Mädchenhandtasche besorgt; es war zwar nicht ihr Geburtstag, aber er wollte nicht, daß sie sich übergangen fühlte. Und damit auch das Baby in seiner Wiege zufrieden war, sollte es ein gelbes Stoffhäschen bekommen.

Mary ließ es nicht zu, daß er sich nach der Ankunft am Freitagabend noch um seinen Vater kümmerte. Für gewöhnlich hatte sie ihm ein Abendessen warmgestellt, außer an sehr betriebsamen Tagen; dann lief sie, sobald sie den lila Bus vorfahren sah, zum familieneigenen Imbißstand gegenüber und holte Mikey Bratfisch und Pommes frites. Sie dankte ihm immer überschwenglich, daß er eigens kam, um ihnen mit seinem Vater zu helfen, und erzählte ihm lustige Geschichten von den Kindern und was sie die Woche über getrieben hatten. Inzwischen hatte die Schule wieder begonnen – wahrscheinlich würde er zu hören bekommen, welche Streiche Phil ausgeheckt hatte und was für drohende Briefe die Lehrer der Klosterschule an die Eltern schrieben.

Mikey stieg als zweiter aus. Erst setzten sie die Tochter von Doktor Burke am Golfclub ab, wo sie – wie jeden Freitagabend – ihre Eltern treffen würde. Am Ende der Straße war dann Mikey an der Reihe. Bei der Gelegenheit holte er immer Nancy Morris' riesigen, aber federleichten Koffer herunter und stellte ihn in den Bus, denn sie und Kev Kennedy würden als nächste aussteigen. Kev wiederum hatte nie etwas außer einem Päckchen dabei, das er unter seinem Sitz verstaute.

Mikey gab ihnen den Rat, sie sollten es gut machen, aber nicht zu oft. Und mit einem fröhlichen Lachen schloß er die Autotür hinter sich.

In der Küche brannte kein Licht, auf dem Tisch stand kein Essen. Keine Spur von Mary, auch keine Nachricht. Daß er Billy nicht antraf, kümmerte ihn nicht weiter – sein Bruder befand sich meistens am Imbißstand oder bei Ryan's, wo er irgendwelche Geschäfte tätigte. Aber Mary?

Er schaute in die anderen Zimmer. Sein Vater schlief mit offenem Mund, den Rollstuhl neben dem Bett. Der Nachttopf auf dem Stuhl zeugte von Optimismus, denn der alte Mann schaffte es nie rechtzeitig, ihn zu benutzen.

Der Geruch von Desinfektionsmitteln vermischte sich mit angenehmeren Düften. Im Zimmer verteilt standen mehrere Vasen mit großen Blumensträußen. Mary glaubte, daß sie den alten Mann aufheiterten, denn sie hatten gesehen, wie er sich manchmal aufrichtete und sanft über die Blumen strich. Jetzt schnarchte er leise, das Nachtlicht brannte, und auch eine Herz-Jesu-Leuchte.

Leise schlich er die Treppen hinauf. Die Zwillinge hatten Etagenbetten, um die herum ihre Spielzeuge, Kleider und Bücher verteilt lagen. Phil schlief zusammengerollt und mit geballten Fäusten; Paddy lag friedlich auf der Seite. Gretta sah fremd aus mit ihrem langen, ausgekämmten Haar; in Mikeys Erinnerung hatte sie immer Zöpfe getragen, seit sie alt genug dafür war. Auf ihrem Gesicht spielte ein Lächeln, als ob sie träumte. Sie war ein mageres kleines Ding, staksig und unscheinbar, aber bei ihrem Lächeln ging einem das Herz über. Selbst wenn sie schlief.

Die Tür zum elterlichen Schlafzimmer stand offen: Billy und Mary waren nicht da. Das Baby mit dem runden, rosigen Gesichtchen lag in seinem Kinderbettchen. Über dem Elternbett daneben breitete sich eine hübsche, spitzenbesetzte Tagesdecke, und an der Wand hing ein Bildnis von der Mutter Gottes in einem Blumenfeld. Eine blaue Lampe beleuchtete es von unten, und es hieß »Maienkönigin«. Mary hatte Mikey einmal erzählt, daß Billy am Tag, als sie sich verlobt hatten, auf einem Volksfest beim Ringewerfen einen Preis gewonnen hatte; und weil ihr die »Maienkönigin« so gut gefallen hatte, entschied er sich für das Bild.

Mikey brachte seine kleine Reisetasche in sein Zimmer, das tadellos sauber und aufgeräumt war. Mary hatte sein Kopfkissen immer frisch bezogen, als ob er ein hoher Gast wäre, der übers Wochenende kam.

Ab und zu erinnerte er sich daran, wie das Haus zu Zeiten seiner Mutter ausgesehen hatte, als für solch einen vornehmen Lebensstil weder Zeit noch Geld vorhanden war.

Es war ihm ein Rätsel, aber vielleicht holte sie ja gerade Fisch und Pommes. Während er im Wohnzimmer wartete, sah er sich die Nachrichten im Fernseher an. Allmählich begann er sich Sorgen zu machen. Sie ließen die Kinder doch nie allein – zwar konnte ihnen hier nichts passieren, aber es war bei ihnen einfach nicht üblich. Seine Angst wurde immer größer.

Schließlich ging er zum Imbißstand gegenüber, wo er zu seiner Überraschung Mary bedienen sah. Vier Kunden warteten auf ihre Bestellung, und von den jungen Mädchen, die sonst hier arbeiteten, stand heute nur eine hinter der Verkaufstheke. Es herrschte Hochbetrieb.

»Mikey, meine Güte, ist es denn schon so spät?« Trotz der Hektik freute sie sich, ihn zu sehen.

»Soll ich kommen und euch helfen?« Er kannte sich aus, da er im Sommer an ein paar Samstagen mitgearbeitet hatte, wenn das Geschäft auf Hochtouren lief. Und die Preise standen ja an der Tafel.

»Ach, Mikey, das wäre wirklich nett«, erwiderte sie dankbar.

Er hängte seine Jacke auf und nahm sich eine Schürze aus einer Schublade. Bald darauf hatten sie die Menge abgefertigt, und Mary konnte Atem schöpfen. Ihre ersten Worte galten dem Mädchen, das mit ihnen arbeitete.

»Treasa, sei doch so gut und lauf zu Ryan's. Sag ihnen, daß wir heute mit dem Personal knapp sind und deshalb früher schließen. Wer noch etwas will, soll in der nächsten halben Stunde kommen, danach gibt es nichts mehr.«

»Wem soll ich das sagen, Madam?« fragte das Kind besorgt.

»Eine gute Frage – der armen Mrs. Ryan braucht man es nicht zu sagen. Aber warte mal, vielleicht jemandem, der hinter der Theke aushilft, Bart Kennedy oder so – wer sich eben auskennt.«

»Celia ist zurück. Sie war mit mir im Bus, wahrscheinlich steht sie jetzt hinter dem Tresen«, erklärte Mikey.

»Genau, dann sag Celia Bescheid.«

Treasa hüpfte über die Straße davon, froh, der Hitze zu entkommen.

»Wo sind denn alle?« Mikey sah sich um.

»Ach, es ist vieles geschehen, das erzähle ich dir später zu Hause. Halte noch eine halbe Stunde durch, dann haben wir es überstanden.« Mikey bediente ein paar vereinzelte Kunden, und wie Mary vermutet hatte, strömten unversehens eine Menge Leute aus Ryan's Pub herbei. Viele beklagten sich in scherzhaft vorwurfsvollem Ton, es sei doch gesetzeswidrig, die Imbißbude vor dem Pub zu schließen. Daraufhin erwiderte Mary gutmütig lachend, immerhin sei sie so pflichtbewußt und sagte ihnen Bescheid, damit sie nicht mit einem Bauch voller Bier, aber ohne Grundlage dafür heimgehen mußten. Da Mary keinen Hunger hatte, wickelte Mikey nur eine Portion für sich ein. Als sie das Fett abgegossen, die Arbeitsflächen geputzt, den Müll in schwarze Plastiksäcke gepackt und diese mit Draht zugebunden hatten, gingen sie über die Straße zu ihrem Haus. Mary wärmte einen Teller unter fließend heißem Wasser an und stellte Brot, Butter und die Tomatensauce auf den Tisch.

»Soll ich dir einen Tee machen, oder möchtest du etwas anderes trinken?«

Mit je einer Flasche Guinness vor sich nahmen sie Platz.

»Billy hat mich verlassen. Endgültig.«

Die Gabel halb zum Mund geführt, hielt Mikey inne und starrte sie an.

»Er ist heute vor dem Mittagessen gegangen, und er wird nicht mehr zurückkommen. Nie mehr.«

»Ach was, Mary. Das kann doch nicht sein!«

Sie nippte an ihrem Bier und verzog das Gesicht.

»Der erste Schluck schmeckt mir nie, aber danach ist's gut.« Mit einem schwachen Lächeln sah sie ihn an.

Mikey schluckte und sagte: »Es war doch sicher nur ein kleiner Streit, weiter nichts. So was kommt vor, das renkt sich wieder ein.«

»Nein, wir hatten keinen Streit. Nicht einmal eine Meinungsverschiedenheit.«

Mikey fielen die Worte der Zwillinge ein, wonach nie gestritten wurde, wenn er da war.

»Aber so ein bißchen Krach, meine Güte, das legt sich wieder, glaub mir.« Seine Stimme klang jetzt flehentlich.

»Nein, ich erzähle dir die Geschichte am besten von Anfang an – es gab keinen Streit. Damals, im Frühsommer, sind wir uns oft in die Haare geraten: Ich fand, daß er ziemlich empfindlich war, er fauchte einen schon an, wenn man ihn nur anguckte. Aber er meinte, ich sei genauso gereizt. Sogar die Kinder haben es gemerkt.«

»Und was war dann?«

»Tja, ehrlich gesagt, ich weiß es nicht. Aber im Sommer lief alles prächtig, wie du weißt, das Geschäft blühte. Zwar war er oft müde, aber nicht mehr so gereizt, und mit dem Baby gab es auch keine Probleme – in den ersten Wochen sind sie doch immer so anstrengend –, es ging uns einfach rundum gut.« Sie hielt inne und starrte an ihm vorbei ins Leere.

Mikey schwieg.

»Iß deinen Fisch und die Pommes, Mikey. Du kannst doch auch zuhören, während du ißt.«

»Nein.«

»Na, du kannst es auch später noch essen«, meinte sie, nahm seinen Teller und stellte ihn bei niedriger Temperatur in den Backofen. »Heute ist das alles passiert, und wenn ich nicht zurückgekommen wäre, hätte ich nichts davon erfahren. Bis jetzt noch nicht. Ich hätte bis Ende nächster Woche keine Ahnung gehabt. Und ganz Rathdoon hätte es vor mir gewußt.«

»Was gewußt, um Himmels willen?«

»Er ist mit Eileen Walsh durchgebrannt. Du weißt schon: die, von der wir meinten, sie wäre zu fein, um in einer Imbißbude zu arbeiten. Na, das war sie auch, sie hat nur den rechten Augenblick abgepaßt, um mit dem Geschäftsinhaber durchzubrennen. So hat sie sich das ausgedacht. Ein hübscher Plan, nicht?« Sie sprach in ruhigem Ton, doch ihre Augen funkelten. »Aber das ist doch nur so eine törichte Laune, ein Strohfeuer. Ich meine, wohin wollen sie denn gehen, wovon wollen sie leben? Er kann dich doch nicht mit dem Baby und der ganzen Familie sitzenlassen.«

»Er ist in sie verliebt. Genau das hat er gesagt: *verliebt*. Reizend, findest du nicht? In mich war er nie verliebt; er hatte mich lieb, sicher, aber anscheinend ist das was anderes.«

Mikey stand auf, doch da er nicht wußte, was er tun sollte, setzte er sich wieder. Mary fuhr fort.

»Eigentlich wollte ich in die Stadt fahren. Am Freitag findet man immer jemanden, der einen mitnimmt, denn ich wollte für den Imbißstand eine ganze Reihe von Sachen besorgen, die man nicht von den Lieferanten bekommt. Sachen wie etwa große Aschenbecher und ein paar Dosen rote Farbe – wir wollten nämlich die Fenster passend zu den Geranien streichen, weißt du. Aber zurück zum Thema: Du kennst doch die alte Mrs. Casey, die erst vor kurzem Autofahren gelernt hat – also, sie hat mich mitgenommen, und wir waren gerade auf der Straße hinter dem Golfclub, da fing der Motor zu stottern an und gab ganz schreckliche Geräusche von sich.

Na prima, dachte ich mir, das war's also mit dem Ausflug in die Stadt. Aber man kann Mrs. Casey keinen Vorwurf machen, sie ist wirklich sehr nett. Halb so schlimm, sagte ich zu ihr, ich kann die Sachen auch noch nächste Woche besorgen. So würde ich eben nach Hause gehen und einen Apfelkuchen backen, da Mikey heute abend mit dem Bus heimkommen würde.«

Mikey hatte einen Kloß im Hals.

»Ich meinte, sie solle einfach sitzen bleiben, während ich zurückmarschieren und den Brennans von der Werkstatt Bescheid sagen würde, daß sie zu ihr rausfahren sollten.«

Mary nahm noch einen Schluck.

»Es war ein herrlicher Tag, ich pflückte Blumen von den Hecken, und als ich hereinkam, saß Billy am Tisch, um sich herum einen ganzen Wust Papier. Ich freute mich, denn eigentlich hätte er tagsüber unterwegs sein sollen. Wie schön, sagte ich, dann können wir ja zu zweit zu Mittag essen – was wir seit Jahren nicht getan haben. Dann sah ich, daß auf einem Blatt ›Liebe Mary‹ stand, dann auf noch einem, und auf jedes hatte er nur zwei oder drei Zeilen geschrieben. Und weil ich noch immer nicht begriffen hatte, was los war, feixte ich: ›Du wirst mir doch nicht auf meine alten Tage noch Liebesbriefe schreiben?‹ Na ja, ich dachte, er sei einfach nur unerwartet nach Hause gekommen und wollte mir eine Nachricht hinterlassen, daß er dagewesen war.«

»Ach, Mary, wie furchtbar«, entfuhr es Mikey.

»Das Schlimmste kommt noch: Er fing an zu weinen, er heulte wie ein Kind. Ich war völlig baff – Billy Burns weinte! Aber als ich ihn in die Arme nehmen wollte, stieß er mich weg. Er heulte wie ein zahnendes Baby, und ich sagte ihm, er solle sich beruhigen, sonst würde es sein Vater noch hören. Die Kleine hatte ich bei den Nachbarn gelassen, aber dein Vater döste wahrscheinlich gerade und wäre zu Tode erschrocken – so wie ich ja auch.« Sie verstummte für einen Augenblick.

»Dann sprach er von Eileen, daß sie schwanger war und so weiter.«

In der darauffolgenden Stille war nur das Ticken der Uhr und das leise Schnarchen des Greises nebenan zu hören.

»Er sagte, er könne mir nicht in die Augen sehen, deshalb wollte er einen Brief schreiben. Darauf meinte ich, er müsse doch nicht jetzt auf der Stelle gehen, er solle doch noch bleiben, damit wir besprechen könnten, wie es weitergehen soll. Aber er antwortete, es sei schon zuviel geredet worden, er habe genug und wolle jetzt gehen.«

Mikey streckte seine große Hand aus und tätschelte hilflos Marys Arm.

»Wir haben noch über dies und jenes gesprochen, aber komischerweise gab es keinen Streit, keine Szene. Weder habe ich ihn als Schwein beschimpft, noch hat er gesagt, er kann mich nicht mehr ertragen, ich bin ein alter Drachen oder so etwas.«

»Na, das kann auch niemand von dir behaupten«, entrüstete sich Mikey.

»Nein, er nannte mich die beste Ehefrau und Mutter, die man sich nur vorstellen kann, und es täte ihm wirklich sehr leid, er sei einfach verzweifelt. In all diesen angefangenen Briefen wollte er mir sagen, daß er den Imbißstand auf meinen Namen überschrieben hat und daß mir auch die tausend Pfund auf der Bausparkasse gehören. Außerdem wollte er mir den Namen eines Anwalts geben, über den ich Briefe an ihn weiterleiten könnte.«

»Und wohin will er gehen?«

»Nach England. Wohin sonst?«

»Und wie will er dort den Lebensunterhalt für sich und dieses Flittchen bestreiten?«

»Eileen ein Flittchen? Nein, das kann man nicht sagen. Und Billy könnte sich sogar auf dem Mars eine Existenz aufbauen, da brauchst du dir keine Sorgen zu machen.«

Mikey war sprachlos.

»Aber was ihm am meisten Sorgen bereitete, war sein Vater, dein Vater.«

»Billy hat dem armen Dad doch nie viel Zeit gewidmet.«

»Das stimmt, aber er hielt es einfach für ungerecht, daß er mich mit ihm allein zurückläßt – daß ich mich um einen alten Mann kümmern muß, der nicht mein eigener Vater ist. Ich habe gesagt, Dad sei das geringste Problem, ich wollte vielmehr wissen, warum er mich, seine Frau, seine jahrelange Freundin, nach vierzehn Jahren Ehe auf einmal verläßt, zumal wir noch vor einem Jahr ein Herz und eine Seele waren.

Da fing er an mit dieser Geschichte von wegen *verliebt* und so.«

»Und was hast du dann gemacht?«

»Na ja, was konnte ich schon groß tun? Seine Entscheidung stand fest, er wollte mich verlassen. Er hatte mir eine Liste geschrieben, was ich beachten sollte: In einem Umschlag befand sich ein bestimmter Geldbetrag, den ich für Fahrstunden verwenden sollte. Er riet mir, mich nach Mrs. Caseys Fahrlehrer zu erkundigen; wenn er sogar *ihr* das Autofahren beibringen konnte, dann schaffte er es bei jedem. Den Lieferwagen ließ er mir da. Ich sollte Bart Kennedy fragen, ob er für mich arbeiten will, und ihn ordentlich bezahlen. Ob er an die Kinder schreiben sollte oder nicht, was ich ihnen sagen wollte oder ob sie überhaupt nichts erfahren sollten – diese Entscheidungen überließ er mir. Am besten, meinte er, sollte ich ihnen erzählen, daß er für eine Weile fortgegangen war, und mit der Zeit würden sie sich daran gewöhnen.«

Mary erhob sich und holte sich eine weitere Flasche Bier.

»Seine Sachen hatte er auch schon gepackt. Es brach mir fast das Herz, als ich seine guten Hemden so zusammengeknüllt sah. Und an seine Schuhe hatte er überhaupt nicht gedacht. Ich bat ihn, sich von seinem Vater zu verabschieden – er war die letzten

115

Tage ziemlich klar und hat jeden von uns erkannt –, aber das wollte er nicht. Ich meinte, er würde ihn vielleicht nie wieder sehen, und da erwiderte er: ›Ich werde keinen von euch je wiedersehen.‹ Und in diesem Moment bekam ich es ein bißchen mit der Angst zu tun. Ich weiß, daß er niemals seine Meinung ändert. Also beschloß ich, ihn gehen zu lassen, ohne Szenen, ohne Geschrei, ohne Bitten.«

»Du hast ihn einfach ziehen lassen ...«

»Nein, ich sagte ihm, ich würde rausgehen, damit er alles in Ruhe erledigen konnte. Den Brief könnte er sich nun sparen, meinte ich, es war ja alles gesagt, ich würde gehen und noch ein paar Blumen pflücken oder so und ein oder zwei Stunden ausbleiben, bis er verschwunden war. Die Versicherungspapiere sollte er mir irgendwo hinlegen, wo ich sie finden konnte, und auch den Namen des Anwalts, der ihm Bescheid sagen würde, falls wir etwas vergessen hatten. Er war unheimlich erleichtert: Du hättest sein Gesicht sehen sollen – er hatte schlichtweg Angst, daß ich ihm eine Riesenszene machen würde. Aber als er meinte, daß ich vielleicht genauso froh über diese Veränderung wäre, widersprach ich ihm: Nein, ich würde ihn jeden Tag aufs neue vermissen, und die Kinder auch, und sein Vater würde ihn in seinen lichten Momenten ebenso vermissen. Ich wollte ihm nicht das angenehme, tröstliche Gefühl geben, daß er uns am Ende noch einen Gefallen getan hätte. Und dann ging ich. Über den Weg hinter dem Haus schlich ich wieder heran und sah, wie er seine Sachen fertig packte und sie auf den Flurtisch stellte. Schließlich kam seine Herzallerliebste mit ihrem Auto vorgefahren und küßte ihn in aller Öffentlichkeit vor unserer Haustür. Dann lud er die Kisten und Koffer ein, und weg waren sie.

Als ich das Haus betrat, lag alles ordentlich gestapelt auf dem Tisch, und auf dem Zettel stand: ›Vielen Dank, Mary. Alles Gute – Billy.‹ So, jetzt habe ich dir alles erzählt, was es darüber zu erzählen gibt.«

»So ein gemeiner Schuft, so ein mieser, egoistischer . . .«

»Das bringt ihn auch nicht mehr zurück.«

»Ich werde ihn zurückbringen, darauf kannst du dich verlassen! Er wird dich nicht einfach so sitzenlassen, da gibt es doch Mittel und Wege!«

»Aber nicht, wenn er nicht zurückkommen will! Was ist jetzt, ißt du deinen Fisch und die Pommes noch, bevor sie ganz hart werden?«

In der Nacht tat Mikey fast kein Auge zu; erst im Morgengrauen schlief er ein, aber schon wenig später platzten die Zwillinge in sein Zimmer, gefolgt von Gretta, die eine Tasse Tee hereintrug. Das diente ihnen immer als Vorwand, um ihn zu wecken: Sie bezeichneten es als »Tee ans Bett bringen«. Zwar schwappte der größte Teil davon in die Untertasse und auf die Treppenstufen, doch davon ließen sich die Kinder nicht beirren. Sie hatten bereits eine Unmenge Pläne für den Tag, mußten jedoch abwarten, bis Mikey ihren Großvater gefüttert und angekleidet hatte. Diese tägliche Prozedur akzeptierten sie als etwas Naturgegebenes – so wie daß abends die Sonne unterging und man sich vor dem Essen die Hände waschen mußte. Heute wollten sie ihm ein Spiel zeigen, das in Brophys Geschäft neu eingetroffen war. Es war ein Mordsding, so wie Space Invaders, aber es kostete jedesmal zwanzig Pence, und sie könnten sich nur drei Spiele leisten, es sei denn, Onkel Mikey würde ihnen vielleicht ein Extraspiel spendieren ... Und Mammy hatte gemeint, nachmittags könnten sie ein Picknick machen; da Daddy für eine Weile nach Dublin gefahren war, gab es im Haus nichts zu tun, und es kam auch keiner wegen einer Versicherung, dem man Tee anbieten mußte. Und jetzt sollte er doch endlich aufstehen und nicht dem lieben Gott den Tag stehlen.

Mikey hatte das Gefühl, daß ihm heute nichts so recht von der Hand gehen wollte. Es schien ihm, als betrachte er alles von außen, obwohl er selbst aktiv teilnahm. So sah er sich, wie er seinen Vater geduldig mit einem Löffel fütterte, wie er Brot für das Picknick schnitt, wie er Brombeeren sammelte ...

Als würde er eine Rolle in einem Theaterstück spielen.

Er war froh, als es Abend wurde und die Kinder zu Bett gingen; sie taten es freiwillig, weil er ihnen für den nächsten Tag die größte Überraschung ihres Lebens angekündigt hatte. Etwas, worauf sie garantiert nicht kommen würden. Gretta versicherte er, auch sie könne daran teilhaben, und zudem würde sie ein kleines Geschenk erhalten, obwohl sie nicht Geburtstag hatte.

»Ich weiß nicht, was ich ohne dich getan hätte, und das meine ich wirklich so«, meinte Mary. »Die Zeit ist für mich heute wie im Flug vergangen.« Er war froh, das zu hören. Für den Imbißstand hatte er zu Treasas Unterstützung zwei weitere Mädchen eingestellt.

»Kommt Eileen nicht mehr?« beschwerte sich Treasa. Ihr argloser Ton verriet, daß sie von nichts wußte.

»Nein, sie ist fortgegangen; dafür hast du jetzt die zwei jungen Mädchen, mit denen du schon an den Bankfeiertagen und in den Sommerferien zusammengearbeitet hast«, erklärte er mit fester Stimme. »Mrs. Billy und ich gehen auf einen Sprung zu Ryan's, wenn es also irgendwelche Schwierigkeiten gibt, schickst du eine von den beiden Mädchen dorthin. Aber du schaffst es schon, Treasa, bist ja ein

kluges Mädchen und schon beinahe erwachsen. Du schmeißt doch den Laden mit links, stimmt's?«
Treasa fühlte sich geschmeichelt.
»Ach, Mr. Mikey, so wie Sie reden, merkt man doch gleich, daß Sie aus der Großstadt kommen«, erwiderte sie.

»Gehen wir zu Ryan's?« fragte er Mary.
Ihm lag bereits ein Scherz auf den Lippen – etwa, daß sie heute mal so richtig über die Stränge schlagen würden –, aber das schien ihm unangebracht. Sie sah zu ihm auf, freudig überrascht von seinem Unternehmungsgeist.
»Ich werde nicht sehr unterhaltsam sein.«
»Ich finde, wir sollten trotzdem gehen, meinst du nicht? Gleich von Anfang an. Wenn die Leute von einem glauben, man wäre ein Ungeheuer mit zwei Köpfen, darf man sich nicht verkriechen, sondern muß sich ihnen erst recht zeigen. Kopf hoch und los, unter die Leute! Schließlich hast *du* dir ja nichts vorzuwerfen.«
»Ich habe meinen Mann nicht halten können – das gilt hierzulande als ein schweres Vergehen.«
»Ach, das glaube ich nicht; die hängen hier doch jeden Abend nur vor der Glotze. Ich denke, du mußt schon etwas viel Schlimmeres anstellen, um in Ungnade zu fallen.«

»Ich will nicht, daß du in diese Sache verwickelt wirst, Mikey. Du warst immer nett und freundlich, an jedem Wochenende wieder. Und jetzt wirst du auf einmal in Klatsch und Skandalgeschichten hineingezogen.«

»Es wird keinen Klatsch und keine Skandalgeschichten geben. Es liegt wirklich nur an dir, das zu verhindern.«

Als er sich so reden hörte, fand er, daß es recht zuversichtlich und überzeugend klang. Mary empfand das anscheinend genauso.

»Du bist mir wirklich eine große Stütze bei all diesen Entscheidungen. Ich komme mir vor wie diese Monster im Film, die durch die Gegend laufen und nicht wissen, was sie tun.«

»Zombies«, erklärte er.

»Was du alles weißt!« staunte Mary.

»Ich schaue mir oft Filme an«, erwiderte Mikey. »Was soll ich denn sonst tun?«

Der Pub war ziemlich voll. Nachdem er Mary in eine Ecke gesetzt hatte, begab er sich zur Theke. Celia, unterstützt von Bart Kennedy, hatte alle Hände voll zu tun. Als ihm die Anweisung seines Bruders einfiel, daß Bart einen anständigen Lohn bekommen sollte, kam ihm die Galle hoch. Wie konnte Billy nur so berechnend sein! Er hatte den Bruch mit seiner

Frau von langer Hand geplant – und sie seit langem mit einer anderen Frau betrogen.

»Du bist doch sonst nicht auf den Mund gefallen, Mikey Burns.« Celia stand vor ihm. Offenbar hatte sie ihn nach seiner Bestellung gefragt, ohne daß er es hörte.

»Entschuldige.« Er schluckte seine Wut hinunter, um sprechen zu können.

»Alles in Ordnung?« fragte Celia besorgt.

Mikey schüttelte sich. Wenn es darum ging, was seine Schwägerin tun sollte, fehlte es ihm nie an guten Ratschlägen, doch jetzt galt es, sie auch selbst zu beherzigen. Schließlich fand er die Sprache wieder, doch ihm war nicht nach Witzen zumute.

Er bestellte, dann trug er das Glas Bier und den Snowball zu Mary. Als er an der Gesellschaft vorüberging, die Biddy Bradys Verlobung feierte, winkte ihm ausgerechnet Nancy Morris zu – und wollte, daß er zu ihnen kam und ein paar Witze zum besten gab. Dabei war sie in seinen Augen immer so eine eingebildete Person gewesen, immer verschlossen und ohne Interesse an anderen Leuten. Na, sieh mal einer an!

»Heute nicht, Nancy«, erwiderte er, worauf sie sich verlegen abwandte. Er wollte nicht so barsch zu ihr sein, aber warum fragte sie ihn auch ausgerechnet jetzt?

»So, bitte sehr.«

Mary blickte mit gesenktem Kopf zu Boden.

»Schau hoch, Mary Burns. Kopf hoch und lächeln.«
Als sie den Blick hob, brachte sie unter Tränen ein Lächeln zustande.

»Wunderbar, aber es ist gar nichts im Vergleich zu deiner Tochter.« Da ahmte sie Grettas spontanes Lächeln nach, das beinahe von einem Ohr bis zum anderen reichte, und sie mußten beide lachen.

»Na, das ist schon besser«, meinte Mikey, »und jetzt überlegen wir mal, was wir tun müssen.«

Auf einen mitgebrachten Notizblock schrieben sie eine Liste, was in dieser Woche zu erledigen war. Die Lieferanten anrufen – ihre Namen standen alle auf irgendwelchen Zetteln, die an die Wände des Büros geheftet waren. Billy Burns hatte keine Geschäftsbücher geführt, die das Herz eines Steuerbeamten höher schlagen ließen, aber sie ließen doch ein gewisses System erkennen. Dann formulierten sie einen Standardsatz, den sie jedem sagen konnten, der wegen einer Versicherung anrief: »Die Versicherungsgeschäfte von Mr. Burns werden von nachfolgend genanntem Büro geführt ...«, und dann der Name des Anwalts. Dazu würde sie jedem mit einem Lachen erklären, daß sie nun mal nur eine Frau sei und bedauerlicherweise keinen Einblick in die Geschäfte ihres Herrn Gemahls habe. Daß er nicht mit anderer Leute Geld durchgebrannt war, schien ziemlich sicher, und mittlerweile hatte er sein Geschäftsbuch wohl an einen anderen Agenten weitergegeben oder verkauft. Die Anwälte würden Genaueres darüber wissen. Schließlich notierten die beiden, wer für die Arbeit im Imbißstand in Frage kam und was man den Angestellten bezahlen sollte. Nach zwei weiteren Gläsern Bier und zwei weiteren Snowballs hatten sie alle Möglichkeiten erörtert und waren ziemlich erschöpft.

»Heute nacht kann ich bestimmt schlafen, so müde wie ich bin«, meinte Mary, wodurch sie verriet, daß sie in der letzten Nacht keinen Schlaf gehabt hatte.

»Ich auch. Jetzt bin ich wieder etwas ruhiger«, erklärte Mikey.

Voller Dankbarkeit sah sie ihn an. »Du bist so gut zu mir. Aber über eines hast du noch gar nicht gesprochen.«

»Worüber?«

»Was ist mit dir? Wirst du an den Wochenenden immer noch mit dem Bus nach Hause fahren?«

»Mit Gottes Hilfe werde ich jeden Freitag vor zehn aus dem lila Bus steigen«, erwiderte er.

»Du bist heute ganz anders. Du reißt nicht dauernd

Witze und machst keine spaßigen Bemerkungen über das, was andere sagen. Es fällt mir jetzt viel leichter, mit dir zu reden, aber ich kann nicht glauben, daß das wirklich du bist, wenn du weißt, was ich meine.«

»Ich glaube schon«, sagte er.

»Zum Beispiel würde ich dich gerne fragen, ob du nicht öfter zu Hause in Rathdoon sein willst, nicht nur an den Wochenenden, aber ich weiß nicht, wie ich es ausdrücken soll. Wenn ich sage: ›Willst du nicht ganz hier wohnen?‹, klingt es, als wollte ich, daß du immer hier für uns da bist und all das auf dich nimmst. Aber genau das meine ich nicht. Wenn ich dich dagegen überhaupt nicht frage, hast du vielleicht das Gefühl, du bist nicht willkommen.«

»Darüber habe ich auch schon nachgedacht«, meinte Mikey Burns.

»Und zu welchem Schluß bist du gekommen?« Sie beugte sich über das Glas mit dem schaumigen Rand und sah ihn gespannt an.

»Im Grunde deines Herzens hoffst du immer noch, daß er zurückkehrt. Daß es nur eine Liebelei für einen Sommer ist. Daß Ende des Monats der Spuk ein Ende hat.«

»Das wäre schön, aber ich glaube nicht daran«, entgegnete sie schlicht.

»Angenommen, ich ziehe wieder nach Hause zurück, und eines schönen Tages kommt plötzlich unser Billy daher – wie würden wir dann dastehen?«

»So wie zuvor, oder nicht?« Sie betrachtete ihn mit forschendem Blick.

»Nein, ich müßte wieder fortgehen, denn es wäre nicht genug Platz für uns alle unter diesem Dach.«

»Dann ziehst du also nicht zu uns zurück. Dabei dachte ich immer, du hättest eine große Schwäche für uns«, sagte sie traurig.

»Ich ziehe endgültig zurück, wenn er bis Weihnachten nicht wieder da ist. Das ist das beste. Machen wir es so«, erklärte er, stolz auf seine Entscheidung.

»Es ist dein Heim«, meinte sie sanft. »Du bist hier immer so willkommen wie die Sonne, die ins Fenster scheint.«

»Du sagst das, weil es deine Art ist. Mein Bruder Billy hat das nicht gesagt, als er ging, stimmt's? Nur, daß du Bart Kennedy einstellen und ihn ordentlich bezahlen sollst.«

»Doch, er hat so etwas gesagt, aber ich habe es dir nicht erzählt. Ich wollte nicht, daß du denkst, du wärst zu irgend etwas verpflichtet.« Jetzt wirkte sie bekümmert.

»Was hat er gesagt?«

»Daß . . . ach, es ist doch egal. Er hat zum Ausdruck gebracht, daß er das Haus auch als dein Heim ansieht.«

»Ich will es aber hören.«

»Warum? Was macht es schon für einen Unterschied? Wir wissen doch, daß er selbst kaum weiß, was er tut. Er war völlig von Sinnen, brachte kaum zwei zusammenhängende Worte heraus.«

»Nun, ich möchte es aber trotzdem wissen, bitte«, forderte er. Das war nicht mehr der grinsende Witzbold vom letzten Wochenende.

»Er sagte so etwas wie: ›Es ist nicht sehr wahrscheinlich, daß Mikey in seinem Alter mit jemandem einen eigenen Hausstand gründet. Er ist sehr gut zu dem alten Mann, und die Kinder lieben ihn. Vielleicht zieht es ihn hierher, dann könnte er ja hier wohnen. Das Haus gehört ihm sowieso zur Hälfte, er hat einen Anspruch darauf.‹ Etwas in dieser Art war es.«

Sie vermied es, ihn anzusehen, und er wandte den Blick nicht von dem Bierdeckel, auf dem ein Rätsel dargestellt war.

»Ausgesprochen charmant, mein kleiner Bruder, nicht?«

»Genau das ist er – dein kleiner Bruder. Vergiß das nie.«

»Aber wäre es dir denn recht, Mary, wenn ich hier wohnen würde?«

»Ob es mir recht wäre? Ich wäre einfach begeistert! Das habe ich mir doch immer gewünscht! Allein der Imbißstand wirft genug für uns alle ab – du hast ja gesehen, wie gut er läuft. Und wenn wir dort zusammen arbeiten würden ...«

»Also gut, dann komme ich an Weihnachten wieder zurück, das ist das beste. Möglicherweise kann ich mich sogar von der Bank freistellen lassen und eine hübsche Abfindung kassieren. Die Jungs von der Bank, die Pförtner, sind ziemlich gut organisiert, man kann nie wissen, was sie für einen rausschlagen.«

»Aber fändest du es hier nicht langweilig, nachdem du in Dublin gewohnt hast?«

»Nein. Würde ich sonst fast die halbe Woche hier verbringen?«

»Und vielleicht findest du ja auch ein Mädchen«, meinte sie zögernd.

»Ich glaube, in dieser Hinsicht hat mein Bruderherz recht. Dafür ist der Zug abgefahren.« Er lächelte natürlich, nicht gezwungen.

Da kam Rupert Green an ihrem Tisch vorbei. »Habt ihr zufällig Judy Hickey gesehen?« fragte er.

»Nein. Ich fürchte, wir waren so ins Gespräch vertieft, daß wir nicht darauf geachtet haben«, entgegnete Mary.

»Vielleicht ist sie ja um die Ecke hinter der Säule.« Mikey wies in die Richtung. Mittlerweile schunkelte Biddy Bradys Gesellschaft und sang »Sailing«, während Celias Mutter mit einem Golfschläger auftauchte, als wollte sie ihnen den Schädel einschlagen. Doch zur allgemeinen Erleichterung hatte sie nichts dergleichen vor: Statt dessen fiel sie in den Gesang ein und übertönte sogar noch alle anderen.

»Jetzt habe ich jeden vom lila Bus getroffen, nur nicht diejenige, mit der ich verabredet war«, murrte Rupert. »Dee Burke ist gerade zur Tür hinausgestürmt, Miss Morris sieht aus, als hätte sie schon einiges intus, Kev kauert in einer Ecke, und der Rest der Mannschaft sitzt an der Theke und knutscht.«

»Soll ich ihr was ausrichten, wenn sie kommt?«

»Ach, ich werde sie schon finden, ich muß ihr etwas ganz Wichtiges sagen.«

Mary und Mikey machten höflich interessierte Gesichter.

Doch da war er schon weg.

»Wahrscheinlich geht es um irgendwelche Giftpilze. Sie unterhalten sich ständig über Kräuter und Holunder und solche Sachen«, meinte Mikey. Mary lachte und klemmte sich ihre Tasche unter den Arm.

»Willst du denn keinen anderen Mann?« fragte er unvermittelt. »Ich meine, du bist doch noch jung. Würdest du dich nicht eingeengt fühlen, wenn du mit deinem Schwager zusammenwohnst?«

»Nein«, erwiderte sie. »Nein, ich will keinen. Auch wenn ich einen haben könnte. Aber ich glaube, das

129

ist mir nicht mehr wichtig. Ich will einfach nur ein bißchen Frieden und daß die Kinder einigermaßen glücklich aufwachsen können. Und daß ich hier ein Heim habe, weißt du, daß ich – was du vorhin angesprochen hast – nicht weglaufen muß. Das genügt mir.«

Er erinnerte sich an seinen Traum im Bus: Es war keine Ehefrau darin vorgekommen, doch er hatte die Kinder bei sich und schickte sie zu kleinen Botengängen die Straße hinauf und hinunter. Und nun erkannte er, daß es im Traum auch keinen Billy gegeben hatte. Natürlich stimmten nicht alle Einzelheiten, doch im Kern war dieser Traum in Erfüllung gegangen. Er würde mit ihnen allen in einem sicheren, geborgenen Heim leben. Und es würden keine Erwartungen an ihn als Mann gestellt. Er konnte so bleiben, wie er war, und er wäre willkommen wie die Sonne, die ins Fenster scheint.

Vor kurzem hatte Judy begonnen, Buch zu führen über die Anzahl der Kunden. An diesem Nachmittag waren es vier gewesen. Nach dem Mittagessen kamen zwei Studenten, die fast eine halbe Stunde in Büchern über Kräuter und selbstgemachten Wein blätterten. Anschließend erschien ein älterer Herr, der nach einem Kupferarmband gegen seine Arthritis verlangte. Sein altes war ihm von Vandalen vom Handgelenk gerissen worden, nachdem sie sein Haus ausgeräumt hatten, erzählte er; anscheinend hatten sie es für wertvoll gehalten. Kurz darauf kam eine angespannt und streng dreinschauende Frau, die sich nach Schlüsselblumenöl erkundigte und wissen wollte, ob man es mit gewöhnlichem Pflanzenöl oder mit Babyöl verdünnen könnte, um es sparsamer zu verwenden.

Es war jetzt nur noch eine Frage von Wochen, bis sie das Geschäft schließen mußten. Bekümmert machte Judy sich auf den Weg zum lila Bus. Sie fühlte sich erschöpft und nicht in der Verfassung für eine lange Busfahrt nach Westen. Vielleicht sollte sie gar nicht erst einsteigen, sondern zurück in ihre kleine Wohnung gehen, ein langes Bad nehmen und dabei angenehme Radiomusik hören. Anschließend würde sie sich den Kaftan überziehen, in die weichen Slipper schlüpfen und sich der Länge nach ausstrecken, bis die Gliederschmerzen und der zunehmende Druck hinter den Augen nachließen. Sie mußte lächeln: Ich bin ja ein hübsches Aushängeschild für einen Gesundheitsladen! Schmerzen in sämtlichen Gliedern, krachende Gelenke und zu allem Überfluß auch noch bankrott. Kein Wunder, daß die Leute so ungesund leben, wenn sie sehen, wohin eine vernünftige Lebensweise führt!

Hoffentlich würde Mikey Burns sich heute abend mit seinen Schuljungenwitzen etwas zurückhalten. Er war ein anständiger Kerl, aber auf die Dauer äußerst anstrengend. Bedauerlicherweise glaubte er, wenn keiner auf seine Witze reagierte, man hätte sie nicht verstanden, und erzählte sie noch einmal. Ließ man sich jedoch zu einem Lachen hinreißen, fühlte er sich ermutigt, ein weiteres Dutzend zum besten zu geben.

Sie traf zur gleichen Zeit am Bus ein wie Rupert. Wie gut! So konnten sie sich ganz hinten nebeneinander setzen. Es wirkte etwas unhöflich, wenn man für jemanden einen Sitz freihielt, aber Judy verspürte nicht die geringste Lust, die ganze Fahrt bis Rath-

doon Mikeys Witze anhören zu müssen oder gar –
was noch schlimmer wäre – Nancy Morris' Geschwätz: etwa, wo man beim Kauf einer Zahnpasta
an einem Mittwoch eine Seife gratis bekam oder
ähnlich hanebüchene Geschichten.

Rupert war ein lieber Junge. Ja, genau so hätte sie
ihn beschrieben, wenn man sie danach gefragt hätte:
lieb. Als er geboren wurde, zählten seine Eltern
bereits nicht mehr zu den Jüngsten. Mittlerweile war
er selbst fünfundzwanzig, seine Mutter siebenund-
sechzig, und sein Vater wurde dieses Jahr siebzig.
Aber es wurde nicht gefeiert, meinte Rupert, da sein
Vater bettlägerig war und von Woche zu Woche
schwächer wurde. Das traf Rupert bei jedem Besuch
härter. Denn er sah in seinem Vater immer noch den
robusten Mann, der in allen Dingen seine festgefügte
Meinung besaß. Jeden Freitagabend, wenn er das
große Schlafzimmer betrat, derselbe Schock, derselbe erschütternde Anblick: ein bis auf die Knochen
abgemagerter Mann mit einem Kopf, der einem Totenschädel glich. Einzig sein ruheloser Blick verlieh
seinem Gesicht etwas Lebendiges.

Judy hatte Rupert bereits gekannt, als er noch in den
Windeln lag, aber erst die gemeinsamen Busfahrten
brachten sie einander näher. Schon als Kind war er
stets höflich gewesen. »Guten Morgen, Mrs. Hickey.
Haben Sie nicht etwas für mein Herbarium?« So

waren die Protestanten eben, dachte sie in wohlwollender Verallgemeinerung: Sie preßten Blumen, waren höflich, trugen einen anständigen Haarschnitt und erinnerten sich an anderer Leute Namen. Voller Stolz über ihren Sohn erfand Mrs. Green allerlei Vorwände, um ihn in der Stadt vorzuzeigen. Als Rupert das Licht der Welt erblickte, waren die Greens bereits zwanzig Jahre verheiratet. Celia Ryans Mutter aus dem Pub hatte hinter vorgehaltener Hand getuschelt, sie habe Mrs. Green eine Novene für die heilige Anna empfohlen, auf deren Wirkung Verlaß sei. Mrs. Green hatte anfangs aus Glaubensgründen gezögert. Als sie die neuntägige Andacht schließlich doch verrichtete – Glaubensgründe hin oder her –, wurde sie von der heiligen Anna erhört, und schon war er da, der kleine Rupert. Als Judy Rupert davon eines Abends im lila Bus erzählte, fing er schallend an zu lachen, bis ihm die Tränen die Wangen hinunterliefen. »Sie sollten mir wirklich ein wenig mehr über die heilige Anna erzählen. Ich sollte ihr wohl dafür danken, daß ich auf der Welt bin, beziehungsweise ein ernstes Wörtchen mit ihr reden, wenn das Leben es mal nicht so gut mit mir meint.«

Oft mußte sie über Ruperts eigenwillige Lebensanschauung lächeln. Sie fühlte sich wohl in seiner Gesellschaft, zudem war er genauso alt wie ihr Sohn

Andrew, der im sonnigen Kalifornien lebte. Mit Andrew konnte sie sich jedoch niemals so unterhalten – genaugenommen konnte sie mit Andrew nicht einmal *ein* Wort reden. Denn so sah es die gerichtliche Einigung vor.

Judy fragte sich, ob sie ihr eigenes Kind wiedererkennen würde.

Angenommen, sie würde nach San Francisco reisen und über den Union Square spazieren. Würde sie Andrew und Jessica auf Anhieb wiedererkennen? Und wenn sie einfach an ihr vorübergingen? Sie waren ja bereits erwachsen, das mußte man sich einmal vorstellen. Fünfundzwanzig und dreiundzwanzig Jahre alt. Aber wenn sie die beiden nicht erkannte und umgekehrt die beiden sie auch nicht, was hatte es dann für einen Sinn, ein Kind zur Welt zu bringen? Und angenommen, sie würden sie erkennen und, einem Instinkt folgend, stehenbleiben und dieser fünfzigjährigen Frau, die im Sonnenlicht stand, ins Gesicht blicken … Wie würden sie wohl reagieren? Würden sie »Mama, Mama!« rufen und wie in einem Hollywoodfilm auf sie zurennen? Oder wären sie verlegen und wünschten, sie wäre nicht aufgetaucht? Es war ja auch möglich, daß sie sich ihr eigenes Bild zurechtgezimmert hatten von ihrer Mama im fernen Irland. Von einer schlichtweg unfähigen Mutter. Denn eben das, hatte Jack gesagt, wollte er den Kindern erzählen. Daß ihre Mutter nicht imstande gewesen war, sie beide zu versorgen – ohne nähere Einzelheiten. Erst wenn sie einmal älter und verständiger wären, wollte er ihnen Judys Adresse geben, damit sie ihr schreiben konnten. Dadurch würde auch Judy Gelegenheit bekommen, sich ihnen gegenüber zu äußern, falls sie dazu in der Lage wäre. Doch dazu war es nie gekommen, weil die Kinder nie schrieben. Über Jahre hinweg hatte sie Erklärungen formuliert und sich immer neue Redewendungen ausgedacht, als bereite sie sich auf ein Vorstellungsgespräch oder einen Vortrag vor.

Nach und nach wurde ihr bewußt, daß die Kinder achtzehn, neunzehn, zwanzig Jahre alt waren. Alt genug, um etwas über ihre unfähige Mutter wissen zu wollen. Und alt genug, die Wahrheit zu erfahren. Doch sie ließen nie von sich hören.

Nach einer Weile stellte Judy auch den Briefwechsel mit Jacks älterem, warmherzigen Bruder ein, der den dreien an der Westküste Amerikas ein neues Zuhause gegeben hatte und sich gleichzeitig bemühte, den Bruch erträglicher zu gestalten. Seine Briefe verrieten nichts, außer daß die Kinder sich allmählich in der Schule eingewöhnten und alles zum besten stünde. Mehr hielt er offensichtlich nicht für notwendig.

An diesem Abend kreisten ihre Gedanken um An-

drew und Jessica – zwei glückliche Bürger Kalifor-
niens. Ob sie verheiratet waren? Höchstwahrschein-
lich. Kalifornier heirateten früher und trennten sich
schneller. Ob sie bereits Großmutter war? Gut möglich. Der Kleine hieß vielleicht Hank oder Bud oder
Junior. Falls diese Namen nicht bereits wieder aus
der Mode waren. Weshalb überhaupt ein Enkelsohn?
Es könnte ebensogut ein kleines Mädchen sein mit
einem Sonnenhütchen, so wie Jessica, als man sie
damals fortbrachte. Seit zwanzig Jahren lebte Judy
mit einer – auf kalifornische Zeit eingestellten –
inneren Uhr. Sie mußte nie überlegen, sie wußte
immer auf Anhieb, wie spät es dort gerade war.
Wenn sie – so wie jetzt – um die Ecke bog und auf
den lila Bus zuging, war es in Kalifornien ungefähr
Viertel vor elf vormittags. Aber sie wußte nicht von
ihnen, ob sie verheiratet waren, ob sie studierten oder
arbeiteten, ob sie sich glücklich oder unglücklich
fühlten. Oder ob sie überhaupt noch lebten.
Behende schob sie sich in die hinterste Sitzreihe
neben Rupert. Dabei kam sie an Dee Burke vorbei.
Daß die Kleine nicht bereits längst zusammengebro-
chen war, bei der sorgenvollen Miene, mit der sie
weiß der Himmel wie lange schon herumlief! Neben
Dee saß Nancy Morris, dieses seltsame Fräulein. Sie
war so etwas wie das Kuckucksei der Familie: Ihre
Mutter war eine wirklich prächtige Frau, und auch

ihre Schwester Deirdre war nett. Sie lebte jetzt in den Staaten, und wenn sie auf Besuch nach Hause kam, war sie einem kleinen Plausch nie abgeneigt. Und auch ihr Bruder in Cork war ein famoser, aufgeweckter Bursche. Wie kam es nur, daß Nancy so etepetete war, oder wie immer man es nennen wollte?

Rupert präsentierte sich voller Stolz in seiner neuen Lederjacke. In Judys Augen sah es aus wie eine gewöhnliche Halbstarkenjacke, sie gab jedoch unumwunden zu, nichts von schicken Anziehsachen zu verstehen. Dee Burke hingegen war begeistert, worauf Rupert geschmeichelt errötete.

»Ein Geburtstagsgeschenk«, murmelte er, als der Bus anfuhr. »Das erzähle ich Ihnen später.«

Aber sie wollte im Bus nichts davon hören, nicht, während ihre Hüfte und ihr Kopf schmerzten und die junge Morris auf Armeslänge entfernt saß und unauffällig ihre Ohren spitzte, um ja nichts zu verpassen. Wie alt sie sich heute abend fühlte! Die anderen Mitfahrenden waren alle erheblich jünger als sie, ausgenommen Mikey Burns, aber selbst er hatte Jahre weniger auf dem Buckel. Sie war zwanzig Jahre älter als das junge Paar, das den Gesundheitsladen eröffnet hatte, den sie nun in sechs Wochen schließen mußten. Es sei denn, es geschah ein Wunder und sie entdeckten das Elixier der ewigen Ju-

140

gend, das sie dann, in teure und geschmackvolle Flaschen abgefüllt, verkaufen konnten. Für Judy stand fest: Für das allwöchentliche Geschaukel durch die Lande war sie zu alt. Sie sollte lieber zur Ruhe kommen und sich irgendwo niederlassen.

Nachdem sie eine Weile in ihrer großen Tasche gewühlt hatte, zog sie ein kleines Päckchen hervor und reichte es Rupert. »Grüner Tee«, erklärte sie. »Nur ein paar Blätter zum Probieren.«

Seine Augen leuchteten. »Damit macht man doch Pfefferminztee, den richtigen Pfefferminztee, stimmt's?« fragte er.

»Ja! Eine Handvoll frische Pfefferminze mit etwas Zucker in ein Glas. Der Tee selbst wird gesondert in einer Silberkanne aufgebrüht, falls du eine besitzt, und anschließend über die Minzblätter gegossen.«

Rupert freute sich sichtlich. »Ich habe den Tee immer mit Teebeuteln zubereitet, seit wir aus Marokko zurück sind, und er schmeckt abscheulich. Aber dort unten war er ein wahrer Genuß. Sie glauben nicht, wie dankbar ich Ihnen bin, Judy.«

»Aber es ist nicht besonders viel«, warnte sie.

»Betrachten Sie es als Probepäckchen. Wenn uns der Tee schmeckt, kaufen wir ihn in Ihrem Laden kiloweise, und Sie machen einen Umsatz wie noch nie.«

»Das hätten wir bitter nötig.« Sie erzählte ihm über

den Gesundheitsladen und seine Probleme, woraufhin er tröstend entgegnete, das sei in anderen Branchen nicht anders.

Er arbeitete bei einer Immobilienfirma. Die Geschäfte gingen schleppend. Häuser, um die sich die Leute normalerweise rissen, fanden keinen Käufer. Und wohin man blickte, mußten Läden schließen. Aber die Wirtschaft unterläge nun einmal Schwankungen. Die Lage würde sich bald bessern, die Leute, die sich auskannten, seien zuversichtlich, und das müsse man sich vor Augen halten. Ironisch erwiderte Judy, daß die Situation nur von den Leuten zuversichtlich eingeschätzt würde, die sich Optimismus leisten könnten, weil sie mehrere Eisen im Feuer hätten. Die Leidtragenden seien alle anderen.

Zwischen ihnen herrschte eine Vertrautheit wie zwischen alten Freunden. Sie bat ihn, vorbeizuschauen und sie beim Schneiden der Holunderblüten zu beraten. Und er solle ihr doch behilflich sein, für ihre kleinen Kräuterkissen getrockneten Rosmarin und Zitronenmelisse auszusuchen. Rupert schlug ihr vor, so viele Kissen wie möglich zu nähen und sie den großen Geschäften in der Grafton Street zum Kauf anzubieten. Es wären doch entzückende Weihnachtsgeschenke. Keine schlechte Idee, meinte Judy, aber was wäre dann mit dem Laden, in dem sie arbeitete? An dem lag ihr eigentlich mehr als an den großen Warenhäusern, die sowieso einen guten Umsatz machten.

Er erzählte ihr von der Frau eines Politikers, die im Büro aufgetaucht war und sich höflich erkundigt hatte, wo sich die neue Wohnung ihres Gatten befand. Offensichtlich waren alle Angestellten darüber informiert, daß diese Wohnung nicht dem Ehepaar gemeinsam gehörte. Alle drückten sich vor einer Auskunft, flüchteten sich in Ausreden und wurden von Minute zu Minute unwilliger. Schließlich verließ die Gattin wutschnaubend das Büro. Man verfaßte daraufhin einen überaus taktvollen Brief an den Politiker mit dem Hinweis, sein geheimes Domizil sei zwar noch nicht enttarnt, doch es bestehe die Gefahr einer Entdeckung.

»Was für ein armes, dummes Ding«, meinte Judy, »sie hätte ihm einen Harem zugestehen sollen, wenn er damit glücklich ist.«

»Sie hätten ihm das bestimmt nicht erlaubt, dazu sind Sie viel zu energisch«, bemerkte Rupert voller Bewunderung.

»Na, da bin ich mir nicht so sicher«, wandte Judy ein. »Wenn ich so energisch wäre, hätte ich vor zwanzig Jahren nicht meinen Mann mit meinen zwei Babys weggehen lassen.«

Rupert verschlug es die Sprache. Zum ersten Mal erwähnte Judy Hickey diese seltsame Begebenheit, von der jeder in der Stadt eine andere Version zu berichten wußte. Einmal hatte er seine Mutter danach gefragt, und sie meinte, darüber wisse niemand genau Bescheid. Ruperts Vater, damals Anwalt des Ortes, hatte sich erbost darüber gezeigt, daß ihn niemand zu Rate gezogen hatte, wo er doch für derartige Probleme der richtige Mann gewesen wäre. Es gab eine Anzeige bei der Polizei und eine Menge Gespräche, ein Anwalt aus Dublin tauchte bei Jack Hickey auf, und es wurden Dokumente ausgefertigt, bis schließlich Jack mit den beiden Kindern nach Amerika auswanderte und bis heute nicht zurückgekommen war.

»Aber die Leute müssen doch den Grund kennen«, beharrte Rupert.

Seine Mutter hatte ihm daraufhin erklärt, es gäbe darüber Gerüchte wie Sand am Meer, weiter nichts. Judy war damals erst sechs Jahre mit Jack verheiratet gewesen. Mittlerweile waren es zwanzig, die sie ohne ihren Mann und ohne ihre Kinder verbracht hatte. Den Namen Hickey hat sie indes niemals aufgegeben – wahrscheinlich für den Fall, daß die Kinder doch einmal zurückkommen würden. Eine Zeitlang fuhr sie regelmäßig in die dreißig Kilometer entfernte Stadt und erkundigte sich im Fremdenverkehrsbüro nach den Touristenanmeldungen aus Amerika und insbesondere nach den Kindern. Und auch in den Bussen, die eine Pause in Rathdoon einlegten, sah sie sich gründlich nach neunjährigen Jungen mit siebenjährigen Schwesterchen um. Aber all dies war längst Vergangenheit. Warum hatte sie das Thema eigentlich angeschnitten?

»Denken Sie denn an sie?« fragte Rupert sanft, und sie antwortete so ruhig, als sei es nichts Ungewöhnliches für sie, darüber zu sprechen. Auch der Tonfall ihrer Stimme blieb unverändert.

»Ja und nein. Wir hätten uns wahrscheinlich mittlerweile nichts mehr zu sagen.«

»Was arbeitet er? Er ist doch nicht bereits im Ruhestand?«

»Wer? Andrew? Er ist doch so alt wie du. Ich hoffe doch sehr, daß er noch nicht im Ruhestand ist«, erwiderte sie belustigt.

»Nein, ich meine Ihren Mann. Ich wußte nicht, ob Ihre Kinder Jungs oder Mädchen sind.« Rupert spürte, daß er einen wunden Punkt getroffen hatte.

»Ein Junge und ein Mädchen, Andrew und Jessica. Andrew und Jessica.«

»Hübsche Namen«, kam es ihm unbeholfen über die Lippen.

»Ja, nicht wahr? Es dauerte eine Ewigkeit, bis wir uns entschieden hatten. Nein, ich habe keine Ahnung, ob Jack arbeitet oder ob er in der Gosse liegt und von amerikanischen Bullen mit Schlagstöcken verscheucht wird. Ich weiß nicht einmal, ob er in Kalifornien überhaupt jemals gearbeitet hat oder ob er seinem Bruder auf der Tasche liegt. Es hat mich nie gekümmert, und wenn ich ehrlich bin, habe ich nie auch nur einen Gedanken an ihn verschwendet. Es klingt wie eine Schutzbehauptung, ich weiß, aber es ist eigenartig: Ich erinnere mich kaum mehr an sein Aussehen, und erst jetzt kommt mir zu Bewußtsein, daß auch er älter geworden ist. Und wahrscheinlich auch dicker. So wie Charly, sein älterer Bruder, ein wunderbarer Mensch. Und seine Eltern, die ich einmal auf einem Familienfoto gesehen habe, waren ebenfalls dick.«

Rupert schwieg für einen Augenblick. Diese unverhüllte Gleichgültigkeit ließ ihn schaudern. Haß oder Bitterkeit waren verständlich, unterdrückte Gefühle von Wut und Groll hätte man verzeihen können. Doch Judy sprach von ihm, als handle es sich um einen leidlich berühmten Star, der irgendwann mal in den Nachrichten erwähnt worden war. Ist er tot, oder lebt er noch? Wen interessiert es, wer erinnert sich überhaupt an ihn? Egal, Themawechsel.

»Und die Kinder ... ich meine Andrew und Jessica. Halten sie wenigstens noch ein bißchen Kontakt zu Ihnen?«

»Nein. So war es abgemacht.«

Wollte Rupert mehr darüber in Erfahrung bringen,

dann mußte er jetzt am Ball bleiben. Er sah sich um, ob jemand lauschte. Aber Dee schlief tief und fest, den Kopf leicht verrenkt, und auch diese entsetzliche Morris war eingenickt. Und die anderen saßen zu weit entfernt, um ihr Gespräch mithören zu können.

»Ziemlich hart diese Abmachung«, bemerkte er vorsichtig.

»Sie hielten diese Entscheidung für gerechtfertigt. Vergiß nicht, früher fand man es auch durchaus angemessen, jemanden zu hängen, der Schafe gestohlen hat.«

»Haben Sie so etwas getan? Schafe gestohlen?« fragte Rupert lächelnd.

»Schön wär's, wenn es nur so eine Kleinigkeit gewesen wäre! Nein, ich dachte, du wüßtest es. Hat dir dein Vater nichts davon erzählt? Ich habe mit Drogen gehandelt, und das ist wohl das Verwerflichste überhaupt, oder?«

Ihr spitzbübischer mädchenhafter Gesichtsausdruck ließ Rupert an der Ernsthaftigkeit ihrer Bemerkung zweifeln.

»Nein, das kann ich nicht glauben!« lachte er.

»Es ist wahr! Ich war die Dealerin des Ortes.« Ihre Stimme klang weder stolz noch schamhaft – als hätte sie ihm gerade beiläufig ihren Mädchennamen genannt. Rupert war völlig verwirrt. »Sie überraschen mich wirklich«, meinte er und versuchte seine Verwunderung zu überspielen. »Aber das liegt doch schon eine Ewigkeit zurück.«

»Es war in den sechziger Jahren. Es klingt wie eine Ewigkeit, aber ihr jungen Leute seid beileibe nicht die ersten, die Bekanntschaft mit Drogen machen, weißt du. Schon in den Sechzigern gab es eine Szene.«

»Aber doch nur in Amerika und in England, oder? Es war doch nicht zu vergleichen mit der heutigen Zeit.«

»Selbstverständlich hatten wir auch hier eine Szene. Nicht in den großen Wohnsiedlungen, nicht unter den Kindern und nicht mit Heroin. Es waren junge, aufgeweckte Leute, die sich an Tanzabenden amüsieren wollten, frischgebackene College-Absolventen, Leute, die eine Zeitlang im Ausland gewesen waren. Es war alles ziemlich albern, und ich halte es heute noch für völlig harmlos.«

»Hasch, oder?«

»Ja. Hasch, Marihuana, ein paar Amphetamine, ein bißchen LSD.«

»Waas? Acid auch?« Rupert schwankte zwischen Bewunderung und Entsetzen.

»Rupert, ich handelte mit allem, was gerade gefragt war. Aber darum ging es nicht. Sondern darum, daß ich gedealt habe und erwischt wurde.«

»Warum haben Sie sich überhaupt darauf eingelassen?«

»Zum Teil aus Langeweile, würde ich sagen. Und das Geld war auch nicht zu verachten. Keine riesigen Summen, aber ganz ordentlich. Außerdem hat es Spaß gemacht, und man hat tolle Leute getroffen – nicht so verknöcherte Typen wie Jack Hickey. Ich war wirklich dämlich. Oft denke ich, es ist mir recht geschehen.« Nachdenklich hielt sie inne. Auch Rupert dachte über ihre Worte nach, ehe er weitersprach: »Wie lange haben Sie es gemacht, bis Sie geschnappt worden sind?«

»Ungefähr achtzehn Monate. Ich war auf einer Party, wo jeder irgendwas geraucht hat. Was immer es war, ich fand es toll! Jack hat erst kein Wort darüber verloren. Aber als wir wieder zu Hause waren, brüllte und schrie er und drohte mir, wehe, wenn so etwas je wieder vorkommen würde und so weiter . . .«

»Hatte er denn nicht mitgemacht?«

»Ach, du hast ja keine Ahnung von unserem Jack: Der kleine Joint wurde herumgereicht, aber Jack tat bloß so, als würde er den Rauch inhalieren! Er war völlig nüchtern und außer sich vor Zorn. Unser Ehekrach dauerte eine Woche, bis er mir ein Ultimatum stellte: Wenn ich das Zeug noch einmal anrührte, wäre Schluß. Er würde die Kinder mit nach Amerika nehmen, ich würde sie nie wieder sehen, und vor keinem Gericht hätte ich eine Chance ... na, den Rest kannst du dir ja selbst ausmalen und liegst bestimmt nicht falsch. Jack hat mir mit allem gedroht, was man sich vorstellen kann.« Fasziniert hörte Rupert zu. Mit leiser Stimme fuhr Judy fort: »Jack kümmerte sich um das Vieh. Unser Hof war kein Bauernhof im üblichen Sinn, es gab nur Rinder und Schweine. Keine Milchkühe, keine Hühner, kein Getreide, nur das Vieh auf der Weide. Kaufen, mästen, verkaufen. Die gute alte Nanny – meine Kinderfrau von früher, als die Welt noch in Ordnung war –, sie sorgte für Andrew und Jessica, während ich in der Gegend herumfuhr. Ich suchte Material für ein Buch über Wildpflanzen im Westen Irlands. Oder sollte ich lieber sagen, ich suchte schlechte Gesellschaft? Wie auch immer, da ich mein kleines Auto hatte, war doch nichts naheliegender, als daß ich nach Dublin oder London fuhr – wie ich es zweimal gemacht habe –, um für einige Leute ein bißchen Stoff zu besorgen. Ich habe nur den Ball aufgefangen, den andere mir zugeworfen haben.«

»Das klingt wie ein Roman«, keuchte Rupert voller Bewunderung.

»... der sich zu einer Horrorgeschichte entwickelte. Mir ist alles noch so frisch in Erinnerung, als hätte es sich erst gestern zugetragen: Polizeiliche Ermittlung aufgrund eines Hinweises, der Haftbefehl, ein äußerst verlegener Mr. Hickey – ein so angesehener Mann wie Sie, es handelt sich gewiß um einen Irrtum, aber die Gesetze gelten nun mal für jedermann, und wäre es nicht für alle das beste, wenn die Angelegenheit zügig abgewickelt wird? Ja, ist es denn die Möglichkeit, was da nicht alles in *Mrs.* Hickeys Auto und in *Mrs.* Hickeys Aktentasche im Schlafzimmer zum Vorschein kommt! Und sogar hübsch versteckt hinter *Mrs.* Hickeys Büchern. Ihm fehlten die Worte. Ob ihm nicht vielleicht Mr. Hickey mit ein paar Erklärungen auf die Sprünge helfen könne?«

Ihr Gebaren erinnerte Rupert an eine Schauspielerin. Er sah den Polizisten oder Kommissar oder wer auch immer es war, lebhaft vor sich. Judy hatte das Zeug zur Alleinunterhalterin. Dabei sprach sie weiterhin mit gedämpfter Stimme, um die schlafenden Mitfahrer nicht zu wecken, und vermied jegliche Gestik und Nachdrücklichkeit.

»Das Ganze dauerte eine Ewigkeit. Leute aus Dublin erschienen, und es kam jemand vom Ministerium, von dem ich nicht einmal wußte, daß er zu Jacks Bekanntenkreis gehörte. Jack erklärte, ihm wäre das alles zuviel und er hätte sich schon länger überlegt, das Haus zu verkaufen. Aber aufgrund dieses Skandals kämen die Leute schnell dahinter, daß er unter Druck handelte, und da würde man ihm nicht viel für das Haus bieten. Alle waren Geschäftsleute, selbst die Polizisten, und konnten das verstehen.

Dann ging es um die Formulare. Wenn ich nicht eine eidesstattliche Erklärung abgäbe, daß ich nicht imstande sei, weiterhin meinen mütterlichen Pflichten nachzukommen, würde er die Kinder zu seinem Bruder bringen. Der Staatsanwalt könnte mich anklagen, sobald Jack das Haus verkauft hätte und mit Andrew und Jessica nach Kalifornien abgereist wäre. Er flehte mich an, doch an die Kinder zu denken.«

»Und trotzdem hat er sie Ihnen weggenommen?« Rupert war verwirrt.

»Ja, denn weißt du, in seinen Augen war ich eine Drogenkriminelle und damit ein schlechtes Vorbild für Kinder. Die beiden sollten besser von mir ferngehalten werden. Eine Vereinbarung wurde getroffen, freundliche kluge Menschen billigten mir mildernde Umstände zu, und so lag es an mir, das Beste daraus zu machen.«

Sie blickte eine Weile aus dem Fenster.

»Ich hatte nicht geglaubt, daß es endgültig wäre. Ich hatte Angst und hoffte, irgendwann würde Gras über die Sache wachsen. Daher stimmte ich zu. Jack verkaufte das Haus an diesen Verbrecher, der – wenn du dich erinnerst – jeden übers Ohr haute und mit einer Menge Geld verschwand. Später verkaufte es

152

der Liquidator oder wer immer es war, an einen Orden, der daraus einen großen Tagungsort gemacht hat. So, jetzt kennst du die Geschichte von dem Haus und seinen bösen Bewohnern bis zum heutigen Tag.« Rupert hatte nicht gewußt, daß Judy früher Herrin des großen Doon-Anwesens gewesen war, dessen Pförtnerhäuschen sie jetzt bewohnte. Das Herrschaftshaus wurde von Nonnen, Priestern und Laien als Meditationsstätte und Seminargebäude genutzt. Hin und wieder fanden dort auch ganz gewöhnliche nichtkirchliche Tagungen statt – auf diese Weise deckte die Ordensgemeinschaft ihre Kosten. Aber diese Tagungen verliefen meist sehr ruhig, und die Teilnehmer legten keinen großen Wert auf ein Nachtleben. Allerdings hatte Rathdoon außer Ryan's Pub und Billy Burns Hühnchen und Pommes frites ohnehin nichts zu bieten.

»Ich mußte innerhalb eines Monats aus dem Haus ausziehen. Aber in einem Punkt hat er mich ausgetrickst. Jeder, der auch nur unter dem leisesten Verdacht stand, ein Drogendelikt begangen zu haben, durfte nicht in die Staaten einreisen. Ich hätte gar kein Visum bekommen. Damit die Kluft zwischen den armen Kindern und ihrer verrückten Mutter auch gewiß nicht überwunden werden konnte, hängte Jack mir ein kleineres Vergehen an: Drogenbesitz. Es war eine Lappalie, sogar in unserem Land. Und besonders, wenn man bedenkt, daß man mich auch wegen Drogenhandels hätte anklagen können. Aber wir hatten ja eine Abmachung getroffen. Und selbst das lächerliche Delikt des Drogenbesitzes versperrte mir die Einreise in die Staaten.«

Wieder entstand eine kurze Pause.

»War das nicht ein übler Trick?« fragte Rupert.

»Ja, allerdings. Er dachte so wie die Leute der Inquisition, die andere Menschen verbrannten und meinten, sie täten das Richtige. Das Böse ausmerzen, verstehst du.«

»Ziemlich drastisch, selbst für die sechziger Jahre, nicht wahr?«

»Sprich doch nicht immer von den Sechzigern wie von der Steinzeit. Vergiß nicht: Du bist selbst in dieser Zeit auf die Welt gekommen!«

»Ich kann mich nicht an sonderlich viel erinnern«, grinste Rupert.

»Klar. Aber wahrscheinlich ist drastisch das richtige Wort. Jack hätte es bestimmt effektiv genannt. Er war unschlagbar, wenn es darum ging, etwas effektiv zu erledigen.« In ihrer Stimme lag Verachtung: »Das war ihm immer am wichtigsten. So, das ist erledigt, pflegte er voller Stolz zu sagen. Und so hat er auch mich erfolgreich erledigt. Aber Rupert, hast du das nicht schon alles gewußt? Ich möchte nicht behaupten, daß die ganze Stadt Tag und Nacht über mich

154

redet, aber ich habe angenommen, daß du davon schon was mitgekriegt hast.«

»Nein, noch nie. Ich wußte nur, daß der Vater mit den Kindern auf und davon ist. Ich glaube, ich habe auch einmal nachgefragt, aber keine Antwort bekommen.«

»Weil du so gut erzogen bist. Eure Familie ist zu anständig, als daß sie über die Angelegenheiten anderer Leute tratscht.«

»Sicher würde meine Mutter gerne mehr darüber erfahren. Aber andere wissen auch nichts. Als ich Celia mal gefragt habe, weshalb Ihre Kinder nicht bei Ihnen sind, hat sie mir geantwortet, es hätte vor Jahren, als die Richter noch schlimmer waren als heutzutage, Meinungsverschiedenheiten gegeben. Das war alles, niemand weiß etwas von dem, äh, Rauch und den anderen Sachen.«

»Soll ich jetzt darüber froh oder enttäuscht sein?« lachte Judy. »Bis jetzt dachte ich immer, in den Augen der Leute sei ich zu nichts nütze mit all meinen Kräuterelixieren und fast so etwas wie eine Hexe.«

»Ich fürchte, die Leute halten Sie durchaus für nützlich. Sie sollten sich noch ein viel schlimmeres Image zulegen«, antwortete Rupert.

»Jahrelang haben mich diese unglückseligen Polizisten belästigt und meinen Kräutergarten unter die

Lupe genommen. Schließlich habe ich einen Plan mit all den Beeten gezeichnet und ihnen freigestellt, jederzeit zu kommen. Und alles, was ihnen verdächtig erschien, würde ich ihnen erklären. Erst als ich nach Dublin ging, bin ich den Ruf einer gefährlichen Drogendealerin losgeworden.«

»Soll das heißen, daß man Sie jetzt nach zwanzig Jahren endlich in Ruhe läßt?«

»So ganz sicher bin ich mir noch nicht. Ab und an finde ich neben den Beeten mit der Kamille Abdrücke schwerer Stiefel. Kontrolle bis ins Grab!«

»Hassen Sie Jack Hickey für all das?«

»Nein. Wie bereits gesagt, verschwende ich keinen Gedanken an ihn. Das nimmst du mir bestimmt nicht ab, vor allem, weil ich so oft an die Kinder denke, aber im Grunde kenne ich sie überhaupt nicht. Sie sind Fremde für mich.«

»Tja.« Für Rupert war es offensichtlich schwer nachvollziehbar.

»Deiner Mutter geht es ähnlich. Auch wenn sie es nicht zugibt, denkt sie doch täglich an ihren Rupert in Dublin. Es ist schwer zu erklären, aber sie ist sozusagen in Gedanken immer bei dir.«

»Nein, das glaube ich nicht.«

»Ich weiß es. Ich habe sie einmal gefragt, bloß weil ich wissen wollte, ob vielleicht mein Verhalten sonderbar ist. Sie hat geantwortet, es wäre immer schon so gewesen: während deiner Schulzeit, als du auf der Universität warst, und auch als du in der Firma angefangen hast. Sie sagte, sie würde tagsüber häufig ihre Arbeit unterbrechen und kurz darüber nachdenken, was Rupert wohl im Augenblick macht.«

»Du lieber Himmel!« rief er.

»Nicht lange, nur einen Augenblick, verstehst du. Sie zermartert sich ja nicht den Kopf darüber. Du unterbrichst deine Tätigkeit vermutlich nicht und überlegst, was sie gerade macht.«

»Nein, das nicht, aber natürlich denke ich oft an die beiden, vor allem seitdem es Vater so schlecht geht. Selbstverständlich tue ich das!« verteidigte er sich.

»Reg dich nicht auf, ich habe dich ja nur als Beispiel genommen. Selbst wenn Andrew und Jessica bis ins Erwachsenenalter bei mir gewohnt hätten, wären sie vielleicht trotzdem weit weg und würden nicht an mich denken. So ist eben der Lauf der Dinge.«

»Wie unkompliziert es ist, sich mit Ihnen zu unterhalten. Ich wünschte, ich könnte mit meiner Mutter auch so reden. Aber sie ist natürlich viel älter«, fügte er wie entschuldigend hinzu.

»Da hast du recht, sie könnte ja fast *meine* Mutter sein. Aber das ist nicht der Grund . . . Mit der eigenen Mutter kann man nie reden, das ist ein Naturgesetz.« Lächelnd blickte sie aus dem Fenster, und als sie hörte, daß diese Nancy Morris von Nackenentspannung sprach und ausnahmsweise mal keinen Unsinn schwatzte, mischte sie sich in das Gespräch. Gewiß hatte der junge Rupert Green die Nase voll von Geschichten über den Sinn des Lebens und von den Ansichten einer Frau, die sich ungerecht behandelt fühlte. Er sollte sich lieber in seine teure italienische Jacke kuscheln und seinen Träumen nachhängen.

Mit jungen Menschen kam sie von jeher besser zurecht. Einmal meinte jemand, sie hätte Lehrerin werden sollen. Aber sie meinte, nein, denn dann müßte sie ja den Jugendlichen als Gegnerin gegenüberstehen. In ihrem Freundeskreis gab es mehr junge Leute als Menschen ihres Alters. So zum Beispiel Bart Kennedy. Mit ihm konnte sie bis in die Puppen plaudern, während sich eine Unterhaltung mit seinem Vater auf das Notwendigste beschränkte. Aber mit Kev Kennedy, der ganz vorne im Bus saß, war es noch mal anders: Die Gespräche mit ihm verliefen äußerst zäh. Er erinnerte einen an einen jungen Burschen, der an der Tür Schmiere stand und die anderen warnte, sobald der Chef in Sicht war. Judys Blick wanderte von einem zum anderen. Celia und Dee mochte sie wirklich gern. Und auch Tom Fitzgerald war ein feiner Kerl. Nancy Morris konnte man indes keine Sympathie entgegenbringen. Aber sie zählte sowieso nicht zur Jugend, da sie trotz ihrer Jahre wie eine alte Frau wirkte.

Außerdem ließen die jungen Leute aus Rathdoon sie nie im Stich, wenn es darum ging, ihr auf dem Fleckchen Garten, das Jack Hickey ihr vor zwanzig Jahren überlassen hatte, zur Hand zu gehen. Judy war einfach anders als die anderen: Sie maßte sich kein Urteil an; sie redete ihnen nicht zu, sie sollten heiraten oder ein geregeltes Leben führen, mehr sparen oder weniger trinken. Und obwohl sie ihnen vielleicht ein wenig verrückt schien, kamen sie vorbei und halfen ihr beim Graben und Pflücken und Trocknen und Verpacken.

Nie empfand sie das Haus als einsam, ebensowenig wie ihre Wohnung in Dublin. Sie hatte sich daran gewöhnt und genoß das Alleinsein. Sie aß zu den ungewöhnlichsten Tageszeiten und hörte noch um Mitternacht Musik, wenn sie Lust dazu hatte. In ihrer Wohnung trug sie gepolsterte Kopfhörer, so daß sie wahrscheinlich wie eine alternde Raverin aussah, aber sie konnte doch nicht die anderen Hausbewohner, alles Beamte und Angestellte großer Büros, mit ihrer Musik belästigen. In dem abseits gelegenen Häuschen – das einzige, was Jack ihr von dem großen Anwesen gelassen hatte –, hielt sie Kopfhörer für überflüssig. Es wohnte niemand in unmittelbarer Nähe und die Vögel hörten anscheinend gerne Symphonien und Konzerte, denn sie ließen sich oft auf dem Zaun nieder und lauschten.

Nach der ersten Heimfahrt hatte Tom sie vor ihrem Häuschen abgesetzt und noch so lange gewartet, bis sie Licht gemacht hatte. Eine nette Geste. Er war verantwortungsbewußt und wollte sichergehen, daß sie heil ins Haus gelangte. Das war typisch für die jungen Leute heutzutage. Sie waren natürlich und anständig und nicht so melodramatisch wie zu ihrer Zeit. Das galt auch für Chris und Karen, denen der Gesundheitsladen gehörte. Sie kümmerten sich um ihr Geschäft, ohne nach Reichtümern zu schielen oder das schnelle Geld mit Modeschnickschnack machen zu wollen. Der Fachjargon erfahrener Geschäftsleute war ihnen fremd, und da sie idealistisch und unbedarft an die Dinge herangingen, mußten sie ja auf die Nase fallen. Bekümmert dachte sie an die beiden. Vielleicht waren Jessica und ihr Mann – falls sie einen hatte – irgendwo in Kalifornien auch gerade dabei, einen Gesundheitsladen zu eröffnen. Falls sie nun Schwierigkeiten hatten, wäre es nicht wunderbar, wenn ihnen eine nette ältere Person zur Seite stehen könnte?

Judy besaß nur ein Wohnrecht in ihrem Pförtnerhäuschen, so daß sie es, selbst wenn sie wollte, nicht verkaufen konnte. Ihr möbliertes Zimmer in Dublin hatte sie gemietet, Rücklagen besaß sie nicht. Einzig die Reise in die Vereinigten Staaten hatte sie sich vor langer Zeit zusammengespart, und sie hatte ihr Postsparbuch so oft in die Hand genommen, daß es inzwischen abgegriffen und unleserlich war. Sie trug es in ihrer Handtasche überall mit sich und befühlte es, als sei es ihr Ticket nach Amerika. Aber nicht in diesem Augenblick. Wie gern hätte sie etwas dazu beigetragen, um Chris' und Karens Traum zu verwirklichen. Denn es war auch Judys Traum – das Geschäft. Dafür könnten sie sie ja zur Geschäftsführerin oder zu sonst einem Unsinn ernennen. Könnte sie ihnen doch mit einer kleinen einmaligen Summe und einer regelmäßigen Unterstützung helfen, anstatt sich von dem geringen Erlös, den das Geschäft abwarf, auch noch ein kleines Gehalt zahlen zu lassen!

Sie hatte Rupert gesagt, er solle sein Wochenende nicht damit vergeuden, ihr im Garten zu helfen. Schließlich fuhr er nach Hause, um seine Eltern zu besuchen, und konnte ebensogut in Dublin bleiben, wenn er sich nicht seinem sterbenden Vater widmete und seiner Mutter Rückhalt gab. Das sagte sie sehr nachdrücklich, obwohl er einwandte, daß er die Gartenarbeit wirklich gern mochte. Später, so hatte sie hinzugefügt, hätte er dafür noch genügend Zeit. Die letzten Wochen oder Monate im Leben seines Vaters durfte er nicht mit Umgraben und Hacken in anderer Leute Garten verplempern.

»Aber Sie sind nicht irgendwer, Judy. Sie sind eine Freundin«, entgegnete Rupert – eine Bemerkung, die ihr schmeichelte.

Es war ein heller sonniger Samstag im September. Überall herrschte geschäftiges Treiben. Es gab Wochenenden, da pulsierte Rathdoon geradezu vor Betriebsamkeit. An anderen wiederum hätte sich nicht einmal etwas gerührt, wenn ein Tornado durch die Patrick Street gefegt wäre. Sie sah Nancy Morris umherstreifen, als suchte sie einen verlorenen Schatz. Kev Kennedy rannte im Geschäft seines Vaters ein und aus, als hätte ihn die Mafia auf die Abschußliste gesetzt. Bei jedem Schritt auf die Fahrbahn lief man Gefahr, von einem vorbeirasenden Wagen überfahren zu werden: Mrs. Caseys altersschwaches Vehikel mit Nancy Morris' Mutter auf dem Beifahrersitz brauste vorüber; Mikey Burns drehte mit angespannter Miene seine Runden um den Hauptplatz, als würde er Kurierfahrten erledigen oder mit den Kindern seines Bruders Billy in die Brombeeren gehen. So gedankenvoll hatte sie ihn noch nie gesehen. Sie bemerkte auch Celia, die konzentriert wie eine Rallyefahrerin hinter dem Steuer eines Wagens saß, neben sich ihre Mutter und hinten im Auto eine Menge Gepäck, abgedeckt mit einem Teppich. Tom Fitzgerald kam vorbei, um ihr ein paar Stunden im Garten zu helfen; seitdem er kein einziges böses Wort von einem seiner Verwandten oder deren Frauen gehört hatte, fühlte er sich wie im siebten Himmel, meinte er. Deshalb hatte er beschlossen, rasch das Weite zu suchen, damit diese Harmonie nicht plötzlich wie eine Seifenblase platzte. Sie erblickte Dee Burke auf dem Weg in die Stadt, wie sie mit blassem, versteinerten Gesicht ihre Mutter chauffierte, während diese wie ein Wasserfall auf sie einredete, ohne den Zustand ihrer Tochter zu bemerken. – Und da hieß es immer, auf dem Land gehe es beschaulich zu! Irgendwann einmal mußte sie Karen und Chris übers Wochenende einladen. Vielleicht über einen Feiertag, wenn sie bis dahin ihr Geschäft noch hatten.

Red Kennedy erschien, um seinem Bruder Bart zu helfen.

»Kann man mit denen hier in Dublin viel Geld verdienen?« fragte er und deutete auf die kleinen Kästchen mit Samen.

Judy überlegte. »Nein, nicht besonders viel. Dafür sind es zu wenig. Wenn man sie an der Straße verkauft, könnte man davon leben. Sonst lohnt sich so etwas bloß für große Gärtnereien und Kaufhausketten. Trotzdem kämpfen wir weiter.«

Aber dabei wurde ihr bewußt, wie aussichtslos das alles war, daß sie sich vergeblich abmühte, und nicht nur sie, sondern ebenso anständige junge Menschen wie Bart und Red; Mikey am letzten Wochenende und Tom Fitzgeralds Neffen nach der Schule. War es wirklich fair, sie um Hilfe zu bitten für so ein gescheitertes Unternehmen? Sie arbeiteten nicht für Geld, sie konnte ihnen ja gar nichts bezahlen, aber nützte sie nicht ihren Enthusiasmus aus? Ihre Gedanken wanderten zu Chris und Karen, die sich nicht nur um ihr Geschäft sorgten, sondern auch um Judy. Sie meinten, sie schuldeten ihr ein Zuhause und ein Auskommen, weil sie sie so unerschütterlich unterstützt hatte. Wie sehnsüchtig wünschte sie sich ein Schreiben einer amerikanischen Anwaltskanzlei, wonach ihr der verstorbene James Jonathan Hickey aus San Francisco, Kalifornien, eine Erbschaft vermacht habe, welche ihr von ihren beiden Kindern persönlich überbracht wurde. Oft träumte sie von der Rückkehr ihrer Kinder, nun aber dachte sie erstmals an das Geld. Ja, sie würde von Jack auch dann ein Erbe annehmen, wenn die Kinder es nicht überbrachten. Sie würde alles tun, um Chris und Karen zu helfen.

Kurz darauf ließ sie die Arbeit unterbrechen. Judy besaß das Talent, ihren Helfern eine Pausenerfrischung anzubieten, bevor sie müde wurden.

Es gab Holunderwein in großen Gläsern, von dem einige sagten, er wäre wirksamer als so manches, was als Bier aus Ryan's Zapfhahn floß. Sie setzten sich auf eine Mauer in der Sonne und tranken. Anschließend machten sich die Kennedys auf den Heimweg.

In dem Häuschen war es dunkel. Nachdem sie sich die Erde abgeschrubbt hatte, wurde sie von einem wohligen Gefühl erfaßt. Sie streckte sich auf der Fensterbank aus, die Hände im Nacken verschränkt.

»Sie liegen da wie eine Katze«, bemerkte Rupert, als er hereinkam. Die Tür stand im Sommer immer offen, und im Winter wurde sie nie abgesperrt.

»Das ist gut. Katzen sind sehr entspannte Tiere«, entgegnete Judy.

»Sind Sie entspannt?« wollte er wissen.

»Nicht im Kopf. Ich sorge mich um so unwesentliche Dinge wie Geld. Nie zuvor habe ich mir je Gedanken um Geld gemacht.«

»Wahrscheinlich, weil es früher leicht zu beschaffen war, oder?«

»Na, du weißt ja nun, wie ich es mir damals verdient habe. Aber seitdem hat es mir nie besonders gefehlt. Und jetzt ist mein einziger Wunsch, das Geschäft weiterzuführen.«

Kaum hatte sich Rupert in den quietschenden Schaukelstuhl gesetzt, erhob er sich wieder, um das Öl zu holen.

Sie bedankte sich, erinnerte ihn aber im gleichen

165

Atemzug daran, daß seine Mutter auch einen Schaukelstuhl besaß, in dem er nun eigentlich sitzen sollte.

»Wir hatten uns nichts zu sagen. Ich mußte einfach für eine Weile rauskommen«, verteidigte er sich.

»Aber bitte nur für eine Weile«, entgegnete Judy entschieden.

»Es ist bloß, weil er versucht hat zu sprechen. Er will wissen, ob viele Häuser auf dem Markt sind, und solche Sachen.« Ruperts Gesicht war schmerzverzerrt.

»Aber ist das nicht ein gutes Zeichen? Wenn er sich dafür interessiert, ist er munter und lebendig. Er möchte Anteil nehmen.«

»Und Mutter meint, er freut sich wirklich, daß ich da bin. Aber es ist so belanglos, so schrecklich belanglos.«

»Es kommt ganz darauf an, wie du damit umgehst.« Judys Mitgefühl schwand. Sie stand auf und streckte sich.

»Jetzt hör mir mal gut zu, Rupert Green: Ich möchte nicht, daß du deinem Vater meinetwegen auch nur eine Minute seiner verbliebenen Zeit mit dir vorenthältst. Ich mache einen Spaziergang durch Jack Hickeys Wälder.« Rupert schien verletzt.

»Bitte, Junge, denk einmal an all die Jahre, in denen du dir Vorwürfe machen wirst: Hätte ich doch bloß an seiner Seite gesessen und über irgend etwas mit ihm gesprochen! Tu es deiner Mutter zuliebe, ich bitte dich. Wir sehen uns dann später bei Ryan's, da kannst du mir ein großes Glas von dem synthetischen Zeug spendieren, das sie dort Wein nennen.« Seine Miene hellte sich auf.

»Hätten Sie Lust dazu? Das würde mich wirklich freuen.«

»Erst, wenn er eingeschlafen ist und du dich etwas um ihn gekümmert hast.«

»So schlecht bin ich wirklich nicht!«

»Nein, das nicht, aber du bist in sein Leben getreten, als er knapp fünfzig war. Und als du gezahnt und geschrien hast, ist er nachts aus dem Schlaf gerissen worden. Und später bist du nicht in seine Firma eingetreten – nichts von wegen Green & Sohn, sondern Green & MacMahon. Nun geh, setz dich zu ihm, sprich mit ihm über weiß der Himmel was. Es macht nichts, wenn es steif und belanglos klingt. Daß du da bist, daß du dich bemühst – allein das zählt.«

»Um wieviel Uhr gehen wir zu Ryan's?« fragte er eifrig.

»Rupert! Jetzt hör endlich auf. Das ist keine feste Verabredung! Ryan's ist keine Cocktailbar, sondern der einzige Pub in Rathdoon, und ich werde hingehen, wenn ich Lust dazu habe. Und du kommst, wenn dein Vater eingeschlafen ist und du dich noch ein wenig deiner Mutter gewidmet hast.«

»So gegen neun?« Er ließ nicht locker.

»So gegen neun«, seufzte sie schließlich.

Sie zog sich die Stiefel an. Wie lange schon hatte sie keinen Spaziergang mehr durch die Wälder unternommen. Die drei Nonnen, die die ökonomischen Tagungen und Diözesan-Seminare im Herrschaftshaus organisierten, hatten vage davon gehört, daß Mrs. Hickey aus dem Pförtnerhäuschen früher in dem großen Haus gewohnt hatte. Daher behandelten die Nonnen sie stets höflich und ermunterten sie, sich jederzeit und überall frei zu bewegen. Vermutlich waren sie erleichtert, daß diese etwas wild aussehende Frau mit den zigeunerhaften Kopftüchern von dem Angebot nur selten Gebrauch machte. Sie ließ die Nonnen wissen, wie schön es sei, daß sie die Möglichkeit hatte, unter den alten Bäumen spazierenzugehen und Blumen zu pflücken. Dem Haus näherte sie sich nie, nur dann und wann legte sie einen großen, in feuchte Blätter eingeschlagenen Strauß mit Glockenblumen an der Türschwelle nieder. Nicht ein einziges Mal hatte sie geklingelt oder gefragt, ob sie sich in den Salon setzen dürfe. Es war eine wirklich ideale Beziehung.

Heute waren ihre Schritte entschlossener. Sie streifte nicht nur umher, wie es ihr gerade in den Sinn kam, und schien auch nicht auf der Suche nach Schößlingen. Nein, offensichtlich hatte sie ein Ziel.

Sie waren immer noch da, dort unter den efeubewachsenen Bäumen. Natürlich verwildert, aber dank des umgeknickten Baumes auch den neugierigen Blicken entzogen. Nein, dahinter konnte niemand etwas vermuten. Als sie über den Baumstamm kletterte, stand sie inmitten ihrer kleinen Marihuana-Plantage. Sie betrachtete die vor zweiundzwanzig Jahren gesäten Cannabispflanzen. Viele waren abgestorben, viele trugen Samen und waren unbrauchbar. Doch einige hatten sich gesund und kräftig entwickelt, andere wieder brauchten nur ein bißchen Pflege.

Es würde nicht lange dauern, bis sie in Dublin einen geeigneten Absatzmarkt gefunden hatte. Es durfte natürlich nichts mit dem Laden zu tun haben. Chris und Karen durften nie etwas davon erfahren.

Das war ihr ebenso wichtig, wie es ehedem ihrem Mann am Herzen gelegen hatte, daß Andrew und Jessica nie etwas erfuhren.

Ihr Herz begann schneller zu schlagen, genau wie damals. Wie aufregend, nach all den Jahren wieder ins Geschäft einzusteigen!

Kev schien es, als könnte er dem Pelikan überhaupt nicht mehr entkommen. Der Pelikan war wieder einmal guter Laune – was in letzter Zeit selten bei ihm vorkam –, und dann pflegte er sich endlos über Leute auszulassen, die nur er kannte. In seinen Geschichten kamen unzählige Personen vor, aber alle nur ein einziges Mal. Kev hörte aufmerksam zu, denn wenn man nicht mitbekam, wenn der eine Typ hereinkam, während der andere schon da war und ein dritter gerade durch eine andere Tür hinausging, verlor man leicht den Faden. Und der Pelikan piesackte einen gern mit irgendwelchen unerwarteten Kontrollfragen, um sicherzustellen, daß man auch bei der Sache war.

Vor dem Pelikan fürchtete sich Kev nur ein bißchen, während er vor manch einem der anderen buchstäblich Angst hatte. Obwohl der Pelikan also nicht zur schlimmsten Sorte gehörte, hätte Kev den lila Bus nach Rathdoon lieber ohne ihn abfahren lassen, als den Mann zu beleidigen, dessen Name von seiner großen Hakennase herrührte. Wenn Kev auch nicht viel wußte, eines war ihm klar: Mit dem Pelikan legte man sich besser nicht an.

Glücklicherweise erblickte der Pelikan jemanden, der interessanter war, und Kev wurde entlassen. Er spurtete um die Ecke. Der Bus hatte sich schon ziemlich gefüllt, aber er war noch nicht der letzte. Mikey Burns rieb sich die Hände – o Gott, mach, daß er heute nicht wieder mit irgendwelchen Ratespielchen kommt! Wenn Mikey nicht so aufgedreht war, konnte man prächtig mit ihm auskommen, aber dieses ständige »Kennt ihr den? Kennt ihr den?« – wie diese Komiker in den Fernsehshows! Und das schlimmste war, daß Kev einfach keinen Sinn für diesen Humor hatte, er lachte immer an den falschen Stellen. Wie gern hätte er neben Celia gesessen, ja, sie wäre ihm am liebsten gewesen: Sie wechselten etwa fünf höfliche Sätze, dann ließ sie ihn mit seinen eigenen Gedanken allein und schaute aus dem Fenster. Oder Rupert, ebenfalls ein ruhiger Zeitgenosse, und überhaupt nicht hochnäsig. Kevs Brüder Bart und Red wunderten sich immer, daß Kev Mrs. Hickey nicht näher kannte. Die beiden hatten einen Narren an ihr gefressen: Sein Dad sagte immer, sie würden in Mrs. Hickeys Garten Lavendel und Vergißmeinnicht und weiß der Teufel was für ihre Zaubertränke pflanzen, anstatt wie richtige Männer ihre eigenen Kartoffeln zu graben. Zwar war Mrs. Hickey ganz nett, aber sie hatte so einen beunruhigenden, durchdringenden Blick, wenn sie mit einem sprach, als ob ihr oberflächliches Gerede zuwider wäre. Natürlich hatte Kev für seichte Konversation ebensowenig übrig, aber er wollte nicht, daß ihn dieses dunkle Gesicht mit dem stechenden Röntgenblick musterte. Denn er wurde das Gefühl nicht los, daß sie ein klein wenig zuviel sah.

Kev arbeitete in einer Sicherheitsabteilung – nun, nicht wie die richtigen Sicherheitsleute, die Helme und Knüppel und Schäferhunde hatten. Er war eher Pförtner oder Portier, doch es nannte sich Sicherheitsdienst. Wenn jemand an der Pforte anrief und wissen wollte, ob ein Botenbrief oder ein Besucher angekommen sei, meldete Kev sich immer mit den Worten: »Sicherheitsdienst, hallo?«

Einmal hatte sein Vater ihn angerufen und gebeten, ein paar Kartons von diesen neuen Kartoffelchips mitzubringen, für die im Fernsehen soviel Werbung gemacht wurde und die alle im Ort unbedingt mal probieren wollten. Kevs Vater fand es höchst spaßig, daß sein Sohn sich mit »Sicherheitsdienst« meldete, und drohte damit, ihn nun jeden Tag anzurufen – nur zum Vergnügen. Kev wies ihn besorgt darauf hin, daß Privatgespräche auf ein Minimum beschränkt sein müßten. Doch seine Angst erwies sich als unbegründet, denn sein Vater wollte ohnehin nicht teures

Geld ausgeben, nur um denselben Witz immer wieder zu hören.

Bart und Red hätten zu gern gewußt, warum er jedes Wochenende nach Hause kam. Nicht, daß sie ihn nicht sehen wollten, doch im Grunde war es ihnen einerlei. Warum aber *jedes* Wochenende? Das war das Verblüffende. Wo er doch am Samstagabend nicht zum Tanzen ging und auch keine Clique hatte, die er bei Ryan's traf; zwar tauchte er in der Kneipe immer wieder einmal auf und bestellte ein, zwei Drinks, aber er blieb nie lange. Mit ihrem Vater unterhielten sich die Kennedy-Brüder kaum oder gar nicht; der alte Kennedy hatte stets eine Zigarette im Mund und ließ von früh bis spät das Radio dröhnen. Und wohl kaum, um Gesellschaft zu haben.

Kev wußte, daß er für seine Familie ein Buch mit sieben Siegeln war. Auch für Tom Fitzgerald, der ihm erklärte, der Busbetrieb sei nur rentabel, wenn er sich darauf verlassen könne, daß freitags sieben Personen mitfuhren. Nur deshalb könne er es so billig machen. Man verpflichtete sich, zehn Wochen lang den Bus zu benutzen, und wenn man verhindert war, mußte man für Ersatz sorgen – eine Person, die nicht unbedingt bis nach Rathdoon mitfahren mußte, aber zumindest ein Stück des Weges oder in die dreißig Kilometer entfernte Stadt. Und wenn man niemanden fand, mußte man trotzdem für seinen Platz bezahlen. Auf diese Weise kostete es nur die Hälfte von dem, was andere Busunternehmen für die Strecke verlangten, und zudem wurde man vor der Haustür abgesetzt. Meist war es gegen zehn, wenn Kev ausstieg und sich von Nancy Morris verabschiedete, die gleich gegenüber wohnte. Ein tiefer Atemzug der Erleichterung – sicher zu Hause angekommen. Oft sah Tom ihm verwundert nach. Danach begrüßte ihn sein Vater mit einem Kopfnicken und rief über den Lärm des Radios hinweg, es kämen gleich die Nachrichten. Für gewöhnlich stellte man ihm eine Tasse Tee und ein Stück Kuchen aus dem Laden hin. Anderen Kuchen hatten Kev und seine Brüder nie bekommen. Ihre Mutter war schon vor langer Zeit gestorben, und selbst Bart, der sich noch an sie erinnern konnte, hatte sie niemals Brot oder Kuchen backen sehen, auch als sie noch gesund gewesen war. Nach den Nachrichten fragte sein Vater meist, ob er eine anstrengende Woche hinter sich habe und ob irgendwelche Rowdys mit Brechstangen aufgetaucht seien. In Dublin, meinte er, gäbe es inzwischen mehr Gewaltverbrechen als in Chicago, und ohne einen bewaffneten Leibwächter würde er keinen Fuß mehr in die Stadt setzen. Anfangs hatte Kev ihm widersprochen, doch inzwischen machte er sich nicht mehr die Mühe, mit ihm zu diskutieren.

Außerdem glaubte er mittlerweile selbst schon fast, daß sein Vater recht hatte.

In der Arbeit wußte keiner, wo Kev seine Wochenenden verbrachte. Man nahm allgemein an, er sei eine Art Laienmönch, der gute Taten vollbrachte; und es gehöre wohl dazu, daß er nicht darüber redete. Der liebenswürdige alte Mr. Daly, einer der freundlichsten Menschen, die Kev je kennengelernt hatte, schüttelte immer bewundernd den Kopf unter der Uniformmütze.

»Ich weiß nicht, wieso alle über die junge Generation schimpfen«, pflegte er zu sagen. »Es ist mir völlig unverständlich. Da gibt es Leute wie den jungen Kev, der bei uns an der Pforte arbeitet, und am Wochenende verteilt er dann Suppe an Bettler, betet vor dem Altar und bringt Analphabeten das Lesen bei. Punkt sechs stürmt er hier raus und ist bis Montagmorgen wie vom Erdboden verschluckt.«

Niemals hatte Kev etwas Derartiges gesagt – weder zu Mr. Daly noch zu sonst jemandem. Doch als er davon hörte und feststellte, daß man diese Geschichte für bare Münze nahm, widersprach er nicht. Wenn irgendwer in der Firma herumschnüffelte und Fragen stellte, war es doch ganz nützlich, wenn der alte Mr. Daly, John und die anderen dachten, er sei bei der Gemeinde des heiligen Simon oder der Marienlegion. Keiner brauchte zu wissen, daß er jeden Freitagabend mit schöner Regelmäßigkeit in einen lilafarbenen Kleinbus stieg, um Dublin und seine Gefahren möglichst rasch hinter sich zu lassen.

Einen beklemmenden Augenblick lang stellte er sich vor, Daff oder Crutch Casey oder der Pelikan kämen vorbei, weil sie irgend etwas von ihm wollten. Nun, sie würden nichts in Erfahrung bringen. Keiner wußte, wo Kev sich am Wochenende aufhielt.

So verschwiegen war er schon als junger Bursche gewesen. Er erinnerte sich, daß Bart einer wildfremden Frau im Laden erzählt hatte, ihre Mutter sei tot, sie sei nach zwei Monaten und einer Woche im Krankenhaus gestorben. Niemals hätte Kev das einer Frau anvertraut, die nichts weiter wollte, als Schokoriegel und Eis für ihre Kinder draußen im Auto kaufen. Auch wenn sie nett war und die drei Jungs dafür lobte, daß sie im Laden bedienten, während ihr Vater hinter dem Haus einen Schuppen für die Gasflaschen und Briketts baute. Kev hätte den Mund gehalten und statt dessen an seinem Unterarm genuckelt – eine wunderbare Methode, um ein Gespräch zu beenden. Aber Bart und Red plauderten mit jedem über alles ... Einmal hatte Bart sogar weitererzählt, wie Kev damals mit seinen siebzehn Jahren Deirdre Morris – Nancys wesentlich nettere

179

Schwester – überreden wollte, mit ihm in ein Kornfeld zu gehen; er wolle ihr dort nur ein kleines Vogelnest zeigen, versprach er hoch und heilig.

Deirdre Morris hatte lachend den Kopf zurückgeworfen und ihm einen Stoß versetzt, daß er im Matsch landete. »Ein kleines Vogelnest – nennt man das heutzutage so?« sagte sie und ging lachend davon. Kev war schockiert. Daß sie so etwas von ihm dachte! Und daß sie ihn so gedemütigt hatte! Aber Bart fand es zum Schreien komisch. Und als Deirdre – mittlerweile verheiratet und mit einem Baby namens Shane – aus Amerika kam, konnten sie und Bart immer noch über diese Geschichte lachen. Red, ein leidenschaftlicher Tänzer, war auch nicht anders: Dem halben Land hatte er von ihren Geschäften erzählt, daß sie eine Firma zur Straßenteerung im Ort hätten gründen sollen, aber daß sein Vater zu lange gezögert hätte und Billy Burns ihm zuvorgekommen sei. Kev erzählte nie etwas. Aber er hatte ja auch mehr zu verbergen.

Kurz nach ihm kam Celia an, die Türen des Busses wurden geschlossen, und los ging's. Als sie um die Ecke bogen, sah Kev durch die offene Tür des Pub den Pelikan, in der einen Hand ein Glas Bier, in der anderen eine zusammengerollte Zeitung. Eine zusammengerollte Zeitung eignete sich prächtig, um seinen Worten Entschiedenheit zu verleihen, um etwas besonders herauszustreichen. Und das war eine typische Eigenschaft des Pelikans: Entschiedenheit.

Bedauerlicherweise war Mikey heute in Topform: Kunststückchen mit Streichhölzern und einem Glas, die man in Pubs vorführen konnte. Begriff der arme Mikey denn nicht, daß nur Betrunkene, Einsame oder Verrückte plötzlich mit Streichholzspielchen im Pub anfingen? Normale Leute taten so etwas nicht, höchstens im Freundeskreis; aber wenn man seine Freunde um sich hatte, brauchte man doch nicht mit Zaubertricks Eindruck zu schinden, oder? Während Mikey erklärte, wie man die Streichholzschachtel beschweren mußte, blickte Kev aus dem Fenster und sah die Häuser der Vororte vorüberziehen. Der alte Mr. Daly hatte gemeint, Kev würde bestimmt bald eine junge Frau kennenlernen und auf ein ordentliches Haus sparen, und danach würde man ihn nicht wiedererkennen. Vom wirklichen Leben hatten Leute wie Mr. Daly und Mikey einfach keine Ahnung. Mikey, der ihm gerade lang und breit erklärte, daß man die Streichholzschachtel auf einer Seite mit einem Zweipencestück beschweren mußte und darauf wetten konnte, daß sie immer auf diese Seite fiel ... Kev sah ihn mit leerer Miene an.

»Bart oder Red Eddie wären bestimmt dankbar für so einen Trick«, murmelte Mikey. Natürlich, dachte

Kev. Sie hatten auch die Zeit und die Ruhe für solche Kinkerlitzchen.

Kev hatte Mikey nie erzählt, daß auch er so etwas wie ein Pförtner war. Nun ja, genaugenommen ein Sicherheitsangestellter, aber es war ein ähnlicher Arbeitsbereich. Wo er arbeitete, hatte er keinem verraten, nur daß es in diesem neuen großen Hochhaus war. Und das sagte eigentlich gar nichts, denn dort gab es Behörden, Reisebüros, Fluggesellschaften und kleine Zweimannbetriebe; auf einer Tafel in der Eingangshalle war eine schier endlose Liste mit allen im Haus ansässigen Institutionen und Firmen aufgeführt. Kev sagte bloß, daß er dort arbeitete, und wenn ihn jemand nach seiner Tätigkeit fragte, antwortete er: »Dies und jenes.« Nur kein Risiko eingehen. Eines Vormittags stand er in seiner Uniform da, als Dee Burke hereinkam. Sie wollte irgendwelche Unterlagen zu einem Anwalt im fünften Stock bringen. Während Mr. Daly sie telefonisch anmeldete, kroch Kev hektisch auf dem Fußboden herum, als ob er etwas suchte, nur damit sie ihn ja nicht sah. Später fragte er sich, warum. Es spielte doch keine Rolle, ob Dee wußte, daß er an der Pforte des großen neuen Bürogebäudes arbeitete. Wenn sie in Kennedys Laden Zigaretten kaufte, würde sie doch kaum auf den Gedanken kommen, der jüngste Sproß der Familie wäre Chef einer Firma in Dublin. Er wollte nicht einmal, daß sie ihn für einen Büromenschen hielt. Aber warum versteckte er sich dann? Weil es klüger war. Genauso, wie man besser nicht auf Sprünge im Straßenbelag trat. Er konnte es nicht begründen, er hatte einfach das Gefühl, es sei besser so.

Natürlich war es in gewisser Hinsicht auch seiner Verschwiegenheit zuzuschreiben, daß er jetzt in der Patsche saß. Wäre er ein anderer Typ gewesen, hätte es gar nicht soweit kommen können.

Begonnen hatte alles an seinem einundzwanzigsten Geburtstag, an einem ganz gewöhnlichen Arbeitstag. Sein Vater hatte ihm eine Zehnpfundnote in einer Glückwunschkarte mit einer rosa Katze darauf geschickt. Bart und Red Eddie meinten, am nächsten Freitag müßten sie bei Ryan's gehörig auf Kevs Geburtstag anstoßen. Sonst wußte keiner davon. Mr. Daly hatte er nichts gesagt, damit er nicht mit einer Torte ankam und ihn in Verlegenheit brachte. Auch den Zimmernachbarn vom Haus, in dem er zur Untermiete wohnte, hatte er nichts erzählt; sie lebten alle sehr zurückgezogen, und wenn er seinen einundzwanzigsten Geburtstag erwähnt hätte, hätten sie sich zu irgend etwas verpflichtet gefühlt. Und den Büromenschen in ihren Kabuffs hatte er es ebenfalls verschwiegen, für Geburtstage und solche Dinge hatten die ohnehin keine Zeit. So wußte niemand in Dublin, daß Kevin, der jüngste Sohn des Geschäftsinhabers Michael Kennedy und der verstorbenen Mary Rose Kennedy aus Rathdoon, heute einundzwanzig wurde. Den ganzen Vormittag über dachte er immer wieder daran, es ließ ihn nicht mehr los. Andere durften sich ihre Lieblingsmusik im Radio wünschen, andere bekamen stapelweise Glückwunschkarten, nicht nur eine. Dee Burke hat ihren Geburtstag in einem Hotel gefeiert – er erinnerte sich, daß er erst vor ein paar Monaten davon gehört hatte –, und Bart und Red waren dazu eingeladen worden. Bart wollte sich nicht in einen Smoking zwängen, aber Red, der begnadete Tänzer, lieh sich einen aus und amüsierte sich prächtig. Und selbst seine beiden Brüder hatten ein bißchen gefeiert. Bart und seine Freunde trafen sich zu einem Barbecue am Fluß, und zwar bevor Hinz und Kunz Barbecues veranstalteten. Fleischstücke wurden geröstet und mit dicken Brotscheiben verzehrt; es war ein Riesenspaß, ein fröhliches Treiben mit viel Gesang. Und als Red vor zwei Jahren einundzwanzig geworden war, kamen eine Menge Leute zu ihnen nach Hause, wo es Kuchen und Getränke gab, und danach fuhren sie alle in einem Lastwagen zum Tanzen. Nur bei Kev war nichts los.

Unentwegt mußte er daran denken. Mit der Ausrede, er fühle sich nicht wohl, meldete er sich bei Mr. Daly ab und erklärte, er würde für ein halbes Stündchen auf dem Hinterhof frische Luft schnappen. Mr. Daly zeigte sich so besorgt, daß Kev sofort von Schuldgefühlen geplagt wurde. Das war noch, bevor er regelmäßig am Wochenende verschwand und Mr. Daly zu der Überzeugung gelangte, sein junger Kollege müsse ein heimlicher, nicht kanonisierter Heiliger sein.

Er setzte sich draußen neben die Laderampe, wie man es nannte: Hier konnten die Papierlieferanten parken oder die Boten ihre schweren Motorräder mit den eingebauten Funksprechanlagen abstellen. Während Kev sich eine Zigarette aus dem Päckchen fischte, dachte er an all die anderen Burschen in seinem Alter und fragte sich, warum er unbedingt von zu Hause hatte weggehen wollen, warum er geglaubt hatte, anderswo würde es besser sein. Unterdessen waren vier Männer eifrig damit beschäftigt, einen Lieferwagen zu beladen. Ein fünfter stand auf eine Krücke gestützt daneben und sah sich müßig um. Sanitäreinrichtungen, Waschbecken und kleine Wasserboiler verschwanden im Wagen. Das Verladen ging ohne Hast, doch mit löblicher Geschwindigkeit vor sich.

Kev zog an seiner Zigarette. Irgendwo oben mußte offensichtlich etwas neu ausgestattet werden, es sah nach einer größeren Aktion aus. Moment mal. Er hatte keinen von denen beim Sicherheitsdienst gesehen, dabei mußten sich doch alle vorne an der Pforte anmelden. Auch wenn man sie dann zum Vordereingang hinaus und außen herum zur Laderampe schickte! Erst an der Pforte melden, so lauteten die Vorschriften.

Sein Blick verriet nur eine Spur von Neugierde, aber das genügte, um den Mann mit dem verkrüppelten Bein, der so zwanglos auf seine Krücke gestützt dastand, in Alarmzustand zu versetzen.

»Hat keine Mütze auf, hab ihn nicht bemerkt«, zischte er aus dem Mundwinkel hervor.

Daraufhin hielt ein großer Mann mit einer Hakennase kurz inne und löste sich aus der Gruppe, die die Sanitärteile in den Wagen stapelte. Als er auf Kevin zuschlenderte, krampfte sich dessen Magen vor Angst zusammen. Schlagartig kam ihm zu Bewußtsein, daß es sein Job war, jetzt zu handeln, daß fünf Männer Gegenstände aus dem neuen Gebäude entfernten, sanitäre Anlagen, die dann überall in der Stadt in irgendwelchen Häusern wieder auftauchen würden. Er schluckte heftig.

Der Pelikan ging ohne Hast, als gäbe es keinen Grund, sich zu verstecken oder beunruhigt zu sein.

»Hast du 'ne Zigarette für mich?« fragte er beiläufig. Hinter ihm ging das Verladen so routinemäßig weiter, als wäre es das Normalste auf der Welt.

»Hm, ja.« Kev reichte ihm die Schachtel.

»Und was machst du hier so?« Der Pelikan kniff die Augen zusammen.

Es war eine absolut höfliche Frage. In einem freundlichen Plauderton wie zwischen Leuten, die sich an einem sonnigen Vormittag in einem Straßencafé treffen. Er hätte ebensogut noch »an einem so schönen Tag wie heute« hinzufügen können. Aber das tat der Pelikan nicht. Er und die anderen warteten, wie Kevin reagieren würde, und ihm war bewußt, daß es vielleicht die entscheidendste Antwort seines Lebens sein würde.

»Heute ist mein einundzwanzigster Geburtstag«, entgegnete er. »Und ich hab's satt, drinnen beim Sicherheitsdienst zu sitzen, wo keiner was davon weiß. Da habe ich mir gedacht, ich setze mich hier raus und rauche wenigstens eine zur Feier des Tages.«

Es bestand nicht der leiseste Zweifel, daß er die Wahrheit gesagt hatte. Man brauchte keinen Lügendetektor oder jahrelange Erfahrung mit Wahrheitsdrogen, um zu wissen, daß Kev Kennedy absolut korrekt den Grund angegeben hatte, warum er sich hier aufhielt; und etwas an Kevins Art sagte dem Pelikan, daß nicht mit Schwierigkeiten zu rechnen war.

»Na ja, wenn wir hier fertig sind, könnten wir dich ja in deiner Mittagspause auf ein Glas einladen. Es geht doch nicht, daß ein junger Kerl einundzwanzig wird und keiner was davon weiß.«

»Das finde ich auch«, pflichtete Kev ihm lebhaft bei. Dabei wandte er den Blick ab von dem größten und dreistesten Diebstahl, der sich im Gebäude abspielte, das er eigentlich schützen sollte. Inzwischen schienen sie fertig zu sein, der Trupp schloß die Türen und stieg in den Wagen.

»Also, was meinst du? Um eins?« Die Nase des Pelikans erschien ihm groß und bedrohlich wie eine Sichel, seine Augen waren Schlitze.

»In der Mittagspause ist es ein bißchen schwierig. Wissen Sie, ich habe nur fünfundvierzig Minuten, und Sie werden sich wohl kaum in der näheren Umgebung aufhalten«, sagte Kev mit argloser Miene.

»Also, wo und wann willst du dann dein Geburtstagsgläschen?« Der Ton ließ keine Widerrede zu, nur einen kleinen Entscheidungsspielraum für Zeit und Ort.

»Na ja, wo es Ihnen paßt, und so gegen sechs. Wäre Ihnen das recht?«

Der Pelikan nickte und nannte ihm einen Pub im Stadtzentrum.

»Wir geben dir alle einen aus, und wie du sicher bemerkt hast, sind. wir zu fünft. Macht also fünf Drinks.«

»Donnerwetter, das wäre wirklich Klasse«, freute sich Kev. »Seid ihr fünf? Das habe ich nicht mitbekommen.«

Der Pelikan nickte beifällig. Dann schlenderte er zu dem Lieferwagen zurück und setzte sich neben den Fahrer, der wie ein Preisringer aussah.

»Um sechs dann«, rief er fröhlich aus dem Fenster.

Bis halb fünf hatte niemand etwas bemerkt. Zahlreiche Büros im sechsten Stock standen noch leer. Manche dachten, es würden neue Toiletten eingebaut werden, und waren seufzend in die anderen Stockwerke gegangen. Erst als sich eine Sekretärin bei Mr. Daly beschwerte, sie habe es satt, sich die Beine in den Bauch zu stehen, und es sei doch merkwürdig, daß nagelneue Toiletten schon nach drei Monaten ausgetauscht werden müßten, wurde überhaupt ein Alarm ausgelöst. Alle waren verblüfft, wie so etwas am hellichten Tag geschehen konnte. Die Polizei wurde gerufen, und es herrschte ein gewaltiges Durcheinander. Kev schaffte es nur mit Mühe, um sechs zu gehen. Mit neunzigprozentiger Wahrscheinlichkeit würden sie nicht da sein. Nach allem, was sie wußten, mußten sie annehmen, daß sie womöglich in eine Falle tappten. Wie konnten sie ahnen, daß sie es mit Kev Kennedy zu tun hatten, der verschwiegen wie ein Grab war? Wahrscheinlich dachten sie, er hätte Polizisten in Zivilkleidung herbestellt, die im ganzen Pub verteilt vor ihren Gläsern mit Bier und Limonade saßen. Aber man konnte ja nie wissen. Und dann würden sie vielleicht zurückkommen und ihn sich vorknöpfen. Schließlich wußten sie, wo er arbeitete, aber er wußte nichts von ihnen.

Sie waren alle da.

»Ich bin aufgehalten worden. Es gab ein wenig Aufregung in der Arbeit.«

»Ach, das macht doch nichts«, meinte der Pelikan großzügig. Dann wurde Kev mit Daff und John, mit Ned und Crutch Casey bekannt gemacht.

»Wie ist denn Ihr richtiger Name?« fragte er den Mann mit dem verkrüppelten Bein.

»Crutch«, entgegnete der Mann, erstaunt über die Frage.

Jeder gab ihm ein Bier aus, und bei jeder Runde hoben sie feierlich die Gläser und gratulierten ihm zum Geburtstag. Bei der vierten Runde fühlte er sich ziemlich elend. Er hatte nie mehr als drei Bier bei Ryan's oder zwei Bier anderswo getrunken. Bei Ryan's ließ man sich leichter in Versuchung führen, denn notfalls konnte man auch auf allen vieren nach Hause kriechen.

Daff war derjenige, der wie ein Ringer aussah. Kev fragte sich, wie er zu diesem Namen gekommen war, beschloß aber, lieber den Mund zu halten. Nachdem

Daff die letzte Runde bestellt hatte, reichte er Kev einen Umschlag.

»Wir können es nicht mitansehen, wenn ein junger Bursche an seinem Geburtstag ganz allein ist und keiner ihm gratuliert – deshalb dieses kleine Geschenk von Pelikan, Crutch, John, Ned und mir.« Er lächelte wie ein dümmlicher spendabler Onkel, der gespannt darauf wartet, daß sein Neffe die Modelleisenbahn auspackt und in Begeisterung ausbricht.

Kev öffnete artig den Umschlag und erblickte ein Bündel blauer Zwanzigpfundnoten. Alles drehte sich um ihn und schien nach links zu kippen. Haltsuchend klammerte er sich an einen Barhocker.

»Das kann ich nicht annehmen. Sie kennen mich doch überhaupt nicht.«

»Und du kennst uns auch nicht«, meinte Daff mit einem strahlenden Lächeln.

»Und so soll es auch sein«, pflichtete der Pelikan bei.

»Aber ich würde Sie sowieso nicht kennen, auch ohne ... ohne das hier.«

Er starrte den Umschlag an, als enthielte er Sprengstoff. Mindestens sechs Scheine, wahrscheinlich mehr. Doch er wollte sie nicht zählen.

»Ah, aber so ist es doch viel besser, so ist es für uns alle ein ganz *besonderer* Tag. Wir könnten uns doch jede Woche um diese Zeit hier treffen, und wenn du das da gut anlegst, kannst du uns auch mal auf ein

191

Bier einladen. Und mit der Zeit werden wir uns schon kennenlernen.«

Kevs Mund fühlte sich an, als hätte er in eine Zitrone gebissen.

»Nun, ich würde gern ... gewissermaßen in Kontakt mit euch allen bleiben ... aber ehrlich, das ist zuviel. Ich meine, ich hätte kein gutes Gefühl dabei.«

»Aber nicht doch, Junge«, erwiderte der Pelikan lächelnd, und weg waren sie.

Von da an trafen sie sich jeden Dienstag, manchmal nur auf ein Bier, manchmal für mehr. Einmal für einen Fahrerjob. Das würde er sein Lebtag nicht vergessen. Sie fuhren zu einem neuen Apartmenthaus und rollten sorgsam den nagelneuen Treppenläufer zusammen. Wie sie in Erfahrung gebracht hatten, waren die Teppichverleger für den Nachmittag bestellt, und sie kamen ihnen zuvor, indem sie das gute Stück komplett mitnahmen. Das entscheidende war die Zeitplanung. Am Morgen war der teure Wollteppich angeliefert worden; so blieben ihnen nur vier Stunden für ihre Aktion, was wiederum bedeutete, daß man das Haus sehr gründlich überwachen mußte, um nicht von ungebetenen Gästen überrascht zu werden. Es klappte natürlich alles wie am Schnürchen – anscheinend lief bei ihren Unternehmungen immer alles reibungslos. Für den

Teppichdiebstahl hatte sich Kev einen Tag freigenommen, doch diese Aktion hatte ihn, so glaubte er, Jahre seines Lebens gekostet. Er fühlte sich, als hätte man ihn auf die Straße gelegt, und die ganzen Menschenmassen aus dem Moran Park wären über ihn hinweg getrampelt. Ihm war unbegreiflich, daß die Männer so gelassen bleiben konnten. Crutch Casey erzählte von Pferden, die beim letzten Hindernis stürzten. Ned und John gingen lieber zu Hunderennen und ereiferten sich über bösartige und korrupte Windhunde, die instinktiv wußten, wann sie langsamer werden mußten. Der Pelikan wiederum erzählte endlose Geschichten mit Unmengen von Leuten, die keiner kannte. Und Daff sagte anscheinend nie viel, wirkte aber immer so entspannt wie ein Mann, der an einem sonnigen Badetag aus dem Wasser steigt und sich am Strand gemütlich eine Pfeife anzündet.

Sie hatten ihn nie zum Mitmachen gezwungen und auch nie soviel von ihm verlangt, daß er meinte, nach Amerika auswandern zu müssen, um ihnen zu entkommen. Oft bestand seine Aufgabe lediglich im »Umpacken«, wie sie es nannten. Zum Beispiel, als eine ganze Ladung Waterford-Glas ankam, die aus einem Hotel stammte und noch original verpackt war. Jedes Glas mußte vorsichtig herausgenommen, sortiert, in dunkelrotes Seidenpapier eingewickelt und in Geschenkschachteln zu je sechs Stück verstaut werden. Auf diese Weise entwickelte Kev sich zu einem Kenner der verschiedenen Designs oder Serien, wie sie genannt wurden, und kam zu dem Schluß, daß ihm die Colleen-Serie am meisten zusagte. Wenn er einmal verheiratet war, würde er sich zwei Dutzend Colleen-Cognacschwenker anschaffen und sie wie ganz normale Haushaltsgläser verwenden, zum Beispiel für die Zahnbürste im Badezimmer. Doch als ihm wieder bewußt wurde, was er hier tat, schreckte er aus seinen Träumen auf. Er ließ den Blick in der Garage umherwandern und fuhr dann fort, die hübschen anonymen Geschenkkartons zu packen. Wohin sie gebracht wurden, was mit ihnen geschah – das wußte er nicht. Er stellte niemals Fragen. Grundsätzlich nicht. Deshalb mochten sie ihn und brachten ihm volles Vertrauen entgegen. Seit jenem ersten Tag, als sie ihn neben der Laderampe gesehen hatten, hielten sie ihn für einen von ihrem Schlag, und nun gab es für ihn kein Zurück mehr. Je länger es ging, desto absurder wurde die Vorstellung, er könnte noch aussteigen.

An ruhigeren Tagen fragte Kev sich, was so schlimm daran war. Sie nahmen niemals Einzelpersonen etwas weg, raubten nie Privathäuser oder Wohnungen aus. Stets handelte es sich um Firmen, die um kilometerlange rote Wollteppiche, kistenweise teures

Glas oder ganze Räume voller Sanitäreinrichtungen erleichtert wurden. Niemals schädigten sie alte Frauen oder junge Paare, sie trugen keine Waffen, nicht einmal Knüppel. In vielerlei Hinsicht waren sie wirklich keine schlechten Kerle. Natürlich gingen sie keiner geregelten Arbeit nach so wie andere, und mit ihren Clipboards und ihrem scheinbar korrekten Auftreten täuschten sie andere Leute. Und manche bekamen nach ihren »Besuchen« auch Schwierigkeiten, etwa der alte Mr. Daly, dem jeder die Schuld in die Schuhe schob: Auch wenn niemand es offen aussprach, man ließ ihn spüren, daß er vielleicht allmählich zu alt für seine Arbeit wurde. Und sie *stahlen*. Fast jede Woche begingen sie wieder einen Diebstahl, und damit wollte Kev Kennedy aus Rathdoon eigentlich nichts zu tun haben. Oder gar dabei erwischt werden. Nicht auszudenken! Heute noch redete man von diesem jungen Burschen, einem Cousin der Fitzgeralds, der zeitweilig in deren Geschäft gearbeitet hatte. Er hatte für einen Überfall auf ein Postamt in Cork drei Jahre bekommen. Ganz Rathdoon kannte monatelang kein anderes Gesprächsthema. Mrs. Fitzgerald, Toms Mutter, hatte gemeint, hoffentlich wisse jeder, daß er kein Cousin ersten Grades war, sondern nur ein ziemlich weitläufiger Verwandter; sie hätten ihm eine Chance geben wollen, und das sei nun der Dank. Was würde der

195

alte Dad durchmachen müssen, ging es Kev durch den Kopf. Reds große Hoffnungen, eine tolle Frau fürs Leben zu finden, wären für immer dahin. Und wäre es für den armen Bart, diesen grundanständigen und hilfsbereiten Menschen, nicht eine lebenslange Schande?

Aber wie konnte er aussteigen? Wie konnte er in einer Stadt mit dem Pelikan, mit Daff und Crutch Casey leben, wenn sie glaubten, daß er sie verraten hatte? Es hatte keinen Sinn, ihnen vorzumachen, er sei aus der Stadt weggezogen oder so etwas. Sie wußten alles, denn Informationen gehörten zu ihrem Geschäft: wann Lieferungen erwartet wurden, wann Wachmänner ihre Kaffeepause einlegten, wann die regulären Pförtner Urlaub machten, wann und wo man mit jungen, nervösen Geschäftsführern zu tun hatte, wann in einem Geschäft so viel Betrieb herrschte, daß man dessen Möbel unbemerkt in Privatwagen verladen konnte. Sie wußten, wo Kev wohnte und arbeitete; nicht im Traum wäre es ihm eingefallen, sie zu belügen.

Aber die Wochenendjobs machte er nicht mehr mit. Und zwar seit sie anfingen, größere Dinger zu drehen, mit denen er nichts zu schaffen haben wollte. Er hatte vage erklärt, daß er am Wochenende wegfahren müsse. Auch an jenem ersten Wochenende, nachdem sie sich kennengelernt hatten, war er nach Hause gefahren, und so erschien es als eine regelmäßige Gewohnheit, nicht als eine plötzliche Veränderung. Zwar verriet er nicht, daß er nach Rathdoon fuhr und daß er dort zu Hause war, aber sie wußten, daß er sie nicht belog, als er sagte, er sei an den Wochenenden nicht in der Stadt. An einem Sonntag abend war er vor dem Haus, in dem er sein Zimmer hatte, Crutch Casey begegnet, und Kev war klar, daß es sich um eine Routineüberprüfung handelte. Und jetzt galt er als »sauber«. Selbst der Pelikan, den er zufällig an der Ecke getroffen hatte, wußte, daß er Dublin über das Wochenende verließ – er machte sich nicht einmal die Mühe, es nachzuprüfen.

Aber wie konnte er sich ihren finsteren Geschäften unter der Woche entziehen? Mittlerweile spannten sie ihn zu immer gefährlicheren Aufgaben ein, und Kevs Nervosität nahm zu. Ein- oder zweimal hatte Daff gemeint, er solle nicht so zapplig sein – er käme ihm vor wie ein Schauspieler, der in einem billigen, alten Schwarzweißfilm einen Bösewicht spielt, dem die Nerven durchgehen. Daff redete sich leicht, er hatte Nerven wie Drahtseile. Aber die hatte eben nicht jeder. Schon beim Anblick eines Polizisten bekam Kev weiche Knie, und allein der Schatten eines großen Mannes ließ ihn zusammenzucken. Merkwürdigerweise geriet er aber nicht in Gewissenskonflikte mit seinem Glauben: Er ging zur Messe und an Weihnachten und Ostern auch zur Kommunion – Gott wußte ja, daß er keine schweren Sünden beging. Keine gefährliche Körperverletzung oder ähnliches. Aber das innere Zwiegespräch mit Gott hatte er nie in der Weise gesucht, wie es von einem guten Christen erwartet wurde. Er wollte die Frage nicht persönlich stellen. Und letztendlich gab es wirklich niemanden außer Gott, denn alle anderen würden sich ganz entschieden in der einen oder anderen Richtung äußern, vor allem in einer: nämlich daß Kev Kennedy schleunigst aus dieser Bande aussteigen und sich nicht länger zum Narren machen solle.

Nur ein paar Zentimeter von ihm entfernt war Mikeys Gesicht, das ihn freundlich, aber hilflos ansah. Mikey Burns, Pförtner bei einer Bank, der bei einem Raubüberfall erschossen werden würde ... ganz anders als Kev, der schäbige Sicherheitsangestellte, der unter einer Decke steckte mit der Bande, die an seinem Arbeitsplatz sämtliche Sanitäranlagen herausgerissen hatte. Hier Mikey Burns, der mit einem Lächeln auf den Lippen schlief und von irgend etwas träumte – wahrscheinlich von Kunststücken mit Wassergläsern und Münzen –, dort Kev, der Fluchtautos fuhr, Schmiere stand und gestohlene Ware umpackte. Während sich draußen die Dämmerung über das Land senkte, fühlte er sich wie ein Fremder. Und furchtbar einsam und schuldig.

Nach den Nachrichten erzählte ihm sein Vater, daß Red ein Auge auf eine Bauerntochter geworfen habe, die er am Wochenende zum Tee mitbringen wolle. Dann müßten sie alle die Schuhe anlassen, gepflegte Konversation treiben, die Butter auf einem Teller reichen und die Milch in einer Kanne servieren. Bart, fuhr sein Vater fort, könnte sich ebensogut den Franziskanern anschließen und mit Sandalen und Bettelschale herumlaufen, da er sein Leben und seinen Geschäftsanteil ohnehin nur in den Dienst der Wohltätigkeit stellte. Wenn er nicht in Mrs. Hickeys Beeten voller Fingerhut und Schierling – oder was sie da sonst anpflanzte – buddelte, half er Mrs. Ryan, die sich kaum noch auf den Beinen halten konnte, in ihrem Pub und bediente die Kundschaft am Tresen. Und dafür bezahlte ihm keine der beiden auch nur einen müden Penny. Ihn wunderte ja nur, daß er nicht in Fitzgeralds Laden gefragt hatte, ob er dort unentgeltlich ein paar Tage die Woche arbeiten dürfe – sie hätten bestimmt nicht nein gesagt. Kev wußte nicht, was er darauf erwidern sollte. Er knabberte an einem Stück Kuchen und sinnierte darüber, wie unterschiedlich die Menschen waren. Einerseits Daff, der wie Bart ein sympathisches, ehrliches Gesicht hatte und gerade nach einem genial einfachen Plan den Transport von zwanzig Mikrowellenherden von einem Lager zu einem anderen organisierte: Ned – der Unscheinbarste von allen – sollte nur mit einem Papierbündel, einer bestürzten Miene und der Anweisung, sämtliche Geräte müßten zwecks Überprüfung wieder mitgenommen werden, im Büro des Lagers erscheinen. Und andererseits war da Bart Kennedy, der für Judy Hickey im Garten arbeitete und Celias Mutter half, den Kneipenbetrieb zu bewältigen. Meine Güte, in was für unterschiedlichen Welten verkehrte er doch! Und schaudernd dachte Kev daran, welche Gefahren darin lagen. »Gehst du nicht in den Pub?« fragte sein Vater.

»Nein, ich bin ziemlich erschöpft nach der Arbeitswoche und der langen Fahrt, ich gehe lieber gleich ins Bett«, antwortete er.

Sein Vater schüttelte den Kopf. »Ich würde wirklich gern wissen, warum du überhaupt nach Hause kommst. Du unternimmst hier doch kaum etwas, und für Fußball interessierst du dich gar nicht mehr. Wenn du ein bißchen mehr getan hättest, könntest du jetzt ein guter Fußballer sein.«

»Nein, ich war nie besonders. Du sagst das nur, weil du gern einen Sohn in der Regionalmannschaft gehabt hättest. Ich habe nie gut gespielt.«

»Na, aber was zieht dich dann hierher, wovor läufst

du davon ...?« Er hatte den Satz noch nicht zu Ende gebracht, da lag die Tasse bereits in Scherben auf dem Boden, und Kevs Gesicht war schneeweiß.

»Davonlaufen? Wie meinst du das?«

»Ich meine, ist es wegen der Gewalt dort? Wegen dem Dreck oder dem Gesindel, das die Straßen unsicher macht? Du bekommst einen guten Lohn, bist auch immer recht großzügig und gibst mir ein paar Pfund, wenn du kommst ... aber ein junger Kerl in deinem Alter, der muß sich doch auch mal amüsieren und Spaß haben, oder nicht?«

»Ich weiß nicht, Dad, ich glaube, ich habe noch nie viel für Fußball, Vergnügungen oder sonstwas übrig gehabt.« Er klang ziemlich bedrückt.

»Du hast doch eine prima Arbeit in einem der prächtigsten Gebäude des Landes, und du kannst selbst deinen Lebensunterhalt bestreiten, was man von den beiden anderen nicht behaupten kann – oh, da habe ich wirklich ein hübsches Paar am Hals. Der eine hält sich für Sankt Martin und schenkt jedem, der ihm über den Weg läuft, die Hälfte seines Mantels. Und der andere ist ein Stenz, der den lieben langen Tag nur vor dem Spiegel steht und sein knallrotes Haar bürstet. Du bist der Beste von ihnen, Kev, laß dich nicht unterkriegen.«

Kev Kennedy ging wortlos zu Bett. Dort lag er, während die leisen Geräusche von Rathdoon draußen vorüberzogen, vor dem kleinen Fenster über dem Laden, das zur Hauptstraße blickte.

Wie sich herausstellte, sollte Reds Mädchen schon am nächsten Tag kommen, und so begannen alle mit dem Großreinemachen im hinteren Zimmer. Es gab feine Porzellantassen anstelle der Becher, ein sauberes Tischtuch wurde aufgelegt, und um Krümel zu vermeiden, wurde das Brot vorgeschnitten und auf einem Teller serviert. Sie holten Schinken und Tomaten aus dem Laden sowie eine Flasche Salatsauce, und Red kochte drei Eier.

»Das ist ja ein richtiges Fest, sie wird dich vom Fleck weg heiraten«, frotzelte Bart, als er sah, wie Red grübelnd über der Kühltruhe mit den tiefgefrorenen Kuchen stand.

»Lach nicht. Schau dir lieber das Zimmer an, und überleg dir, wie es auf einen Außenstehenden wirkt.« Diesmal hatte Red kein leichtes Spiel. Das Mädchen hieß Majella, war Einzelkind und an einen anderen Lebensstil gewöhnt, den ihr die Kennedys nicht bieten konnten, selbst wenn sie sich ernsthaft darum bemüht hätten. Aber außer Red strengte sich keiner so richtig an: Der Vater wollte in seinen Laden zurück, Bart wollte zu Judy Hickey und Kev hinunter zum Fluß, wo er Ruhe und Frieden fand und nicht mehr daran denken würde, was zu eben dieser

Zeit mit Mikrowellenherden in einem Dubliner Lager passierte.

Majella erschien um fünf Uhr; ihr Vater fuhr sie her,
kam aber nicht mit herein, denn dafür war es noch
viel zu früh. Die Brüder hatten eine Vereinbarung
getroffen: Bart und Kev würden mit Krawatte, Sak-
ko und geputzten Schuhen erscheinen. Im Gegenzug
verpflichtete sich Red, zwei Stunden bei Judy
Hickey zu arbeiten, denn an diesem Wochenende
hatte sie Hilfe besonders nötig; außerdem würde es
seinen Nerven guttun. Schimpfworte waren tabu,
ebenso mit den Fingern essen und zwischen den
Zähnen herumstochern. Dafür durfte Red sie nicht
mit seinen dümmlichen Grimassen blamieren, die
ihn wie ein Schaf aussehen ließen, und er würde
seine Brüder nicht auffordern, Schwänke aus ihrem
aufregenden Leben zu erzählen. Wenn die Ladentür
klingelte und Kundschaft kam, würden sie dem Alter
nach in den Verkaufsraum gehen – erst Dad, dann
Bart, dann Kev, dann wieder Dad und so weiter. Red
durfte sitzen bleiben, damit er sich in Ruhe mit
Majella unterhalten konnte.

Sie war ein entzückendes, kräftiges und bodenstän-
diges Mädchen, und als sich alle an den Tisch setzten, schien sie schon fast zur Familie zu gehören. Sie
seien ja tolle Burschen, meinte sie: die Butter auf
einem eigenen Teller, die Milch nicht in der Flasche,

sondern in einer Kanne. Wenn sie ihren Cousin besuchte, steckten immer alle gleichzeitig ihre schmutzigen Messer in die Butter, dort fehle einfach eine Frau, die ihnen Manieren beibringe. Während sie vom zivilisierenden Einfluß einer Frau sprach, nahm Reds Gesicht seinen berüchtigten Schafsausdruck an. Erst als einer ihn trat, riß er sich zusammen. Später meinte Majella, sie würde das Geschirr spülen, und die anderen könnten abtrocknen. Mit einem Blick erkannte sie, daß die Geschirrtücher nicht mehr die frischesten waren, und rief Red zu, er solle eine Packung Vliestücher aus dem Laden holen.

»Ist es nicht wie im Paradies hier!« meinte sie und lächelte strahlend in die Runde. »Gibt es etwas Besseres, als gleich neben dem Wohnzimmer einen eigenen Laden zu haben?«

Der Abwasch war im Nu erledigt; irgendwie hatte das große Zimmer seit Jahren nicht mehr so gut ausgesehen. Majella erklärte, sie und Red könnten einen kleinen Spaziergang durch Rathdoon unternehmen, damit sie aus dem Weg waren. Den vor Freude erröteten Red fest untergehakt, begann sie um halb sechs mit ihrer kleinen Ehrenrunde durch die Gemeinde, in der zu leben sie sich entschlossen hatte.

»O je, jetzt gibt es kein Entrinnen mehr, dieses Band ist fest geknüpft. Armer Red«, lachte Bart gutmütig.

»Hör doch mit dem Unsinn auf – armer Red, daß ich nicht lache! Ein Mädchen muß doch halb verrückt sein oder darf weder Tod noch Teufel fürchten, wenn sie einen von euch dreien heiraten will.« Sein Vater wirkte nicht gerade zuversichtlich.

»Hältst du sie wirklich für verrückt?« fragte Kev interessiert. »Ich finde, sie ist ein sehr nettes Mädchen.«

»Natürlich ist sie nett, sie ist viel zu gut für ihn. Die Frage ist nur, ob sie das noch rechtzeitig erkennt.« Bart und Kev tauschten Blicke aus. Anscheinend war ihr Vater hin- und hergerissen: Einerseits würde er sich freuen, die hübsche, fröhliche Majella im Haus zu haben, andererseits geboten ihm Ehre und Anstand, das Mädchen zu warnen, daß sein Sohn keine gute Partie war.

»Vielleicht sollte sie das selbst herausfinden?« schlug Bart vor, was sein Vater erleichtert aufnahm. Bart war ein recht kluger Kopf, erkannte Kev plötzlich. Er war nicht nur ein Wohltäter und ein Unschuldslamm. Doch er stand auf der anderen Seite, er gehörte nicht wie Kev zur Unterwelt. Es hatte keinen Sinn, das Problem mit ihm zu besprechen.

»Hättest du Lust auf ein frühes Bier bei Ryan's, bevor die Massen hineinströmen?« fragte Bart, und Kev war von diesem Vorschlag sehr angetan.

»Eine gute Idee«, antwortete er und nickte. Ihr Vater stand schon wieder im Laden und suchte den Sender mit den Nachrichten.

Es war ruhig, als sie die Straße hinuntergingen – die meisten Leute saßen beim Tee. Aus mehreren Fenstern hörte man die Halb-sieben-Uhr-Nachrichten, denen auch ihr Vater im Geschäft gerade lauschte. Vorbei an Billy Burns' Imbißbude. Billy war heute gar nicht da, statt dessen arbeiteten dort Mikey und diese aufgeweckte kleine Treasa. Keine Spur von Eileen, dem neuen Mädchen, aber die war auch zu hübsch, um ihre Tage in Rathdoon an einer Friteuse mit Dorsch und Hühnchenflügeln zuzubringen. Als sie die Brücke erreichten, beugte Bart sich über das Geländer und schaute auf den Fluß hinab. Als Kinder hatten sie unter der Brücke immer Holzstecken um die Wette schwimmen lassen; es gab immer soviel Streit, wessen Stöckchen gewonnen hatte, daß Bart auf die Idee kam, an jeden Stecken einen andersfarbigen Faden zu binden. Aber das schien eine Ewigkeit her.

»Was ist eigentlich los mit dir?« fragte Bart.

»Ich verstehe nicht, was du meinst.«

»Vielleicht bin ich nicht der Allerhellste, aber ich bin auch nicht blind. Sag's mir, Kev. Oder kannst du nicht darüber reden? Es kann nicht schlimmer werden, wenn du's mir erzählst, höchstens besser. Keine

206

Angst, ich werde dich bestimmt nicht auslachen oder
dir Vorwürfe machen oder so. Aber in Dublin ist
doch irgendwas faul, stimmt's?«

»Ja«, erwiderte Kev.

»Bevor Red sich so hoffnungslos in dieses Mädchen
verliebt hat, daß er nicht mehr wußte, wo ihm der
Kopf steht, hatten wir vor, einmal hinzufahren und
die Sache ins Lot zu bringen – was auch immer es
sein mag.«

Kev schluckte vor Rührung bei dem Gedanken, daß
seine beiden Brüder es mit schweren Jungs wie Daff,
dem Pelikan, Crutch Casey und ihrer Bande aufnehmen wollten.

»Was glaubst du denn, um was für Schwierigkeiten
es sich handeln könnte?« fragte er nervös, um fest-
zustellen, ob Bart überhaupt eine Ahnung von der
Größe des Problems hatte oder ob er immer noch in
einer kindlichen Vorstellungswelt lebte.

»Erst glaubte ich, du bist vielleicht wegen einem
Mädchen in Schwierigkeiten, aber dafür geht es
schon zu lange so. Dann dachte ich, du hättest Schul-
den – du weißt schon, Poker, Pferderennen oder so –,
aber dafür scheinst du dich ja nicht zu interessieren.«

Barts großes, unschuldiges Gesicht blickte nachdenklich drein. Kev atmete tief durch. Nun, es sah
so aus, als könnte Bart zumindest soviel verkraften.

Aber der nächste Schritt ... Würde Bart die Geschichte anhören können, die vor eineinhalb Jahren an seinem einundzwanzigsten Geburtstag begonnen hatte, oder würde er schnurstracks zur Polizei laufen? Kev wußte es nicht. Unterdessen schnitzte Bart ein Stöckchen zurecht und band einen Faden daran.

»Hier«, sagte er zu Kev. »Das ist deines; wetten, daß meines gewinnt?« Sie warfen die Holzstecken über die Brüstung, dann rannten sie zur anderen Seite und schauten, welches zuerst ankam. Kevs Stecken führte.

»Ist es denn zu fassen?« Bart schien erstaunt. »Ich habe hier die ganze Zeit geübt und gedacht, ich hätte die Form gefunden, die optimal in der Strömung schwimmt.«

Da begann Kev zu erzählen. Und nachdem er erst einmal angefangen hatte, sprudelten die Worte geradezu aus ihm heraus: ein Durcheinander aus Namen und Waren – Crutch Casey und Mikrowellenherde, Daff und geschliffene Gläser, Pelikan und Axminster-Teppiche. Kev selbst spielte in dieser Schilderung keine herausragende Rolle, sein einziger Geniestreich bestand darin, jedes Wochenende mit dem lila Bus nach Hause zu fahren, damit er nicht am Wochenende bei noch schwereren Verbrechen mitmachen mußte. Jetzt gehörte er dazu und kam nicht mehr von ihnen los. Bart konnte sich das bestimmt vorstellen, sie hatten ja all die Filme gesehen und wußten, wie so etwas ablief. Wenn Kev zu Daff sagen würde, daß er genug hatte, dann gute Nacht. Zwar sei ihm nicht ganz klar, welche Folgen das haben würde, aber sie wären sicherlich furchtbar. Zusammenschlagen würden sie ihn wohl nicht, sie wandten nie Gewalt an, erklärte Kev in beinahe flehentlichem Ton seinem Bruder. Aber sie würden ihn bestrafen. Sie würden ihm die Polizei in die Wohnung oder in die Arbeit schicken. Oder Mr. Daly eine Nachricht zuspielen, daß Kev damals bei der Sache mit den Sanitäreinrichtungen geschmiert worden sei. Es war ein Alptraum, aus dem er nie aufwachen würde.

Während seines Geständnisses wagte er Bart kaum anzusehen, doch als er ihm ein-, zweimal einen verstohlenen Blick zuwarf, hatte er den Eindruck, daß Bart verhalten grinste. Vielleicht begriff er nicht die Tragweite dessen, was Kev ihm da erzählte. Einmal war er sich beinahe sicher, daß er ein Lächeln gesehen hatte, und Bart hielt rasch eine Hand vors Gesicht.

»Du siehst also, es ist völlig ausweglos«, schloß er.

»Das glaube ich nicht«, entgegnete Bart langsam.

»Aber es ist nicht so wie hier, Bart! Du kannst dir das nicht vorstellen. Die sind ganz anders, eine ganz andere Sorte Leute als wir.«

»Aber sie müssen doch geglaubt haben, daß du einer von ihrer Sorte bist, sonst hätten sie dich nicht hineingezogen«, gab Bart zurück.

»Ich habe dir doch erzählt, wie alles gekommen ist. Ich bin nicht ein Dieb von Natur aus, ich bin zufrieden mit dem, was ich mit meiner Arbeit verdiene. Nicht so ganz, aber einigermaßen. Zum Verbrecher tauge ich nicht.«

»Nein, ich meinte auch nicht, daß du ein Dieb von ihrer Sorte bist, sondern daß du so verschwiegen bist wie sie. Und das gefällt ihnen an dir – du bist kein Schwätzer, der jedem auf die Nase bindet, wen er kennt und was er macht. Und deshalb glauben sie auch, daß du nichts über sie ausplauderst.«

»Na, das habe ich auch nicht – bis jetzt jedenfalls nicht.«

»Und genauso kannst du auch wieder rauskommen, wenn du willst. Erzähl ihnen, daß du nun mit anderen Leuten zusammenbist. Nichts für ungut, Händeschütteln, eine Runde Bier – und tschüs.«

»Bart, du hast keine Ahnung ...«

»Aber schau, du spielst ihnen doch auch jetzt immer den harten Typen vor, abgesehen von den ein oder zwei Malen, wo du Bammel hattest. Du versuchst nie, sie davon abzubringen, und fragst nicht mal, was mit dem Zeug passiert. Wahrscheinlich denken sie, daß du stillschweigend mit allem einverstanden bist und daß dir jetzt jemand ein besseres Angebot gemacht hat.«

»Eine so hohe Meinung haben sie nicht von mir.«

»Sie müssen ganz ordentlich Respekt vor dir haben, wenn sie dich bei all ihren Unternehmungen mitmachen lassen. Nein, verabschiede dich so von ihnen, wie du sie kennengelernt hast, ohne große Worte, ohne eine Erklärung außer der einen, die du ihnen schuldig bist – daß du nun in einer anderen Szene bist.«

Bart redete von der Szene, davon, daß Kev diesen Gangstern eine Erklärung schuldete – verdrehte Welt ...

»Ich glaube nicht, daß ich damit durchkomme.«

»Du hast es auch geschafft, bei ihnen einzusteigen, und das war schwieriger.«

»Und soll ich ihnen das Geld zurückgeben?«

»*Was* zurückgeben?«

»Meinen Anteil. Ich meine, wenn ich dann nicht mehr dabei bin.«

»Deinen Anteil. Hast du ihn noch?«

»Natürlich, ich habe nichts davon ausgegeben, für den Fall, daß ... na, du weißt schon ... wenn die

211

Polizei kommt und es eine Gerichtsverhandlung gibt und ich alles zurückgeben muß.«

»Wo ist das Geld?«

»Oben in meinem Zimmer.«

»In Dublin?«

»Nein, hier, bei uns im Haus. Unter dem Bett.«

»Das ist doch nicht dein Ernst!«

»Aber, Bart, was sollte ich denn damit machen? Ich bringe es jedes Wochenende mit nach Hause und wieder zurück, in einem Paket zusammen mit meinen Kleidern.«

»Und wie hoch ist er insgesamt, dein Anteil?«

»Ich glaube, es sind ungefähr viertausendzweihundert Pfund«, antwortete Kev mit gesenktem Blick. Als er schließlich aufsah, lächelte Bart ihn stolz an.

»Das muß eine göttliche Fügung sein«, meinte Bart. Darauf wäre Kev allerdings nie gekommen; wie unklar und unpersönlich seine Beziehung zu Gott auch sein mochte, der Allmächtige würde es wohl kaum gutheißen, wenn unter einem Bett in Rathdoon derart viel gestohlenes Geld lag.

»Damit sind all unsere Probleme gelöst«, sagte Bart. »Als unser Romeo begann, Majella den Hof zu machen, war das einzige Haar in der Suppe, daß wir nicht genug Geld hatten, um hinten anzubauen. Wir befürchteten, wir würden uns in dem Haus ständig gegenseitig auf die Füße treten. Und wir haben schon genau das Richtige gefunden, eine Art Anbau in Fertigbauweise – man legt das Fundament, und dann wird das Ding praktisch komplett draufgesetzt. Kannst du mir folgen?«

Kev nickte nervös.

»Aber Red und ich dachten, daß du in irgendwelchen finanziellen Schwierigkeiten steckst, so daß wir lieber keinen größeren Kredit aufnehmen wollten. Aber dabei bist du ja ein kleiner Krösus. Jetzt können wir die Sache in Angriff nehmen, und wenn du auch einen kleinen Beitrag leisten würdest . . .«

»Ja, natürlich tue ich das. Aber wenn ich aus der Bande aussteige, meinst du nicht, daß ich ihnen meinen Anteil zurückgeben sollte?«

»Sag mal, was bist du überhaupt für ein Krimineller?« donnerte Bart. »Die wissen doch sofort, daß du ein blutiger Laie bist, wenn du ihnen mit so was kommst. Du mußt es als deinen Lohn betrachten, als deinen Anteil am Geschäft, und es muß so aussehen, als wolltest du jetzt eine Nummer größer einsteigen, du Dussel. Sollen sie etwa denken, du willst ihnen Schweigegeld geben?«

»Nein.«

»Und es besteht auch keine Möglichkeit, daß du es den Geschädigten zurückgibst, den Leuten, denen der Teppich oder die Sanitäranlagen oder die Mikrowellenherde gehört haben . . .«

»Bei der Mikrowellengeschichte war ich nicht dabei – das passiert an diesem Wochenende.«

»Na, siehst du«, fühlte Bart sich bestätigt. »Was willst du also damit tun? Könntest du es nicht ebensogut für den Ausbau des Familienheims verwenden?«

Kev war verblüfft. Keine Schuldzuweisungen, keine Belehrungen, keine Vorwürfe. Nüchterne, praktische Ratschläge, als würde sein Bruder sich mit Leuten vom Schlag eines Daff oder Pelikan auskennen. Denn bei näherer Betrachtung war dies haargenau die richtige Vorgehensweise.

»Ich gebe dir heute abend das ganze Geld, Bart«, erklärte er eifrig. »Was sollen wir sagen, woher wir es haben? Wenn einer nachfragt?«

»Du behältst einen Teil davon und legst ihn auf deinem Postsparbuch an, aber du bewahrst Stillschweigen darüber, was du ja ohnehin immer getan hast. Am Montag setzen wir uns wegen dem Anbau mit dieser Baufirma in Verbindung. Es ist doch das Natürlichste von der Welt, wenn solche Bauerntölpel wie wir das Geld in einer Tüte unter dem Bett aufbewahren. Da werden sich die Handwerker freuen – keine Mehrwertsteuer, nichts.«

Kev kam aus dem Staunen nicht mehr heraus. Der heilige Bart und Schwarzarbeit!

»Und dank deiner überaus großzügigen Spende können wir uns sogar den größeren Anbau leisten. Dann haben wir auch genügend Platz, wenn Majella viele kleine Kennedys in die Welt setzt.«

Ein Stein löste sich von der Brücke und plumpste ins Wasser, doch diesmal zuckte Kev Kennedy nicht erschrocken zusammen.

*E*r kaufte eine Schachtel Pfefferminzbonbons. Judy Hickey hatte ihm vergangene Woche zu verstehen gegeben, daß er unsäglich nach Knoblauch stank, und trotz ihrer Vorliebe für würzige Kräuter wollte sie nicht drei Stunden lang in einem Kleinbus neben einer zweibeinigen Knoblauchzehe sitzen. Eine seltsame Person, diese Judy. Wäre sie ihm in Dublin über den Weg gelaufen, hätte er nie und nimmer vermutet, daß sie aus derselben Stadt stammten. Sie war völlig untypisch für Rathdoon. Als er sie einmal darauf ansprach, meinte sie, das gleiche gelte für ihn: einen dünnen, blassen, künstlerisch veranlagten jungen Protestanten.

Aber das stimmte nicht. Jede Stadt in Westirland hatte ihre kleine protestantische Gemeinde; sie gehörte dazu wie die Berge, die Telefonhäuschen und die kleinen hübschen Gotteshäuser, die im Schatten der überfüllten moderneren katholischen Kirchen standen und deutlich weniger Besucher hatten. Judy dies klarzumachen war ebenso zwecklos wie ihr zu erklären, daß sie weitaus ungewöhnlicher wirkte: Sie war schwarzhaarig und zigeunerhaft und wohnte in dem kleinen Pförtnerhäuschen am Ende der Einfahrt zum Doon-Anwesen, pflanzte Kräuter und arbeitete unter der Woche in einem Gesundheitsladen in Dublin. In früheren Zeiten hätte man kurzen Prozeß mit ihr gemacht und sie als Hexe verbrannt, hatte er ihr einmal gesagt. Woraufhin sie ihm finster erwidert hatte, daß das Land wieder auf dem besten Weg dorthin sei, er solle darüber keine Witze reißen.

Er roch nach Knoblauch, weil er ein gutes Mittagessen hinter sich hatte. Das gönnte er sich freitags immer, weil er am Sonntag so spät nach Dublin zurückkehrte, daß ihm keiner mehr etwas auftischte. Deshalb bot der Freitagmittag die einzige Gelegenheit, so etwas wie ein entspanntes Wochenendmahl zu genießen, bevor Rupert seine wöchentliche Fahrt nach Rathdoon antrat. Sicher, die Woche hatte noch mehr Tage, aber das war nicht das gleiche, weil er am nächsten Morgen wieder arbeiten mußte. Außerdem war für ihn das Wochenende immer mit einem Gefühl der Entspannung und mit einer gewissen Erwartung verbunden. Wie er es haßte, an den Wochenenden nicht in Dublin sein zu können; nur mit Widerwillen fuhr er in dem lila Bus nach Hause.

Nicht ein einziges Mal im Leben hatte Rupert sich mit seinem Vater gestritten. Und seiner Erinnerung nach hatte es auch nur drei Auseinandersetzungen mit seiner Mutter gegeben. Das war während seiner Zeit im Internat gewesen, als sie dreimal an den Schuldirektor geschrieben hatte, um sich zu vergewissern, daß die Betten gelüftet wurden. Niemand weit und breit hatte eine derartige Beziehung zu seinen Eltern. Woanders wurde gestritten und vergeben, man liebte oder haßte und tobte und schimpfte oder wurde entsetzlich fürsorglich. Nur bei ihnen herrschte diese höfliche Distanz, die auf Dankbarkeit und Achtung beruhte. Jeder andere könnte seinem Unmut darüber Luft machen.

Im Grunde brauchten sie ihn doch gar nicht. Er wünschte ihnen wirklich nur Gutes, aber eigentlich kam er ebensogut ohne sie aus. Was sollte dann diese ganze Heuchelei? Dadurch wurde es für jeden doch nur noch schwerer. Nicht nur für ihn – obwohl es für ihn vielleicht am schwierigsten war. Die Eltern würden über kurz oder lang sterben, aber sein Leben hatte noch nicht einmal richtig angefangen und konnte auch gar nicht anfangen, so wie die Dinge lagen.

Es war nicht einmal zum Krach gekommen, als Rupert sein Jurastudium an den Nagel hängte. Er hatte eine Lehre bei einer Firma in Dublin begonnen, bei der Incorporated Laws Society Vorlesungen gehört und sich gleichzeitig auf sein Examen am Trinity College vorbereitet. Es erforderte wirklich keine übermenschliche Anstrengung – viele machten das mit links –, aber er konnte nichts mit alledem anfangen. Rein gar nichts. Die Büroarbeit, die Dee Burke (sie arbeitete zur Zeit in dieser Kanzlei) so haßte, machte ihm merkwürdigerweise am meisten Spaß; damit war er vollauf zufrieden. Zu seiner eigenen Überraschung hatte Rupert am Trinity nur wenige Freunde gefunden. Er hatte geglaubt, es würde so sein wie in der Schule, wo er sich recht wohl gefühlt hatte. Aber hier war alles anders, und er fühlte sich immer als Außenseiter.

Schweren Herzens war er an dem Wochenende nach Hause gefahren, als er erfahren hatte, daß er durch das erste Examen gefallen war. Er hatte gar nicht versucht, sich herauszureden, sondern seinen Vater wie einen freundlichen Fremden um Entschuldigung gebeten, was sein Vater auf ebensolche Art und Weise angenommen hatte. Sie saßen sich am Tisch gegenüber, während die Blicke seiner Mutter zwischen ihnen hin- und herwanderten, je nachdem, wer gerade sprach.

Rupert sagte, es sei eine ungeheure Geldverschwendung gewesen und dem Ruf seines Vaters gewiß abträglich. Aber sein Vater wollte nichts davon hören. Lieber Himmel, durchs erste Examen zu fallen sei nichts Außergewöhnliches, kein Grund zur Beunruhigung. Einige der namhaftesten Anwälte behaupteten von sich, alles andere als Vorzeigestudenten gewesen zu sein. Bloß keine Schuldgefühle, es war ein fehlgeschlagener Versuch, so etwas gehörte dazu auf dem Weg zur Selbständigkeit. Ein bißchen ernsthafter arbeiten nächstes Jahr, den Kopf in die Bücher stecken, sich darauf konzentrieren, dann würde es schon klappen, nicht wahr?

Bis in die Nacht hatte Rupert auf seine Eltern eingeredet, ihnen erklärt, daß ihm das Studium nicht lag. Es war nicht das, was er wollte. Er konnte sich nicht vorstellen, daß es ihm in der Kanzlei seines Vaters gefallen würde. Er mochte die Firma nicht, in der er seine Lehre absolvierte; ihm machten nur die Routinearbeiten Spaß. Rechtstheorie und -praxis langweilten ihn. Es tat ihm leid, daß es sich so entwickelt hatte. Aber war es nicht besser, wenn er ihnen gleich reinen Wein einschenkte? Ja, natürlich, pflichteten sie ihm bei. Aber was wollte er denn nun wirklich? Er wußte es nicht. Er war sich die ganze Zeit so sicher gewesen, daß ihm das Trinity und sein Studium gefallen würden, und deshalb hatte er sich über diese Frage gar keine Gedanken gemacht. Es interessierte ihn, wie die Leute wohnten, wie ihre Häuser waren und was sonst noch damit zusammenhing. Aber war es denn nicht sehr schwierig, einen Studienplatz für Architektur zu bekommen? gab sein

Vater zu bedenken. Er wollte es ja nicht studieren, meinte Rupert verzweifelt. Er wollte arbeiten gehen, einen Job haben. Das überstieg die Vorstellungskraft der Eltern. Für jemanden wie Rupert kam doch nur ein Job in Frage, der einen Studienabschluß erforderte. Als er dann bei einem Grundstücksmakler anfangen konnte, meinten sie, sie freuten sich für ihn, wenn es das war, was er sich vorstellte. Sie wirkten nicht ungehalten, nur distanziert – wie immer.

Und ebenso distanziert klang es, als sein Vater ihm mitteilte, er müsse sich jetzt nach einem Partner umsehen, und falls Ruperts Entscheidung endgültig sei, würde er an den Sohn von David MacMahon herantreten. Rupert hatte zugestimmt und erschrak nur für einen kurzen Augenblick, als ihm bewußt wurde, daß die Kanzlei dann Green & MacMahon heißen würde. Ein-, zweimal hatten sie Rupert gefragt, ob er nicht nach Rathdoon zurückkehren und ein kleines Maklerbüro gründen wolle. Gewiß mangelte es nicht an verkäuflichen Grundstücken und Garagen, und die Leute würden ihre Objekte doch lieber einem Ortsansässigen anvertrauen. »Es würde nicht schaden, Billy Burns zuvorzukommen, sonst schnappt er einem die Idee wieder einmal weg«, meinte seine Mutter. Rupert gab seinen Eltern höflich, aber unmißverständlich zu verstehen, daß das nicht in Frage kam; für ihn stand außer Zweifel, daß er in Dublin bleiben wollte. Das war an dem Tag, als seine Mutter überlegte, ob man das Dach des Hauses neu decken lassen sollte. Manchmal habe sie das Gefühl, es sei doch eigentlich gut genug für den Rest ihrer Tage, und länger müßte es ja auch nicht halten … Ruperts Antwort war so unverbindlich, als würde nicht eine tiefergehende Frage und eine verzweifelte Bitte dahinterstecken. Er hielt einen Vortrag über Dächer und deren Beitrag zur Wertsteigerung eines Hauses, legte das Für und Wider dar und ging nicht näher auf die Überlegungen seiner Eltern ein. So als wäre er nur von einem vorbeikommenden Passanten gefragt worden …

Ein- oder zweimal erkundigte sich seine Mutter vorsichtig, ob er irgendwelche netten Mädchen in Dublin getroffen hätte. Aber mittlerweile hatte sie aufgehört zu fragen. Offensichtlich hatten ihr seine Antworten genügt. Er war schließlich fünfundzwanzig, und von einem jungen Mann in diesem Alter war doch zu erwarten, daß er sich mit Mädchen traf – außer man wußte, daß er sich nie mit Mädchen traf, sondern nur mit Jimmy.

Der Gedanke an Jimmy schnürte ihm die Kehle zu. Sie hatten sich an diesem Freitag zum Mittagessen getroffen; inzwischen war das fast schon ein Ritual geworden, da Jimmy am Freitagnachmittag nicht mehr zu unterrichten brauchte. Weil man der Meinung war, die Jungen wären um diese Zeit nicht mehr sonderlich bei der Sache, hatte man Sport, Kunst und Musik auf den Nachmittag gelegt. So konnte Jimmy in sein kleines Auto steigen und sich mit ihm treffen. Wie Rupert halb erschrocken, halb erfreut feststellen mußte, hatte sich an Freitagnachmittagen allgemein in Dublin eine gewisse Lässigkeit durchgesetzt. Nicht nur an den Schulen. Im Büro liefen die Geschäfte träge, und die Leute verabschiedeten sich zunehmend früher ins Wochenende, selbst wenn sie nur in den Vororten wohnten. Nach dem Lärm im nahegelegenen Pub zu urteilen, würden die Gäste dort heute keine Wunderwerke mehr vollbringen – falls sie überhaupt an ihre Schreibtische zurückkehrten. Aber Rupert war das nur recht. So kam er in den Genuß einer ausgedehnten, ungestörten Mittagspause. Sie hatten ein Restaurant ausfindig gemacht, das ihnen beiden zusagte – was keine leichte Sache war bei ihren unterschiedlichen Essensgewohnheiten –, und verbrachten dort zwei glückliche Stunden.

Jimmy bestand darauf, daß Rupert jede Woche heimfuhr. Er hatte sogar den lila Bus für ihn ausfindig gemacht. Zwar bedauerte Jimmy, daß ihnen die Wochenenden dadurch verlorengingen, aber schließlich war es ja nicht für ewig. Wo sein alter Herr so wenig Ansprüche an Rupert gestellt hatte, war es da nicht selbstverständlich, daß er in seinen letzten Monaten Rupert an seiner Seite hatte? Und für seine Mutter war es gewiß ganz besonders schlimm, die ganze Woche warten zu müssen. Nein, keine Frage, Rupert mußte fahren. Jimmy erlaubte ihm nicht einmal, eine Grippe vorzuschützen – auch nicht für ein einziges Wochenende. In dieser Hinsicht ließ er nicht mit sich reden.

Jimmy war in allen Dingen sehr entschieden, und das machte einen Teil seines Charmes aus. Nie war er sich unsicher, niemals überlegte er hin und her oder wog eins gegen das andere ab. Und wenn sich gelegentlich herausstellte, daß er sich ganz und gar getäuscht hatte, stand er zu seinem Fehler.

»Ich habe mich völlig vertan mit dem Mann, der die Katzenaugen erfunden hat. Ich hatte jemanden ganz anderen im Kopf. Ich habe mich gründlich geirrt.« Und dann fuhr er fort, seine neuen Erkenntnisse zu erläutern. Nur an Ruperts wöchentlichen Heimfahrten gab es nichts zu rütteln, da blieb er unerbittlich.

Jimmy hatte kein Zuhause, wo er an Freitagen hinfahren mußte. Seine Familie lebte mitten in Dublin. Er war das jüngste von sechs Geschwistern, und seine zwei Schwestern und drei Brüder waren genau den Weg gegangen, den ihnen ihr Vater vorgezeichnet hatte: Sie verkauften Zeitungen. Die einen hatten sich einen Stand an einer ertragreichen Straßenecke gesichert, die anderen hatten eine Bude und verkauften außerdem Eiskrem und Geburtstagskarten. Aber Jimmys Vater nörgelte unablässig: »Immer ist ein hochnäsiger Kuckuck im Nest, der sich für was Besonderes hält und keine Vernunft annimmt.« Als Jüngster war Jimmy immer der Liebling gewesen. Von allen Seiten wurde er ermutigt, ordentlich zu lernen und dann zu studieren, damit er an einer recht vornehmen Schule unterrichten konnte. Man witzelte über seine schwulen Verhaltensweisen, aber keiner sagte frei heraus, ob sie ihn wirklich für schwul hielten oder nicht. Jeder »Siebengescheite« – was Jimmy in ihren Augen war – bekam dasselbe zu hören: Man verdächtigt ihn, ein Schwuler zu sein, und verspottete ihn wegen seiner Kleidung, jeder wollte den Ohrring sehen, den es nicht gab, und dann noch die Tuntenklischees aus dem Fernsehen: »Ooh, Jimmy, du bist mir aber einer!«

Trotzdem traf er sich jeden Mittwoch mit ihnen. Alle kamen in dem engen Haus zusammen, sprachen über die Konkurrenz in der Branche und welche Zeitschriften der Zensur zum Opfer fielen, falls ein Kontrollbeamter darauf aufmerksam wurde. Man redete über den Umsatz der Tageszeitungen und darüber, daß es sinnlos sei, diese oder jene Zeitschrift ins Sortiment zu nehmen, da sie es bestimmt nicht mal bis zur zweiten Ausgabe schaffte. Und damit die Kinder keine Comic-Hefte klauten, klopfte man ihnen am besten mit einem dünnen langen Stab auf die Finger. Auch Jimmy stellte Fragen, und immer brachte er eine Cremetorte mit, die er in dem guten Delikatessengeschäft besorgte, wo Rupert und er oft einkauften. Bestimmt würde die Familie einen kollektiven Herzinfarkt erleiden, wenn sie wüßte, wieviel die Torte kostete. Jedesmal äußerte sich seine Mutter lobend über das feine Gebäck, obwohl es in der Mitte etwas sehr feucht sei. Und dann nahm Jimmy dieses Mittelstück, in dem sich der Cointreau oder der Calvados gesammelt hatte, und aß es selbst. Seine Brüder fanden den Kuchen sehr ordentlich, er weckte bei ihnen Erinnerungen an den *Trifle* aus Kindheitstagen.

Hätte Rupert eine solche Familie wie Jimmy gehabt, wäre alles viel leichter gewesen. Sie forderte so wenig von ihm, und jeder von ihnen hatte seinen Platz im Leben gefunden. Wenn Jimmy für immer aus ihrer Mitte gerissen würde, würde man sich liebevoll seiner erinnern; wenn Rupert hingegen es auch nur an einem einzigen Wochenende wagen sollte, nicht mit dem lila Bus heimzufahren, würde für die Familie Green eine Welt zusammenbrechen.

Er fand das bisweilen sehr ungerecht, aber Jimmy sah das anders.

»Du bist so ein zartes, sensibles Pflänzchen, Roopo«, sagte er. »Selbst wenn du in meiner Familie aufgewachsen wärst, würdest du dich bedroht und eingeschüchtert fühlen – so sind die Dinge eben.«

Rupert lachte dann immer. »Bitte nenn mich nicht Roopo, das klingt wie irgendein exotischer Vogel im Zoo.«

»Aber du bist ja auch einer: ein dunkler, vor sich hin brütender exotischer Vogel, dem so gut wie kein Klima recht ist.«

Er hatte Jimmy an einem glücklichen Tag im Büro getroffen. Im Schaufenster hing ein Foto von einem, wie sie es nannten, »reizvollen Häuschen im traditionellen Stil«. Es lag allerdings etwas ab vom Schuß, nicht in der schicken Wohngegend, und selbst die euphorische Beschreibung räumte ein, daß es »nicht modern« sei.

Jimmy betrat das Büro: eine schlanke Gestalt in einem Anorak und mit getönten Brillengläsern. Sein blondes Haar hing ihm in die Stirn, und er wirkte ein wenig schüchtern. Rupert konnte nicht sagen, weshalb er sofort auf ihn zuging, obwohl Miss Kennedy näher bei ihm stand. Zu diesem Zeitpunkt fühlte er sich auch keineswegs von ihm angezogen, er wollte nur sicherstellen, daß man ihm ein faires Angebot machte. Ein erwartungsvolles Lächeln lag auf seinem Gesicht, nachdem er sich das Foto des Häuschens genau angesehen hatte.

Rupert nannte ihm die Nachteile: das Dach, die Entfernung zur Stadt und die häßlichen Steinbrocken, die in dem sogenannten Garten herumlagen. Und die Vorteile: der günstige Preis, das hübsche Aussehen und die ruhige Lage. Wenn er – jetzt oder später – noch etwas mehr Geld investieren wolle, könnte er das angrenzende Nebengebäude noch dazukaufen, das sich ohne weiteres zu einem kleinen Wohnhaus umbauen ließ. Jimmy hörte mit wachsendem Interesse zu und wollte es sich so bald als möglich ansehen. Also fuhr Rupert mit ihm hinaus. Es bedurfte keiner Worte, sie spürten, daß ihre gemeinsame Zukunft vor ihnen lag, als sie auf dem verwilderten, steinigen Grundstück standen und auf die Mauer stiegen, um das Dach zu begutachten. Es war völlig in Ordnung.

»Es liegt nicht gerade auf dem Weg zu Ihrem Arbeitsplatz«, meinte Rupert, nachdem Jimmy ihm erzählt hatte, wo er unterrichtete.

»Das will ich auch gar nicht. Ich möchte möglichst weit weg von dort wohnen und mein Privatleben fern von der Schule verbringen.«

Da überkam Rupert ein unerklärliches Gefühl des Ausgeschlossenseins.

»Werden Sie das Haus mit jemandem teilen? Ich meine, falls Sie es überhaupt nehmen«, fragte er.

»Vielleicht«, gab Jimmy unverbindlich zur Antwort. »Ich habe noch nicht darüber nachgedacht.«

Er kaufte das Haus. Vier Jahre lang hatte er bei einer Bausparkasse eingezahlt und seine Kreditwürdigkeit unter Beweis gestellt. Die Immobilienfirma war zufrieden mit Rupert, denn das Haus hatte schon viel zu lange zum Verkauf gestanden. Als das Geschäft schließlich abgewickelt war, fühlte Rupert sich sehr einsam. Jetzt würde dieser kleine Jimmy mit dem lächelnden Gesicht wieder verschwinden und sich sein Leben in dieser dem Wind ausgesetzten Gegend einrichten. Er würde eine Mauer bauen als Windschutz, wie sie es besprochen hatten, den Anbau herrichten und weiß anstreichen. Vielleicht würde er die Tür leuchtend rot anmalen und Geranien pflanzen, dann wollte er sich nach einem geeigneten Mieter umsehen. Dadurch konnte er seine Hypothek abzahlen. Und Rupert würde nichts mehr von ihm hören oder sehen.

Da rief Jimmy am Freitag an.

»Rupert, können Sie mir helfen? Meine ganze Begeisterung ist dahin. Ich habe keinen Blick mehr dafür, ich sehe gar nicht mehr, was es an sich hat und was so toll daran sein soll. Können Sie nicht kommen und mir auf die Sprünge helfen?«

»Ja«, sagte Rupert langsam. »Nichts lieber als das.« Er war wie benommen, den ganzen Tag über, und wenn jemand mit ihm sprach, hörte er nur mit halbem Ohr zu. Jetzt war ihm alles klar: das Durcheinander seiner Gefühle, die Schuld, die Hoffnung, alles würde sich klären und normalisieren, bis er eines Tages eine Frau kennenlernte und diese vorübergehende Geschichte vergessen konnte, die ihn eher ängstigte als befriedigte. Dabei wußte er doch, daß keine Frau auftauchen würde und er eigentlich auch keine wollte. Aber hatte er die Zeichen nicht vielleicht doch mißverstanden? Angenommen, Jimmy war einfach nur ein charmanter Kerl, der nichts weiter wollte als einen munteren Plausch mit diesem freundlichen Burschen aus dem Maklerbüro? Was war, wenn Jimmy ihm von seiner Verlobten oder irgendeiner verheirateten Dame erzählte, die er heimlich treffen wollte? Er fuhr zu ihm. Eine halbe Stunde brauchte er von Tür zu Tür. Gut zu wissen; vielleicht führte ihn ja sein Weg noch einmal dorthin. Jimmy stand am Tor. Er erwartete ihn.

Da wußte er, alles würde gut werden.

Und es war mehr als gut, seit nunmehr drei Jahren. Sie hatten die beiden kleinen Häuschen mit so viel Hingabe hergerichtet, daß sie jetzt tatsächlich eine

233

überschwengliche Erwähnung in den Maklerange-
boten verdient hätten. Aber nie und nimmer würden
sie zum Verkauf angeboten werden. Die beiden Gebäude waren voneinander abgetrennt, so daß man sie
als separate Haushälften ausgeben konnte, falls es
notwendig war. Bis jetzt hatte es dazu keinen Anlaß
gegeben. Als Jimmy seine Familie einlud, sich das
Haus einmal anzusehen, freuten sich zwar alle und
sagten, sie würden vorbeikommen. Aber keiner von
ihnen ließ sich blicken. Rupert drängte seine betag-
ten Eltern nicht, ihn zu besuchen, sondern zeigte
ihnen nur Fotos von dem Teil des Hauses, den er
bewohnte. Und vom Garten, den sie in einen riesigen
Steingarten verwandelt hatten. Weit und breit kannte
sich keiner besser mit Gebirgspflanzen aus als sie.
Die große Küche besaß zwei gegenüberliegende Ar-
beitsbereiche mit je einer Spüle, so daß sie beide
gleichzeitig kochen konnten, wenn sie Lust hatten.
Jeden verfügbaren Penny steckten sie in ihr kleines
Heim. Und es dauerte auch nicht lange, bis sie Freunde fanden. Sie kamen zum Abendessen, drückten
ihre Bewunderung aus oder boten Ratschläge an.
Meistens aber blieb es bei der Bewunderung. Es
stimmte einfach alles, und sie waren sehr glücklich.
Deshalb haßte er es, am Wochenende wegfahren zu
müssen. Gerade die Samstage waren besonders har-
monisch. Oft gingen sie einkaufen und kochten et-

was – nicht nur für Martin und Geoff oder andere schwule Freunde, sondern auch für das nette junge Ehepaar von nebenan, das sich um den Garten kümmerte, während Jimmy und er in Marokko waren. Mit diesen Menschen war es möglich, sich zu entspannen, vor ihnen und ein oder zwei Leuten im Büro brauchten sie sich nicht zu verstellen. Nur in Jimmys Schule und bei Rupert zu Hause mußten sie ihre Rollen spielen.

Jimmy fand es geradezu absurd, daß man in den achtziger Jahren des zwanzigsten Jahrhunderts nicht zugeben durfte, daß man schwul war. Und er hätte sich auf der Stelle dazu bekannt, wenn es auch nur im entferntesten möglich gewesen wäre. Aber daran war nicht zu denken. Die Eltern von der Schule würden ihn verdächtigen, er hätte irgendwelche Absichten mit ihren Jungen und würde sie verführen wollen.

»Mich interessieren doch diese schmutzigen, tintenverschmierten, dummen Kinder nicht«, klagte Jimmy. »Ich will dich, Rupert, mein schöner schwarzgelockter Rupert, den ich so liebe.«

Und Rupert platzte beinahe vor Freude und Stolz, daß Jimmy ihm auf eine so natürliche, offene Art eine Liebeserklärung machen konnte. Er versuchte, ebenso spontan zu sein, aber es wollte ihm nicht so recht gelingen. Er war eben ein bißchen verklemmt, wie Judy schon einmal bemerkt hatte. Des öfteren fragte er sich, ob Judy wußte, daß er schwul war. Wahrscheinlich. Aber es hatte sich nie ergeben, mit ihr darüber zu sprechen oder sie einmal einzuladen; von dem Steingarten wäre sie bestimmt begeistert. Dabei brauchte er doch vor Judy kein Hehl daraus zu machen. War sie nicht auch in gewisser Weise eine skandalöse Person? Vor Jahren war sie in eine ziemlich undurchsichtige Sache verwickelt gewesen. Gewiß würde es sie freuen zu erfahren, daß es in Rathdoon noch ein weiteres ungelüftetes Geheimnis gab. Aber den wahren Grund, warum er so ungern freitags nach Hause fuhr, um ein ödes Wochenende in Rathdoon zu verbringen, konnte er ihr nicht sagen: die Angst, daß Jimmy jemand anderen finden würde. Oder vielleicht schon jemanden gefunden hatte.

Beim Mittagessen hatte er von Jimmy wissen wollen, was er sich für den Samstag vorgenommen hatte. Und Jimmy konnte keine befriedigende Antwort geben. Martin und Geoff hatten ein paar Leute zu einem Umtrunk eingeladen; da wollte er abends hingehen. Außerdem wollte er Hausaufgaben korrigieren und versuchen, die Hi-Fi-Anlage in Ordnung zu bringen, die ja nie einwandfrei funktioniert hatte. Es hörte sich alles sehr vage an. Nur mal angenommen, als reine Vermutung, Jimmy hätte jemand anderen kennengelernt? Ihm war, als würde sein Herz gefrieren. Wie wenn man etwas aus der Tiefkühltruhe nimmt, es auftauen läßt, und dann feststellen muß, daß der Kern noch gefroren ist. Diese Ängste konnte er vor niemandem zugeben. Vor niemandem auf der ganzen Welt.

Mit Judy plauderte es sich leicht. Sie erzählte ihm von ihren Kräuterkissen, er berichtete, welche Aufregung es wegen dem Politiker und seinem Liebesnest gegeben hatte. Sie mußten beide darüber lachen, dann nahm das Gespräch plötzlich eine unerwartete Wendung, und Judy erzählte von ihrer Vergangenheit. Ihre Geschichte verblüffte ihn. Eine junge Ehefrau und Mutter, die damals mit Drogen handelte und deren Ehemann mit dem Gesetz klüngelte, als wäre er im Wilden Westen. Unvorstellbar, daß sie ihre Kinder nicht mehr sah; noch unvorstellbarer, daß sie die ganze bessere Gesellschaft mit LSD versorgt hatte! Und mit Haschisch! Jimmy würde außer sich geraten, wenn er das hörte. Rupert konnte gar nicht genug von diesen Geschichten bekommen, aber Judy hatte offenbar das Gefühl, ihn zu langweilen, und wandte sich der dämlichen Nancy Morris zu. Außerdem hatte sie ihm gesagt, daß seine Mutter täglich an ihn dachte. Aber das mußte sie falsch verstanden haben. Mutters Gedanken kreisten um Vater und das Haus, den Gemüsegarten und die

Hühner. Doch ihre größte Sorge galt Vater, und sie fürchtete, daß der junge Mr. MacMahon dem älteren Partner und Gründer der Firma nicht den nötigen Respekt zollte. Mutter zeigte glücklicherweise wenig Interesse an Ruperts Leben in Dublin, daher war es doch ziemlich unwahrscheinlich, daß sie täglich an ihn dachte. Ob Judy das nicht erfunden hatte? Vielleicht war all das, was sie sagte, nur Ausdruck ihrer Hoffnung, daß ihre verlorenen Kinder täglich an sie dachten. Weiter nichts.

Ihr Haus war klein und weißgetüncht, und über die Veranda wucherten Clematis. Jimmy war der Ansicht, eine protestantische Anwaltsfamilie müßte in einem mit Efeu bewachsenen herrschaftlichen Haus residieren und so dem gemeinen Volk die geziemende Ehrfurcht einflößen. Aber es gab nur zwei efeubewachsene Häuser, klärte Rupert ihn auf: das von Dr. Burke, ein sehr gepflegtes Anwesen, und das alte Pfarrhaus, das so heruntergekommen war, daß es jetzt wie ein riesiger efeubedeckter Stein aussah. Jeden Sonntag wurde in der schönen Kirche von Rathdoon ein Gottesdienst abgehalten, aber es gab weder einen Vikar noch einen Pfarrer. Es mußte eigens einer aus der dreißig Kilometer entfernten größeren Stadt anreisen, der in Rathdoon einen Frühgottesdienst hielt und danach noch einen in einem anderen Ort, der ungefähr fünfundzwanzig Kilometer entfernt lag. Jimmy war fasziniert, aber trotzdem hat Rupert ihn nie zu sich nach Hause eingeladen. Dagegen hatte Jimmy ihn bereits mehrmals gebeten, mit zu seiner Familie zu kommen. Einmal war Rupert auch hingegangen. Aber er hatte sich in der Runde nicht wohl gefühlt, im Gegensatz zu den anderen, die ihn über Grundstückspreise löcherten.

Seine Mutter erwartete ihn bereits hinter der Eingangstür. Auch das ärgerte ihn immer wieder von neuem. Und dann war er verärgert, daß ihn so etwas aufregte. Sie stand ja nur dort, damit er nicht klingelte oder klopfte und dadurch Vaters Schlaf störte. Aber offensichtlich wartete sie doch bloß darauf, daß sein Schatten hinter der Scheibe auftauchte. Sein Gruß klang weit unbekümmerter, als ihm zumute war. Er riß sich zusammen. Das weiche Leder der wundervollen Jacke berührte seinen Nacken. Jimmys Geburtstagsgeschenk für ihn. Etwas vorzeitig, aber Jimmy meinte, es würde ihm das Wochenende gewiß erträglicher machen. Dee Burke hatte recht gehabt, solche Klamotten kosteten ein Vermögen. Und wieder rührte sich das nagende Mißtrauen: Wie konnte sich Jimmy so etwas leisten, selbst wenn es nur zweite Wahl war? Hör auf, dir den Kopf zu zerbrechen, Rupert, befahl er sich selbst. Jimmy war gut und ehrlich. Warum verdirbst du dir alles mit diesen albernen Verdächtigungen? Jimmy ist heute abend zu Hause, korrigiert Arbeiten und sieht fern. Er treibt sich nicht in irgendwelchen Bars herum, um jemanden aufzureißen. Warum alles zerstören?

»Es geht ihm sehr gut, er ist vollkommen klar«, flüsterte seine Mutter beglückt.

»Was?«

»Dein Vater. Er ist völlig bei Bewußtsein. Er ist wach und hat ein paarmal gefragt, wann der lila Bus ankommt. Jedesmal, wenn er an der Ecke ein Auto gehört hat, das in einen anderen Gang schaltete, wollte er wissen: ›Ist das der Bus?‹«

Rupert stellte seine Reisetasche im Flur ab. »Das ist wunderbar, Mutter, wirklich wunderbar«, sagte er bedrückt und ging langsam die schmale Treppe hinauf zu seinem Vater, dessen Kopf an einen Totenschädel erinnerte, um den sich eine dünne Haut spannte. Der Mann, mit dem er sein ganzes Leben nicht hatte reden können.

Es war ein sonniger Samstag, aber das Zimmer seines Vaters war abgedunkelt, und das dämmerige Licht strengte Ruperts Augen an. Im Erdgeschoß weckte seine Mutter gerade Früchte ein. Katholiken würden nie Obst einwecken oder Eier einlegen, hatte Jimmy gesagt, es vertrug sich nicht mit ihrem Glauben. Er hatte ihm noch unzählige andere Lügen über den Katholizismus aufgetischt. Kaum zu glauben, daß ein Mensch sie alle erfinden konnte! Ruperts Eltern hatten ihren Sohn von klein auf zu respektvoller Distanz gegenüber dem katholischen Glauben erzogen. Obwohl sie ihn als beengend empfanden, waren sie doch beeindruckt von der Gottesfurcht und den zahllosen Gläubigen, die die Messe besuchten. Seine Eltern waren in Galway gewesen, um den Papst zu sehen. Jimmys Eltern hingegen hatten an dem Papst-Wochenende ein kleines Vermögen verdient, weil alle Dubliner jede Zeitung zweimal haben wollten, damit ihnen auch ja nichts entging.

Daheim in ihrem Häuschen trank Jimmy jetzt frischgebrühten Kaffee und las die *Irish Times*. Anschließend ging er vielleicht in den Garten und pflanzte die immergrünen Pflanzen um. Wenn man im Garten etwas verändern wollte, mußte man die Pflanzen im September umsetzen. Aber nein, Jimmy würde damit warten, bis er wieder zurück war. Wahrscheinlich bastelte er gerade an der Stereoanlage herum. Wenn er doch bitte nur nicht in die Stadt fuhr, weil ihm langweilig war; wenn er doch bitte niemanden mittags bei einem Drink und einem Räucherlachsbrötchen kennenlernte!

»Es ist so nett von dir, daß du jedes Wochenende hierher kommst«, sagte seine Mutter plötzlich, als stünde ihm das Heimweh nach seinem wahren Zuhause ins Gesicht geschrieben. »Dein Vater unterhält sich wirklich gerne mit dir. Merkst du es? Fällt dir das eigentlich auf?«

Jimmy hatte ihn angefleht, nicht durch ganz Irland zu fahren, nur um dann einen Streit vom Zaun zu brechen. Konnte Jimmy denn nicht begreifen, daß es *nie* Streitigkeiten gegeben hatte und auch nie welche geben würde, wollte Rupert wissen. Na ja, dann eben eine gewisse Unterkühltheit, hatte Jimmy darauf erwidert. Wenn Rupert diese ganze Mühe schon auf sich nahm, dann solle er sich nicht sein Wochenende völlig verderben lassen. Wenn er sich schon darauf einließ, dann doch richtig.

»Ja, ich glaube, er redet wirklich gern mit mir«, meinte Rupert. »Aber ermüdet es ihn nicht zu sehr?«

»Nein, er überlegt die ganze Woche, was er dir sagen möchte. Manchmal bittet er mich, es aufzuschreiben, oder er gibt mir Stichpunkte. Darüber möchte ich mit Rupert reden, sagt er dann, und ich notiere es. Oft vergißt er auch, worüber er reden wollte, aber der Gedanke war da gewesen.«

Rupert nickte finster.

»Zum Beispiel wollte er dich nach den Apartments fragen, die du en bloc verkaufst, und wie man die Pacht dafür ausrechnet. Damit hätte er in den Auflassungen nie etwas zu tun gehabt. Aber dann sollte ich nur ›Versteigerung von Apartments‹ notieren, und vergangene Woche konnte er sich nicht mehr erinnern, was er darüber sagen wollte.«

»Ich verstehe«, sagte Rupert und bemühte sich, mitfühlend zu klingen.

»Aber diese Woche ist er doch viel wacher und ansprechbarer, findest du nicht auch?« fragte sie erwartungsvoll.

»Ja, da hast du recht. Er hat von diesem Haus hier gesprochen und gefragt, wie wir es beschreiben würden, wenn wir es zum Verkauf anbieten würden. Ich habe ein paar witzige Sätze gesagt, und er hat ein wenig gelächelt.«

Ruperts Mutter freute sich. »Ach, wie schön! Er hat in der letzten Zeit so selten gelächelt.«

»Warum unternimmst du nicht etwas, Mutter, während ich hier bin? Vielleicht magst du in die Stadt gehen, das würde dir doch guttun. Ich kann ein Auge auf Vater haben und bin da, falls er etwas braucht.«

»Nein, nein. Du sollst dich auch ein bißchen vergnügen«, erwiderte sie.

»Wirklich, Mutter, ich habe ohnehin nichts vor.« Er zuckte die Schultern. »Ich kann mich ebensogut um Vater kümmern, während du ein paar Stunden für dich hast.« Er wollte großzügig wirken, aber er wußte, daß es völlig falsch ankam.

»Aber du bist doch extra übers Wochenende nach

Hause gekommen«, rief sie. »Dann gehe ich doch nicht in die Stadt. Das kann ich schließlich jeden Tag tun. Mrs. Morris oder die junge Mary Burns, Billys Frau, schauen dann nach Vater. Nein, ich möchte etwas davon haben, wenn du hier bist.«

»Klar. Natürlich«, sagte er und erschrak selbst über seinen Mangel an Einfühlsamkeit. Solche Worte würden Jimmy nie im Leben über die Lippen kommen. In dem Augenblick, in dem er das Haus betrat, würde er es mit Leben und Fröhlichkeit füllen. Jimmy. Ach Jimmy.

Sie aßen zu Mittag. Ein Essen, wie er es nur bei seiner Mutter bekam: Stundenlang war sie damit beschäftigt, Brot zu toasten und in Würfel zu schneiden, Käse zu raspeln, Tomaten zu vierteln. Und das Ergebnis? Es schmeckte nach nichts und machte auch nicht satt. Wenn sie ihm doch nur das Kochen überlassen würde! Andererseits hatte er es ihr nie vorgeschlagen. Vielleicht würde er sich lächerlich machen, wenn er sagte, er könnte ihnen ein leichtes, köstliches Mittagessen in einem Viertel der Zeit zaubern. Es war sein Fehler, wie üblich.

Sein Vater mühte sich den ganzen Nachmittag ab. Und Rupert mindestens ebenso.

Dann und wann setzte sich seine Mutter dazu und nähte. Immer hatte sie kleine Sachen in Arbeit für ihre Schwester, die mit einem Vikar verheiratet war und alles gebrauchen konnte, was sich auf dem Gemeindeflohmarkt verkaufen ließ. Sein Vater versuchte verzweifelt, sich zu konzentrieren. Bei seinen Bemühungen, es ihnen recht zu machen, kam er sogar auf die »gute alte« Zeit zurück, als er sich in der Stadt als Anwalt niedergelassen hatte. Früher hatte er mit Freuden alte Erinnerungen aufgewärmt. Nicht so jetzt: Er wirkte, als wollte er jemandem, der in seinen Augen ein Gast war, um alles in der Welt beweisen, daß er wirklich an ihm interessiert war, welchen seltsamen Beruf dieser Gast auch immer ausüben mochte. Am liebsten hätte Rupert aufgeschrien: »Vater, es ist in Ordnung. Komm, ruh dich aus. Mein Leben ist okay, und ich wünsche dir und Mutter alles Gute. Aber weshalb tun wir uns dieses belanglose Geschwätz an? Es gibt nichts mehr zu sagen.«

Als die Sonne sank, wurde es ihm zuviel. Er erklärte, er habe Judy Hickey versprochen, ihr zur Hand zu gehen, und sollte sich jetzt besser auf den Weg machen.

»Eine tapfere Frau, diese Judy Hickey. Zwei Jahrzehnte lang hat sie den Kopf hochgehalten«, meinte sein Vater mit erstaunlich fester Stimme.

»Ja, warum auch nicht?« Rupert war vorsichtig. »Sie ist schwer genug bestraft worden.«

»Das hat sie akzeptiert, ohne wegzulaufen und sich

zu verstecken. Sie hat den Platz als Hausherrin geräumt und ist in das Pförtnerhäuschen gezogen.«

»Und hat ihre Kinder verloren«, fügte Ruperts Mutter hinzu. »Das war das schlimmste.«

»Bestimmt. – Also, ich bin bald zurück.« Draußen im Freien konnte er endlich wieder atmen. Er überquerte den Platz und schlug den Weg zum Pförtnerhäuschen des großen Doon-Anwesens ein.

Zusammengerollt wie eine Katze lag Judy da. Sie freute sich nicht über sein Erscheinen. Im Gegenteil, sie war drauf und dran, ihn auf der Stelle zurückzuschicken. Sie erinnerte ihn an Jimmy – es fehlte ihr nur der überzeugende Charme: Bei Jimmy klang es vernünftig, bei ihr klang es nach Pflichterfüllung.

Aber sie blieb dabei. Sie stand auf, streckte sich und erklärte, sie werde nun im Wald ihres Gatten spazierengehen. In *Jack Hickeys Wald*. Und dann meinte sie, er solle mit seinem Vater reden, ganz gleich über was. Nur um ihm zu zeigen, daß er sich bemühte.

Aber was sollte er denn sagen? Daß ihm die Eifersucht das Herz zerreißen würde, falls sein Geliebter ihn betrog? Wer erzählte seinem Vater schon etwas über Geliebte, egal ob männlich oder weiblich? Aber für Rupert war es noch viel schwieriger: Er konnte ihnen nichts über sein Leben erzählen, nicht über die schönen Enziane, die er und Jimmy gepflanzt hatten, und auch nicht über den Feldenzian, der sich im Juli wie ein großer tiefblauer Teppich ausgebreitet hatte. Oder daß sie sich gegenseitig beim Bewundern der Pflanzen fotografiert hatten. Es schien ihm unmöglich, vom Garten zu sprechen, ohne Jimmy zu erwähnen, denn beides war eng miteinander verknüpft. Und dasselbe galt für das Haus, das Kochen, die Ferien, die Bücher, die sie lasen, die Dinge, über die sie lachten – meine Güte, eben alles, was die Menschen so machten.

Verärgert, daß Judy ihn hatte abblitzen lassen, ging er wieder nach Hause. Als er an dem Geschäft der Kennedys vorbeikam, sah er, wie ein stattliches, hübsches Mädchen hereingebeten wurde. Verlegen lächelnd starrte Eddie, der rothaarige Sohn der Kennedys, sie an. Ganz offensichtlich waren die beiden ineinander verliebt. Und sie war in der Tat sehr anziehend. Wie einfach wäre sein Leben, wenn er dazu geboren worden wäre, einem stattlichen, hübschen Mädchen den Hof zu machen, das sein stilles Haus mit Leben und Lachen erfüllte.

Plötzlich stellte er sich vor, Jimmy würde ins Haus seiner Eltern kommen. Er würde an der Tür stehenbleiben, um die Clematis zu berühren und bewundernd die Hände um die Blüten legen. Er hörte ihn zu seiner Mutter sagen, sie solle sich hinsetzen, die Füße hochlegen und sich zur Abwechslung von ihrem großen, häßlichen Sohn und ihm mit einem

Essen überraschen lassen. Und er würde Ruperts Vater von der Knabenschule erzählen, an der er unterrichtete, von den Schulgebühren, den Extrakosten und den gräßlichen Schulkonzerten. Ungezwungen würden sie die Straße entlangspazieren und sich bei Ryan's einen Aperitif gönnen, während der Braten im Ofen garte. Jimmy würde mehr Fröhlichkeit in ihr Haus bringen, als jede stramme Tochter eines wohlhabenden Bauern es vermochte.

»Ich habe mir gerade überlegt«, sagte er zu seiner Mutter, die ihm die Tür öffnete, als hätte sie auf ihn gewartet, »daß ich nächstes Wochenende vielleicht einen Freund mitbringen könnte.«

Der Rest war ein Kinderspiel. Gut, daß er es ihr vorab gesagt habe, meinte seine Mutter, so könne sie das Gästezimmer herrichten. Das wollte sie ohnehin schon längst tun, hatte sich aber irgendwie nie dazu aufraffen können. Und sein Vater freute sich darauf, jemanden kennenzulernen, der an dieser Schule unterrichtete, denn er kannte eine Menge Leute, die sie besucht hatten und alle nicht gut auf die Schule zu sprechen waren – aber später hatten sie es dann doch recht weit gebracht.

Plötzlich schoß ihm ein Gedanke durch den Kopf. Was, wenn Jimmy gar nicht kommen wollte?

»Hoffentlich paßt es ihm auch. Ich habe ihn ja noch gar nicht gefragt«, stammelte Rupert.

»Ruf ihn doch einfach an«, schlug seine Mutter vor. Seine Mutter, die sich bei Ferngesprächen immer so benahm, als würde sie Kontakt mit einem anderen Planeten aufnehmen wollen: ängstlich und mit wenig Hoffnung auf Erfolg.

»Ach, wie wunderbar, von dir zu hören«, sagte Jimmy.

»Ich rufe von zu Hause an«, erklärte Rupert.

»Das hoffe ich doch. Mir ist schon öfter der Gedanke gekommen, daß du dich vielleicht ohne mich an irgendwelchen bizarren Orten herumtreibst. Aber ich habe mich entschlossen, dir zu vertrauen!« Jimmys Lachen war voller Herzlichkeit. Rupert schluckte.

»Es ist ganz schön hier an diesem Wochenende, und ich habe mir überlegt … ich habe mir gedacht …«

»Was?«

»Ich habe mir gedacht, ob du nicht vielleicht Lust hättest, nächste Woche mitzukommen, verstehst du?«

»Wahnsinnig gerne.«

Schweigen.

»Du willst? Wirklich, Jimmy?«

»Na klar. Ich hatte schon geglaubt, du würdest mich nie fragen«, meinte Jimmy.

CELIA

*F*ür ihre Freundin Emer war es der »Tanzbus«. Jeder zweite in Dublin nahm am Freitagabend einen Bus heim aufs Land, um sich bei aufregenden Tanzabenden zu amüsieren. So etwas hatte es noch nie gegeben, hieß es – die Provinzler fuhren lieber heim, weil dort mehr los war als in Dublin. Zudem hatten sie den Vorteil, daß sie unter der Woche in der Stadt ihre Freiheit genießen konnten, ohne den Kontakt mit dem Heimatort zu verlieren.

Celia amüsierte der Gedanke, die Fahrten mit dem lila Bus wären so etwas wie Vergnügungsreisen. Während sie mit Emer im Schwesternzimmer Tee trank, erzählte sie ihr von den anderen Fahrgästen, die sich Woche für Woche um Viertel vor sieben trafen. Emer seufzte neidisch. Es hörte sich toll an, eine kleine Spritztour Richtung Westen, ein Wochenende, ohne zu putzen und zu waschen und ihren drei heranwachsenden Kindern klarmachen zu müssen, daß in der Haushaltskasse Ebbe war – während sie ihrem seit drei Jahren arbeitslosen Ehemann versicherte, sie kämen prima mit ihrem Geld aus. Emer hatte eine Schwester, die mit ihrem Mann in der dreißig Kilometer von Rathdoon entfernten Stadt lebte. Wie schön wäre es, wenn sie sie gelegentlich besuchen könnte! Ach, das würde sie wirklich zu gern einmal tun.

Und dann tat sie es wirklich. Da Celia an jedem vierten Wochenende Dienst hatte, überließ sie Emer ihren Platz im Bus. Das kam ihnen allen gelegen. Emer erzählte, ihr Mann und die Kinder seien so froh, wenn sie Sonntag abends nach Dublin zurückkehrte, daß ihnen nie ein Wort der Klage über die Lippen kam, sondern sie ihr einen Kaffee kochten und beteuerten, wie sehr sie ihnen gefehlt habe. Natürlich ging Celia hin und wieder tatsächlich tanzen und amüsierte sich dabei auch recht gut. Es traten erstklassige Bands auf, die Leute kamen von weit her, und das Haus war immer voll. Manchmal tanzte sie mit Kev Kennedys Bruder Red, lieber jedoch mit Bart, dem ältesten Sproß der Familie. Er war so beständig und verläßlich. Zwar wußte man nie ganz genau, was in ihm vorging, aber er war immer zur Stelle. Ja, man mußte ihn gar nicht eigens um Hilfe bitten, er schien stets zu wissen, wann er gebraucht wurde. Das klinge doch nach einem recht passablen Mann, meinte Emer, aber Celia war nicht ihrer Ansicht. Er war nicht der Typ, der eine Familie und einen Hausstand gründen wollte, und sie würde sich

nicht noch einmal in einen eingefleischten Junggesellen verlieben. Es habe sie genug Mühe gekostet,
über ihren ersten hinwegzukommen. Emer seufzte
mitfühlend; sie verstehe selbst nicht, warum sie als
verheiratete Frau andere überzeugen wollte, unter
die Haube zu kommen. So toll, wie alle sagten, sei
die Ehe wirklich nicht, und in vielerlei Hinsicht
sogar genau das Gegenteil davon.

Aber darüber konnte Celia nur lachen. Emer war
achtunddreißig, und sie gab sich hart und zynisch,
aber in der Tiefe ihres Herzens würde sie für ihren
gutaussehenden, weinerlichen Mann durchs Feuer
gehen – und ebenso für ihre großen, schlaksigen
Kinder, die schneller wuchsen, als man ihnen neue
Kleider kaufen konnte. Emers Einwände konnten
Celia nicht von ihrem Wunsch nach Liebe und Ehe
abbringen, denn das war es, was sie wollte. Nicht
sofort und nicht um jeden Preis, aber irgendwann
schon. Trotz allem, was sie in ihrer Familie erlebt
hatte.

Ihrer Erinnerung nach hatte es bei ihr zu Hause kaum
einen Tag ohne Streit gegeben. Und nicht selten
wurde er sogar in aller Öffentlichkeit ausgetragen.
Denn da ab elf Uhr morgens ganz Rathdoon im Pub
ein und aus ging, bekam es jeder mit, wenn sich Mr.
und Mrs. Ryan anschrien und beschimpften oder
wenn einer von beiden mit zorngerötetem Gesicht

aus dem Hinterzimmer auftauchte und ein Bier servierte, ehe er oder sie wieder verschwand, um den Streit fortzusetzen. Celia hatte oft gehört, daß Kinder ängstlich und verschlossen wurden, wenn sich ihre Eltern zu Hause stritten. Nicht so bei den Ryans. Als sie erwachsen wurden, zogen sie einfach aus. Sobald sie alt genug waren, gingen sie auf und davon. Celias ältere Schwester hatte sich einer Gruppe australischer Nonnen angeschlossen, die in Irland auf der Suche nach Menschen waren, die sich berufen fühlten. Nach sehr jungen Menschen, denn Celias Schwester war gerade sechzehn gewesen. Aber auch die Aussicht auf eine Weiterbildung lockte sie sehr. Von Zeit zu Zeit schrieb sie rätselhafte Briefe nach Hause, die von nicht näher erläuterten Orten und Dingen handelten. Dann hatten sich auch die Brüder verabschiedet. Harry ging nach Detroit, Dan nach Cowley in England. Sie schrieben selten, ihre Briefe waren emotionslos und deuteten auf eine Raffgier hin, die ihnen als Jugendlichen fremd gewesen war – etwa, wenn sie meinten, ein Pub in Irland müsse heutzutage ja eine Goldgrube sein. Harry hatte in Detroit gelesen, daß Irland durch den Gemeinsamen Markt einen Wirtschaftsboom erlebe, und Dan hatte man in Cowley erzählt, eine Schanklizenz in Westirland käme einer Erlaubnis zum Gelddrucken gleich. Diese Briefe empfand Celia als sehr verletzend. Es waren schlecht verhohlene Anspielungen darauf, daß Celia und ihre Mutter mit dem Familienbetrieb eine schöne Stange Geld verdienten. Vielen Dank auch! Es war wirklich zum Lachen, wenn man sich einmal ansah, wie die Dinge wirklich standen. Doch Celia war eher nach Weinen zumute.

Als ihr Vater vor fünf Jahren gestorben war, hatten die Leute gemeint, zum Glück habe Kate Ryan den Pub ohnehin schon mehr oder weniger allein geführt und könne ihn auch jetzt weiterführen. Im Gegensatz zu anderen Familienbetrieben hatte sich die Ehefrau hier nie im Hintergrund gehalten. Nein, die arme Kate hatte den Laden allein geschmissen, während sich ihr Mann am anderen Ende des Pub mit seinen Saufkumpanen betrank.

Und die arme Kate hatte eine ganze Weile durchgehalten. Im Sommer stellte sie einen jungen Burschen zum Gläserspülen ein, und bei Hochbetrieb ging ihr immer Bart Kennedy bereitwillig zur Hand. Nein, sie hatte keinen Grund zur Klage. Es mangelte nie an Gästen, und glücklicherweise war das Trinken keinen Modeschwankungen unterworfen – es wurde immer gern getrunken. Abgesehen von der ersten Woche in der Fastenzeit konnte sie durchweg mit einem festen Stammpublikum rechnen, und an den Wochenenden florierte das Geschäft. Es gab keine

Konkurrenz, und eine weitere Schanklizenz wurde in einem so kleinen Ort nicht erteilt. Trotzdem war es ungewöhnlich, daß Rathdoon nur einen Pub hatte – andere vergleichbare Ortschaften besaßen sogar drei. Eine Zeitlang ging das Gerücht um, Billy Burns wolle eine Lizenz beantragen; er interessierte sich für den Kauf eines rund dreißig Kilometer entfernten Pubs und wolle dessen Lizenz nach Rathdoon übertragen lassen, aber daraus war nichts geworden.

Den ganzen Tag hatte Celia immer wieder an Billy Burns denken müssen, nachdem sie morgens mit diesem dummen Lied im Kopf aufgewacht war: »Where have you been all the day, Billy Boy, Billy Boy?« Und sie fand, daß es Mikeys Bruder wie auf den Leib geschrieben war. Mikey war so ein unschuldiger Naivling, während Billy ein bißchen zu schlau war. Das hatte nichts damit zu tun, daß er einen Pub eröffnen wollte, im Gegenteil. Wenn er es tat, würden sich für sie etliche Probleme lösen. Wenn es mit dem Pub ihrer Mutter aufgrund rechtmäßiger Konkurrenz bergab ging, wäre das eine durchaus ehrbare Lösung. Dagegen wäre es ein weitaus weniger ehrbarer Abgang, wenn ihre Mutter weiter trank und die Kneipe damit in den Ruin stürzte.

Doch Celias Mutter gegenüber durfte man nicht einmal eine vage Andeutung machen. Es waren immer die anderen, die in letzter Zeit dem Alkohol zu sehr zusprachen, sich zum Narren machten und ihre Zeche nicht bezahlen konnten. O ja, es gab in Rathdoon Männer, die vom Saufen großporige Nasen und rotblau geäderte Wangen bekommen hatten. Und nicht wenige Frauen aus Rathdoon fuhren angeblich zum Einkaufen in die dreißig Kilometer entfernte Stadt, doch Kate Ryan wußte genau, daß sie sich praktisch nichts anderes als ein halbes Dutzend Schnapsfläschchen besorgten, die sie unter den Servietten – oder was sie sonst als Vorwand gekauft hatten – verbargen. Die kleinen Flaschen ließen sich nämlich leichter verstecken und unauffälliger beseitigen. Kate Ryan konnte ein Lied von den Frauen singen, die abends immer nur auf einen Drink vorbeikamen, dann aber unauffällig aus ihrer Handtasche nachgossen. Sie scheuten sich, in aller Öffentlichkeit mehr als ein Getränk zu bestellen. Doch Celias Mutter wollte nichts davon hören, daß es da eine Frau gäbe, die sich nicht einmal verstellen mußte, weil sie das Zeug griffbereit auf ihren eigenen Regalen stehen hatte – eine Frau, die zwölf Stunden täglich im Alkoholdunst arbeitete.

Celia war maßlos erschrocken gewesen, als sie ihre Mutter erstmals betrunken gesehen hatte. Mam war die, die niemals trank, und Dad derjenige, der immer trank. Das war so klar wie der Unterschied zwischen links und rechts, zwischen schwarz und weiß. Und dann diese gelallten Worte, diese unverständlichen Behauptungen ... Celia war völlig durcheinander und gar nicht mehr die gelassene Schwester Ryan, die auf ihrer Station alles im Griff hatte. Am nächsten Tag hatte ihre Mutter sich des langen und breiten gerechtfertigt – mit erschreckenden Ausreden. Eine Lebensmittelvergiftung sei schuld gewesen: Sie habe etwas von dieser Hühnerpastete aus der Dose gegessen, und jetzt würde sie an die Hersteller schreiben und das Etikett beilegen. Nicht nur, daß ihr nachts davon mehrmals übel geworden sei, irgendwie waren auch ihre Sinne getrübt. Sie konnte sich nicht mehr genau an gestern erinnern, nur noch lückenhaft. Als Celia behutsam meinte, die Hühnerpastete sei vielleicht wirklich verdorben gewesen, aber es läge wohl eher am Alkohol, daß sie Gedächtnislücken habe, da geriet ihre Mutter vollkommen außer sich. Es entbrannte einer dieser heftigen Streits wie zu Dads Lebzeiten. Nein, es läge überhaupt nicht am Trinken. Hätte Celia vielleicht die Güte, ihr zu erklären, von welchen alkoholischen Getränken sie bitte schön rede? Hatte Celia ihre Mutter gestern abend auch nur einen Schluck trinken sehen? Celia zuckte die Achseln. Vielleicht war dieses eine Mal ja eine Ausnahme. Schwamm drüber.

Als sie drei Wochen später am Wochenende nach

Hause kam, verwechselte ihre Mutter den Gin mit dem Wodka, vergaß zu kassieren und ließ die Biergläser überlaufen, während sie anderweitig beschäftigt war. Da beschloß Celia, sich einen Platz im lila Bus zu reservieren und nun an jedem freien Wochenende heimzufahren. So ging es nun seit einem Jahr, und der Zustand ihrer Mutter verschlechterte sich zunehmend. Aber das schlimmste war, daß sie es nicht zugeben wollte, niemals. Nicht einmal vor sich selbst.

Im Krankenhaus hatte Celia Dutzende – mehr als Dutzende, vielleicht Hunderte – von Leuten kennengelernt, die versuchten, hilflosen Menschen zu helfen. Unzählige Male hatte sie von alten Männern gehört, die nicht in ein Pflegeheim gehen wollten, obwohl sie ihre Küchen schon dreimal in Brand gesteckt hatten, oder von alten Frauen, die sich immer und immer wieder die Hüfte gebrochen hatten, weil sie beim Überqueren der Straße niemanden um Hilfe bitten wollten. Sie war spindeldürren Magersüchtigen begegnet, die die Nahrungsaufnahme verweigerten, leichenblassen Herzkranken, die nicht von den Überstunden in ihren stressigen Jobs lassen wollten und riesige Mengen cholesterinreiches Essen in sich hineinstopften. Frauen, ausgezehrt nach der vierzehnten Schwangerschaft; Mütter von

Schulkindern, die eine Überdosis genommen hatten; Ehefrauen, deren Männer an Leberzirrhose erkrankt waren, obwohl man sie Hunderte von Malen gewarnt hatte, daß der Alkohol sie langsam, aber sicher zerstören würde. Und stets hatte Celia sich mitfühlend und verständnisvoll gezeigt. Aber immer hatte ihr eine innere Stimme gesagt, daß die Leute sich einfach nicht genug bemüht hatten. Wenn Celia eine Tochter hätte, die in der Schule todunglücklich war und zwanzig Kilo abgenommen hatte, dann würde sie nicht Däumchen drehen – sie würde etwas unternehmen. Wenn sie einen Vater hätte, der allein nicht zurechtkam, würde sie ihn zu sich holen. Erst jetzt erkannte sie, daß es nicht so einfach war. Jeder hatte seinen eigenen Kopf. Und was in ihrer Mutter vorging, war so unergründlich wie der Inhalt eines hermetisch verriegelten Banktresors.

Emer war ausgesprochen gut gelaunt: Sie hatte bei der Verlosung im Krankenhaus hundert Pfund gewonnen. Jede Woche mußten alle Angestellten ein Los für den Baufonds kaufen. Es kostete fünfzig Pence, und man hatte tatsächlich keine Wahl – man war gezwungen, ein Los zu erstehen. Dreihundertmal fünfzig Pence ergaben einhundertfünfzig Pfund, und jede Woche wurde abwechselnd ein Preis von hundert Pfund beziehungsweise fünfzig Pfund verlost. Auf diese Weise sicherte man sich das Interesse der Belegschaft und konnte zudem einen kleinen wöchentlichen Beitrag für den Baufonds sicherstellen. Sogar wenn man in Urlaub gehen wollte, mußte man seinen Obolus entrichten – im voraus. Die Losnummer des Gewinners wurde am Freitagnachmittag bekanntgegeben, das Geld im Lohnbüro ausbezahlt. Emer wollte zu Hause nichts davon sagen, kein Sterbenswörtchen. Sie sollten nie etwas davon erfahren. Sonst würden sie nur neue Jeans und eine Urlaubsreise haben wollen – als ob man mit hundert Pfund Urlaub machen könnte! Sie würden einen Monat lang jeden Abend bei McDonald's essen und einen Videorecorder kaufen wollen. Ihr Ehemann würde vorschlagen, das Geld zur Bausparkasse zu bringen, es anzulegen, für den Fall, daß er nie wieder Arbeit bekam. Nein, da war es doch schlauer, wenn sie es selbst behielt. Dafür sollten sie und Celia nächste Woche mal zusammen ausgehen. »Klar«, erwiderte Celia und schenkte ihrer Freundin ein herzliches Lachen, »letztendlich tut ja sowieso jeder, was er will. Das sagst du doch immer, nicht wahr?« Aber sie wußte, daß Emer etwas völlig anderes wollte, auch wenn sie immer beteuerte, wie selbständig sie sei und daß sie das Geld für sich behalten würde. Sie wollte an diesem Freitagabend nach Hause kommen und die gute Nachricht verkünden. Sie wollte

Hühnchen und Pommes frites holen lassen und endlose Pläne schmieden, wie sie ihre Familie noch
verwöhnen könnte – was bedeutete, daß sie Jeans
kaufen, ihrem Mann zuliebe einen Teil auf dem
Bausparkonto anlegen und sich nach Sonderangebo-
ten für Videorecorder umsehen würde. Das war es,
was Emer wollte und letztendlich auch tun würde.
Und das wußten sie beide.
Wenn Celia einen Mann und Kinder hätte, würde sie
hoffentlich genauso handeln. Was hätte das Ganze
sonst für einen Sinn?

Sie war müde, ein langer Tag lag hinter ihr. In
anderen Krankenhäusern wurde in Zwölfstunden-
schichten gearbeitet, von acht Uhr morgens bis acht
Uhr abends. Wenn sie einen solchen Arbeitstag hätte, dachte Celia, wäre sie imstande, so manchen
Patienten, einen Großteil der Besucher und das ge-
samte Personal zu erwürgen. Acht Stunden Arbeit
waren heute vollauf genug gewesen. Eine junge Frau
war völlig aus dem Häuschen geraten, weil ihr Bruder, ein Priester, ihr während der Besuchszeit gesagt
hatte, daß er in ihrem Elternhaus eigens für sie
Messen las. Er dachte, das würde sie freuen; sie
dachte, das sei das Ende. Daraufhin schnauzte der
Ehemann den Priester an, was ihm einfalle, hierher
zu kommen und seine Frau verrückt zu machen. Der

Streit nahm solche Ausmaße an, daß alle Patienten und Besucher im Krankenzimmer verstummten und zuhörten. Celia wurde gerufen. Sie zog den Vorhang vor das Bett, gab der jungen Frau ein leichtes Beruhigungsmittel und erklärte in kühlem, knappem Ton, daß die Diagnose der Frau sehr gut aussehe und daß weder ihr noch ihren Angehörigen irgend etwas verheimlicht worden sei. Da Priester befugt seien, Messen zu lesen, sagte Celia, würde es sich doch anbieten, daß er eine im Haus ihrer Familie las, um Gott für den raschen Fortschritt bei der Genesung zu danken und um die vollständige Gesundung zu bitten.

Mit einem vielsagenden Blick auf den Priester fügte sie hinzu, es sei eine Schande, daß einige Leute bestimmte Sachverhalte nicht vernünftig und ohne schicksalsschwangeren Tonfall äußern könnten – sie sollten doch bitte die Tatsache beherzigen, daß Menschen automatisch an schwere Krankheiten dachten, wenn Messen für sie gelesen wurden. Dann sagte sie mit einem strafenden Blick auf den Ehemann, Besuchszeiten seien dazu da, daß sich die Patienten danach wohler und glücklicher fühlten, und nicht, um einen lautstarken Familienkrach vom Zaun zu brechen, bei dem die ganze Station mithören konnte, wie die Fetzen flogen! Alle Beteiligten waren jünger als Celia, mit Ausnahme des Priesters, und der war wohl auch noch keine dreißig. Kleinlaut entschuldigten sie sich bei Celia und bei einander. Sie zog die Vorhänge zurück und erledigte noch einige Arbeiten auf der Station, bis sie sich vergewissert hatte, daß wieder Ruhe eingekehrt war. Als der Priester und der Ehemann gegangen waren, setzte sie sich zu der Frau ans Bett, nahm ihre Hand und meinte, sie solle sich nichts dabei denken, Priester lasen eben bei jeder Kleinigkeit eine Messe im Haus. Schließlich sei das ihr Leben. Wenn nicht einmal sie es für wichtig erachteten, wer dann? Es seien bloß die anderen Leute, die glaubten, Messen und der liebe Gott würden nur ins Spiel gebracht, wenn alles andere hoffnungslos war. Für Priester aber waren Messen ein Teil ihres Lebens. Damit traf Celia genau den richtigen Ton, und als sie das Zimmer verließ, lachte die Frau schon wieder.

Wenn es nur bei ihr zu Hause auch so einfach wäre! Am letzten Wochenende hatte Bart Kennedy durchblicken lassen, daß er nicht nur an mehreren Abenden unter der Woche, sondern auch an den Wochenenden ausgeholfen hatte. Celia war bestürzt. Sie und Bart redeten nie über den Grund seiner Anwesenheit im Pub. Er erwähnte nie, daß ihre Mutter betrunken gewesen sei, sondern nur, daß man ihr ein wenig zur Hand gehen mußte. Niemals sprach er davon, daß ihre Mutter einen Gast beleidigt habe, er sagte lediglich, es habe einen kleinen Streit gegeben, aber das sei inzwischen wohl geklärt. Als sie ihn bat, sich doch ein wenig Geld als Lohn zu nehmen, hatte er nur gelacht und gemeint, das käme überhaupt nicht in Frage. Er half ja nur aus, und es ging doch nicht an, daß er hier Geld verdiente, wo er doch Stempelgeld bekam. Er versicherte ihr, daß er sich gelegentlich selbst ein Bier zapfte und auch einmal einem Freund eines spendierte. Allerdings waren das lächerliche Summen, nicht der Rede wert. Emer meinte, vielleicht habe er vor, in den Familienbetrieb einzuheiraten. Unsinn, erwiderte Celia – das passe nicht zu ihm. Nicht, daß mit ihm irgend etwas nicht stimmte, keineswegs, doch er gehörte zu der Sorte Männer, die niemals heiraten würde. Schließlich wußte Celia, wovon sie redete: Sie hatte fünf Jahre ihres Lebens mit einem hoffnungslosen Fall vertan. Diese Männer erkannte sie jetzt schon auf hundert Meter Entfernung.

Aber genug davon, sie wollte nicht mehr an diesen Kerl denken. All das war Vergangenheit, und zumindest wußte man in Rathdoon nichts von ihren demütigenden Erfahrungen. Voller Hoffnung war sie ihm damals an den Wochenenden in eine andere Stadt nachgereist, hatte geglaubt, es sei mehr dahinter, als es tatsächlich der Fall war, wollte bei ihm sein, für ihn da sein. Und weil es anscheinend das einzige war, was er wirklich von ihr wollte, hatte sie mit ihm geschlafen. Zumindest nannte er es so, obwohl es mit Schlafen recht wenig zu tun hatte, eher mit der Angst, entdeckt zu werden; und besonders großes Vergnügen machte es beiden nicht. Sie verlor ihn nicht deshalb, weil sie eine allzu leichte Beute war – sie konnte ihn gar nicht verlieren, denn er hatte ihr nie gehört. Und er hegte keineswegs die Absicht, sich durch eine Frau, einen Haushalt und Kinder aus seinem gewohnten Trott reißen zu lassen. Nein, nein, er würde bei seinen Eltern wohnen, solange sie lebten, und danach vielleicht bei einer seiner Schwestern. Es würde immer Mädchen geben – und später Frauen –, die glaubten, sie besäßen das Zaubermittel, um ihn einzufangen. Nein, wenn Celia wollte, könnte sie ein ganzes Buch über den irischen Junggesellen schreiben. Doch dazu hatte sie keine Zeit: An diesem Wochenende mußte die Angelegenheit geklärt werden, sonst wäre es wohl besser, im Krankenhaus zu kündigen und wieder nach Hause zurückzuziehen. Es war einfach eine Zumutung für all die Leute in Rathdoon.

Wie gut, daß Kev Kennedy ein Stück vor ihr ging. Denn das hieß, daß er neben Mikey sitzen würde. Heute abend war sie wirklich nicht in Stimmung für Mikeys Witze. Hin und wieder konnte sie sich ein paar davon anhören, ehe sie ihren eigenen Gedanken nachhing, aber heute ging ihr zuviel durch den Kopf, und Mikey war immer so schnell gekränkt. Glücklicherweise geriet sie diesmal nicht in die Zwickmühle, Mikey entweder zu verletzen oder ihn auf ihren Nerven herumtrampeln zu lassen. Nachdem sie flink neben Tom auf den Beifahrersitz gerutscht war, beugte Tom sich herüber und zog die Tür zu.

»Es ist erst zwanzig vor sieben. Ich habe euch gut erzogen«, meinte er, und alle lachten mit ihm, als er den Motor anließ und losfuhr.

Celia mochte Tom. Er ging bereitwillig auf jede Frage ein und antwortete ausführlicher, wenn er zum Plaudern aufgelegt war, oder einsilbiger, wenn er nicht reden wollte. Auch das Schweigen hatte etwas Geselliges. Mit den Leuten, die hinten saßen, sprach er nie, weil es ihn ablenkte, und er hatte es gern, wenn sein Beifahrer ihm beim Abbiegen in eine größere Straße sagte, wann links frei war. Er war viel netter als die übrigen Fitzgeralds von dem Kunsthandwerkladen, aber schließlich konnte man ja nicht davon ausgehen, daß in einer Familie alle gleich waren. Man brauchte sich nur mal Billy Burns anzuschauen: Der konnte Mikey doch zehnmal in die Tasche stecken. Oder Nancy Morris – mit der stimmte etwas nicht, dachte Celia. Sie hatte so einen starren Blick, der sich aber auf nichts Bestimmtes konzentrierte. Etwas Derartiges hatte Celia manchmal schon im Krankenhaus gesehen. Nancy und die fröhliche Deirdre, ihre Schwester in Amerika, unterschieden sich wie Tag und Nacht. Dasselbe galt für den armen Kev, Barts jüngeren Bruder, der hinter ihr im Bus saß. Und wahrscheinlich war auch sie anders als ihre Brüder und ihre Schwester. Beim Gedanken an ihre Familie verfinsterte sich ihre Miene. Warum erhielt sie von keinem auch nur die geringste Unterstützung? Wie hatte es dazu kommen können? Sicher konnte sie ihnen einen Brief schreiben und reinen Wein einschenken: »Liebe Maire, lieber Harry, lieber Dan. Ich bedauere, Euch das sagen zu müssen, aber Mam greift noch häufiger zur Flasche, als Dad in seinen schlimmsten Tagen. Was sollen wir tun? Ich warte auf Eure umgehende Antwort aus New South Wales, aus Cowley, Oxfordshire, und aus Detroit, Michigan. Liebe Grüße von Eurer Schwester Celia, Dublin.« Das war der wesentliche Punkt: Dublin. In den Augen ihrer Geschwister lag es nur einen Katzensprung von Rathdoon entfernt, und sie war unverheiratet, was noch wesentlicher war, nicht wahr? Wäre sie eine verheiratete Frau gewesen, hätte keiner von ihr erwartet, Mann und Familie zu verlassen, damit sie sich um ihre Mutter kümmern konnte, egal, wie nah oder fern sie lebte. Aber sie war ja nur eine barmherzige

Krankenschwester, die den Leidenden half und ihren eigenen Lebensunterhalt bestritt ... nicht der Rede wert.

Außerdem würden sie völlig verständnislos reagieren, und zwar jeder von ihnen. Maire würde aus Woolowogga oder wo sie sonst gerade einen Kurs machte – es waren immer so merkwürdige Orte – schreiben, daß Geben seliger denn Nehmen sei. Na, wunderbar! Harry würde ihr aus Detroit mitteilen, da sie vor Ort lebte, würde sie wohl am besten wissen, was zu tun sei. Dann würde er vielleicht hinzufügen, daß sie doch ganz ordentlich vom Pub leben könnte, und wahrscheinlich als Zeichen seiner besonderen Einfühlsamkeit erwähnen, daß er seinen Anteil aus dem Familienbetrieb noch nicht haben wolle. Auch Dan würde schreiben, vielleicht sogar aus England anrufen und auf sie einreden, sie sollte unbedingt nach Hause zurückkehren, Krankenschwester sei doch sowieso kein richtiger Beruf, es sei besser so. Sein Feingefühl würde sich in der Bemerkung erschöpfen, Celia würde vielleicht sogar ein paar Heiratsanträge bekommen, da sie dann ja praktisch – wenn auch nicht offiziell – die Wirtin war. Warum hatte man sie in drei Ländern schon abgeschrieben, obwohl sie erst sechsundzwanzig war? Celia war die Jüngste und hatte ihre Geschwister als groß, stark und ziemlich lustig in Erinnerung.

Aber in ihren Briefen und bei ihren raren Besuchen offenbarten sie sich als Egoisten und Fremde. Und ihre jüngste Schwester hielten sie für eine alte Jungfer.

»Treibt dich deine Familie auch manchmal zum Wahnsinn?« fragte sie Tom, nachdem sie einen riesigen, furchteinflößenden Lastwagen überholt hatten, dessen Ladung bedrohlich hin und her schwankte.

»Ja, natürlich«, antwortete Tom. »Ich meine, das ist es doch, was die Menschen in den Wahnsinn treibt – die Familie. Es sind nicht unbekannte Leute auf der Straße, die Atombombe oder die Wirtschaft, es sind die lieben Verwandten.«

»Vielleicht auch die Liebe, oder der Mangel an Liebe?« Celia sprach in sachlichem Ton, sie wollte sich über ein allgemeines Thema unterhalten. Und Tom ebenso. Deshalb konnten sie so locker miteinander reden, ohne die langen Pausen dazwischen als bedrohlich zu empfinden.

»Ja, die Liebe. Aber bei der Liebe geht es meistens auch um die Familie. Du liebst eine Frau, willst sie heiraten. Sie will aber nicht, und du drehst durch. Das ist Familie. Oder du haßt deine Frau, du liebst sie nicht mehr, würdest sie am liebsten auf den Mond schießen – das ist Familie.«

Celia lachte. »Meine Güte, du würdest dich wirklich

gut als Psychiater bei diesen Familienberatungsstellen machen!«

»Ich habe mich immer schon gefragt, warum sie mir diesen Job nie angeboten haben«, entgegnete Tom, und die nächsten achtzig Kilometer schwiegen sie wieder.

Celia war froh, als sie aussteigen und sich strecken konnte. Sie hatte von anderen Bussen gehört, wo der Fahrer und die Fahrgäste in einem Pub wie diesem hängenblieben und es manchmal eineinhalb Stunden dauerte, ehe die Fahrt weiterging. Doch Tom Fitzgerald führte ein strenges Regiment in seinem lila Bus, die Zeit reichte gerade, um auf die Toilette zu gehen und ganz schnell etwas zu trinken. Nicht einmal ein Kaffee war drin, weil das Kaffeekochen in den Pubs immer ewig dauerte; bei Ryan's in Rathdoon würde man überhaupt keinen bekommen.

»Was trinkst du, Celia?« Dee hatte ein Talent dafür, nicht nur als erste am Tresen zu sein, sondern auch prompt bedient zu werden. Nachdem Celia eine Flasche Guinness bestellt hatte, wechselten die beiden ein paar Worte. Dee hatte sich seit ihrer Schulzeit nicht verändert, als sie mit stolzgeschwellter Brust bei Ryan's hereinmarschierte und sich in ihrer neuen Schuluniform präsentierte. Sie hatte sie überall vorgeführt, und jeder schenkte ihr eine Limonade, einen Schokoriegel oder sogar ein paar Shilling. Jedermann wünschte der Arzttochter zu ihrem Eintritt in das noble Klosterinternat nur das Beste. Doktor Burke war ein wesentlicher Bestandteil des Lebens und Sterbens in Rathdoon, und keiner hegte Neid gegenüber seinen Kindern und seinem Bankkonto. Das stand ihnen doch zu, oder nicht?

Unauffällig steckte sie Mikey eine Salbe zu, die im Krankenhaus gegen wundgelegene Stellen verwendet wurde. Sie wollte nicht, daß Dee es sah und vielleicht glaubte, Celia wollte dem Arzt ins Handwerk pfuschen. Aber wahrscheinlich würde Dee nie im Leben so etwas denken. Sie war ein wunderbares Mädchen mit einem ungeheuer ansteckenden Lachen. Außerdem mußte sie eine Engelsgeduld haben, wenn sie sich mit Nancy Morris über deren langweilige Arbeit so angeregt unterhalten und sich ihre endlosen Geschichten über diesen und jenen Facharzt anhören konnte. Wie hielt Dee das nur aus? Dabei schien sie sogar interessiert und konnte sich all diese dummen Namen merken! Schon waren die zehn Minuten vorbei, und sie nahmen im dunklen, gemütlichen Bus wieder ihre Plätze ein.

Sie sah, daß Tom Kassetten im Auto hatte, was ihr früher nie aufgefallen war.

»Ist das ein Radio mit Kassettenteil?« fragte sie interessiert, als sie wieder dahinfuhren.

»Ja. Was meinst du, warum ich diesen Wagen wie

meinen Augapfel hüte? Alles, was ich besitze, steckt hier drin«, antwortete er lachend.

»Aber du spielst sie bei unseren Fahrten nie ab.«

»Nein. Ich habe darüber nachgedacht – jeder hat einen anderen Geschmack, und ich möchte niemandem meine Musik aufdrängen.«

»So so, es müßte also immer deine Musik sein.« Celia warf ihr üppiges braunes Haar in den Nacken und lachte ihn an. »Wo bleibt denn da die Demokratie? Es könnte sich doch jeder etwas aussuchen oder sogar jede Woche eine eigene Kassette mitbringen, meinst du nicht?«

»Nein, denn wenn ich noch mehr Country-Musik höre, als ich so schon hören muß, dann komme ich von der Straße ab und rase in den tiefsten Sumpf, wo uns nie ein Mensch findet«, erwiderte er.

»Na, dann lieber keine Musik«, pflichtete Celia ihm bei, ehe jeder wieder seinen eigenen Gedanken nachhing. Celia fragte sich, zu welcher Zeit ihre Mutter wohl am ehesten ansprechbar war. Es mußte doch ein paar Augenblicke am Tag geben, wo die unglückselige Frau weder einen Kater hatte noch an Entzugserscheinungen litt und auch nicht schon wieder zur Flasche griff. Und zu einer bestimmten Zeit – vielleicht am späten Vormittag – konnte sie auch Bart bitten, kurzzeitig die Stellung allein zu halten. Am Samstag kam bis zur Mittagszeit sowieso kaum

Kundschaft. Da konnte sie ebensogut das »Geschlossen«-Schild an die Tür hängen. Meine Güte, sogar Vater O'Reilly hatte sein Pfarrhaus manchmal geschlossen, wenn er einfach eine Stunde Ruhe haben wollte, oder vielleicht auch, wenn ein armer Teufel bei ihm war, der nicht gestört werden durfte. Genau, das war es! Schluß damit, immer die Dienste des armen Bart in Anspruch zu nehmen. Außerdem arbeitete er an den Wochenenden, wenn Judy Hickey zu Hause war, tagsüber lieber in deren Garten. Der Pub konnte für ein oder zwei Stunden geschlossen bleiben, aber wie wollte sie ihre Mutter dazu bringen, daß sie dablieb und sich die unbequeme Wahrheit anhörte, ohne sie an Händen und Füßen zu fesseln? Denn ihre Mutter mußte sich anhören, daß sie inzwischen nicht mehr in der Lage war, ihren eigenen Pub zu führen, und eine Entziehungskur machen mußte, ehe es zu spät war. Keine falschen Versprechungen, Beteuerungen und kleinen Tricks mehr. Celia hatte vergangenen Monat miterlebt, wie ein Chirurg einem zweiundvierzigjährigen Mann sagte, daß er unheilbar krebskrank sei und bestenfalls noch zwei Monate zu leben habe. Und jetzt empfand sie etwas Ähnliches – Grauen. Was würde sie darum geben, wenn sie die Sache nicht ansprechen müßte! Allerdings hatte sich die Situation im Krankenhaus ganz anders als vermutet entwickelt.

Alle dachten, es wäre ein entsetzlicher Schock für den Mann; deshalb hatte man Celia zur Unterstützung hinzugezogen. Doch er hatte es völlig ruhig aufgenommen und gefragt: »Ist das wirklich wahr?« Um Worte verlegen, standen sie alle da, Celia, der große Chirurg und der Anästhesist. Dann sagte der Mann: »Und ich bin nie in Amerika gewesen. Stellen Sie sich das vor, ich habe in meinem ganzen Leben niemals Amerika gesehen. Ist das nicht absurd, wo es heutzutage doch so einfach wäre?« Das hatte er noch mehrere Male gesagt, ehe er starb. Es schien ihn mehr zu beschäftigen als der Tod an sich und die Tatsache, daß er eine Frau und drei kleine Kinder hinterließ.

Und wenn ihre Mutter nun auf ähnlich unerwartete Weise reagierte? Etwa, wenn sie sagte, sie habe sich selbst schon überlegt, daß mit ihr etwas nicht stimmte und sie sich am liebsten gleich irgendwo einweisen lassen würde, um trocken zu werden. Laß diese Hirngespinste, ermahnte sich Celia. Du bist erwachsen, es hat keinen Sinn, die Augen zu verschließen und auf die Erfüllung deiner Träume zu hoffen.

»Da vorne kommt gleich ein Busch, an dem eine Menge Tücher hängen. Wahrscheinlich ist es eine heilige Quelle oder ein Wunschbaum oder so etwas«, sagte Tom plötzlich. »Vielleicht sollten wir alle aussteigen und auch unsere Hemden dranbinden«, erwiderte Celia. Als sie daran vorbeifuhren, hingen tatsächlich zahllose Bänder an dem Baum, und am Stamm war etwas befestigt, was wie Heiligenbilder aussah.

»Das ist mir noch nie aufgefallen, obwohl wir doch immer daran vorbeigefahren sein müssen«, meinte Celia, während sie zurückblickte. Dabei glaubte sie zu sehen, daß Dee Burke weinte; sie verzog das Gesicht wie ein Kind, das sich bemüht, die Tränen zurückzuhalten. Aber Nancy Morris quasselte wie immer unablässig weiter, also war es wohl nichts Ernstes.

»Vielleicht ist es ein neuer Heiliger. Du weißt schon, manchmal wird einer aus dem Kanon der Heiligen gestrichen, so wie die heilige Philomena, und ein neuer ernannt.«

»Warum haben sie Philomena eigentlich die Heiligkeit abgesprochen?« fragte Celia.

»Ich weiß nicht, vielleicht sind sie ihr auf die Schliche gekommen«, meinte Tom grinsend. »Ich weiß nur, daß meine Schwester sich damals ziemlich darüber geärgert hat. Sie hat es als persönliche Beleidigung empfunden.«

»Ach ja, Phil – daher kommt ja ihr Name. Apropos, wie geht es Phil? Ich habe sie schon lange nicht mehr gesehen.«

»Es geht ihr gut«, erwiderte Tom knapp.

Celia wollte das Gespräch wieder auf den Baum lenken. »Ist es etwas Heidnisches oder etwas Christliches, was meinst du?«

»Eine Mischung, denke ich.« Er war immer noch kurzangebunden.

Celias Gedanken kreisten um den Baum. Wenn sie nun dort hinging und zu einem Heiligen betete, der sich besonders der trunksüchtigen Mütter annahm, eine kleine Gabe oder dergleichen zurückließ und dann zu Hause feststellte, daß es gewirkt hatte – wäre das nicht wunderbar gewesen? Bart Kennedy bediente an der Theke, und ihre Mutter saß mit zuversichtlichem Gesicht da, die Koffer gepackt ...

»Wir sehen uns dann am Wochenende«, verabschiedete sich Tom mit einem freundlichen Lächeln.

Sie nickte. Heute abend war er etwas niedergeschlagen gewesen, dachte sie. Normalerweise machte es ihr nichts aus, daß die Gespräche mit ihm so stockend verliefen, im Gegenteil, es gefiel ihr. Aber heute hätte sie sich gern mehr unterhalten. Emer wäre jetzt genau die Richtige gewesen. Mit ihr konnte man über alles reden und sicher sein, daß sie darüber nachdachte, aber das Thema nicht bei jeder Gelegenheit wieder anschnitt und sich erkundigte, wie es einem nun damit ging. Emer gab Ratschläge, war aber nicht böse, wenn man sie nicht annahm. »Letztendlich tut sowieso jeder, was er will«, pflegte sie zu sagen. Aber sie wußte auch keinen konkreten Rat, wie man jemanden dazu brachte, das Richtige zu tun. Das, was am besten für einen war. Darüber hatte Celia lange Diskussionen mit ihr geführt. Man könnte doch dicken Kindern, die zwanghafte Esser waren, eine Spange einsetzen, die sie am Essen hinderte. Oder eine Art Gesundheitsbescheinigung für Raucher einführen, so daß nur diejenigen, die nachweislich gute Lungen und keine Anzeichen eines Emphysems hatten, sich bei Vorlage der Bescheinigung eine Schachtel kaufen durften. Damit würde man doch Leben retten, oder nicht? Doch auf derlei Vorschläge erwiderte Emer achselzuckend, das würde nur vorübergehend klappen: Das Kind mit der Spange würde sehnlichst darauf warten, bis das Ding entfernt wurde, und die Raucher würden sich auf anderen Wegen Zigaretten besorgen oder Stummel rauchen. Aber warum waren dann Drogen verboten? Dann konnte man das Heroin doch gleich kiloweise im Kaufhaus verkaufen, und Schluß. Wer sich umbringen wollte, konnte es tun, es gäbe keine Drogenmafia und keine Dealer mehr, und die Süchtigen mußten nicht mehr auf den Strich gehen oder klauen, um sich das nötige Geld zu beschaffen.

Emer erwiderte, mit Drogen sei das etwas anderes. Das sei Gift, tödliches Gift. Celia würde doch auch nicht Arsen oder Strychnin verkaufen, oder?

Und Alkohol? Der war ebenfalls tödlich. Sie hatten beide genug zerstörte Lebern gesehen, um das zu wissen; diesen schleichenden Tod hatten sie ständig vor Augen. Darauf erwiderte Emer, wenn Celia so strenge Ansichten hätte, dürfte sie keinen Pub besitzen und müßte einem Abstinenzlerverein beitreten. – Am Ende machten sie sich beide eine Flasche Guinness auf und wechselten das Thema. Emer war wirklich eine Wohltat. Kein Wunder, daß ihr gutaussehender Mann und ihre drei hünenhaften Kinder es kaum erwarten konnten, bis sie von der Arbeit nach Hause kam. Dabei war sie auch keine Superfrau. Wie jeder Mensch hatte auch sie ihre Tiefs und ihre trüben Stimmungen. Eben deshalb konnte man so gut mit ihr reden.

»Gute Nacht«, sagte sie und nickte, dann fügte sie noch hinzu: »Danke fürs Herbringen.« Sie wollte nicht schroff gegen Tom sein, nur weil er nicht Emer war! Das wäre ungerecht.

»Im Westen ist's am besten, wie Mikey sagen würde«, erwiderte Tom lachend.

»Erzähl ihm das bloß nicht, er drischt schon genug Phrasen.« Als sie den Pub betrat, war ihr nach der lauten Begrüßung, die ihr ihre Mutter quer durch den Raum zurief, sofort klar, daß ihr anstrengende eineinhalb Stunden bevorstanden. Sie stellte ihre Tasche in der Küche ab, hängte ihre Jacke auf und stellte sich neben Bart Kennedy, der ihren Arm tätschelte, während sie wortlos Bier zu zapfen begann.

Ihre Mutter schrie noch zwei Stunden lang herum, bis der Pub endlich geschlossen wurde. Ungerührt leerte Celia die Aschenbecher und wischte die Tische ab, während ihre Mutter an einem der Tische saß und mit Schimpfworten um sich warf. Sie würde sich doch in ihrem eigenen Pub nicht bevormunden lassen, rief sie, was bilde Celia sich ein, hier anzukommen und so zu tun, als ob der Laden ihr gehöre. Das sei nicht ihr Pub, und er würde ihr auch nie gehören. Das sei Celia hoffentlich klar. Sie habe nämlich ihr Testament mit Hilfe dieses netten jungen Mr. MacMahon von Mr. Greens Kanzlei geschrieben, sagte Celias Mutter, und verfügt, daß der Pub nach ihrem Tod verkauft und das Geld unter allen vier Kindern gleichmäßig aufgeteilt werden sollte, unter Maire, Harry, Dan und Celia. Damit Celia es nur wisse! Celia schwieg. Sie spülte die Gläser erst unter heißem Wasser, dann unter kaltem, und stellte sie danach umgedreht auf das Plastikgitter; so konnten sie von allen Seiten trocknen, und es blieben keine Streifen zurück.

Neben sich auf dem Tisch hatte ihre Mutter eine Kognakflasche stehen, doch Celia unternahm keinen Versuch, sie ihr wegzunehmen. Sie marschierte einfach an ihrer Mutter vorbei und sperrte die Tür ab. Im Pub waren jetzt alle Arbeiten für den nächsten Tag erledigt. Celia schluckte beim Gedanken an das Gespräch, das sie am Morgen führen mußte, wenn zum ersten Mal seit dem Begräbnis ihres Vaters das »Geschlossen«-Schild an der Kneipentür hing.

»Hast du überhaupt keine Manieren mehr? Bist du dir jetzt schon zu fein, ›gute Nacht‹ zu sagen?« rief ihre Mutter.

»Gute Nacht, Mam«, erwiderte Celia, als sie die schmale Treppe zu ihrem weißgetünchten Zimmer mit dem Eisenbett hinaufging. Eine Weile lag sie noch wach, lang genug, um zu hören, wie ihre Mutter heraufstolperte und gegen die Kommode auf dem Treppenabsatz stieß. Dabei mußte sie doch genau wissen, daß sie dort stand – an dieser Stelle befand sie sich seit achtunddreißig Jahren, seit Celias Mutter geheiratet hatte.

Es war sehr sonnig, zu sonnig. Schlagartig wurde Celia wach. Die Vorhänge waren zurückgezogen, und vor ihr stand ihre Mutter mit einer Tasse Tee.

»Ich habe mir gedacht, das wird dir guttun nach deiner Arbeitswoche. Und du bist ja wohl noch lange aufgeblieben und hast die Gläser gespült.« Ihre Stimme klang einigermaßen nüchtern, und als sie

Celia den Unterteller mit der Tasse reichte, zitterte ihre Hand nicht.

Celia setzte sich auf und rieb sich die Augen. »Du warst doch dabei, als ich die Gläser gespült habe«, meinte sie.

»Ja, natürlich, ich weiß.« Ihre Mutter wurde nervös, denn sie konnte sich nicht erinnern. »Klar, natürlich, aber trotzdem danke, daß du dich ... äh ... um alles gekümmert hast.«

Zwar roch sie nicht nach Alkohol, aber Celia wußte, daß sie ihren Kater irgendwie kuriert hatte – wahrscheinlich mit einem Wodka. Nur deshalb wirkte sie so normal. Sie hatte sich auch recht hübsch zurechtgemacht, das Haar gekämmt und ein Kleid mit einem weißen Kragen angezogen. Mit Ausnahme ihrer Augen, die furchtbar aussahen, machte Mrs. Ryan keine allzu schlechte Figur.

Vielleicht war das der richtige Moment. Celia schwang die Beine aus dem Bett und nahm einen kräftigen Schluck Tee.

»Danke, Mam. Hör mal, ich möchte mit dir reden. Ich wollte einen passenden Zeitpunkt abwarten ...«

»Ich habe unten einen Kessel auf dem Herd. Ich komme gleich wieder rauf, wenn ich einen Augenblick Zeit habe.«

Weg war sie. Es stand kein Kessel auf dem Herd. Celia erhob sich und zog sich rasch an. Heute entschied sie sich nicht für Jeans, sondern für einen Rock und eine Bluse und einen breiten Gürtel. Damit sah sie mehr nach einer Respektsperson aus, mehr wie eine Krankenschwester. In der Küche keine Spur von ihrer Mutter. Wohin mochte sie gegangen sein? Da hörte Celia draußen vor dem Nebeneingang ein Scheuern. Vor der Türschwelle kniete Mrs. Ryan mit einem Eimer und einer Bürste und schrubbte.

»Das ist mir gestern abend aufgefallen, es sieht schrecklich aus. Wir dürfen das Haus doch nicht verkommen und verfallen lassen«, erklärte sie schwitzend und keuchend. Celia wollte sie nicht davon abhalten, sondern ging in die Küche zurück und kochte noch mehr Tee. Irgendwann mußte ihre Mutter ja wieder hereinkommen.

»So, das ist schon viel besser«, meinte sie.

»Schön«, entgegnete Celia.

»Ich habe diese Nancy Morris, diese kleine Madame, getroffen. ›Hallo, Mrs. Ryan.‹ Wenn's ihr paßt, grüßt sie einen, und sonst behandelt sie einen wie Luft. Ich habe getan, als hätte ich es nicht gehört. Sie geht ihrer Mutter nur auf die Nerven, wenn sie jedes Wochenende heimkommt.«

»Das kann ich mir denken«, erwiderte Celia, und Mrs. Ryan horchte auf.

»Aber nein, bei dir ist das doch nicht so! Ich meine,

es ist prima, daß du nach Hause kommst. Du bist mir wirklich eine große Hilfe.«

»Es freut mich, daß du das heute morgen so siehst. Gestern abend hat es sich anders angehört«, gab Celia zurück.

»Ach, du darfst nicht soviel darauf geben, was ich am Freitagabend sage, da ist der Laden brechend voll, und ständig wird man von allen Seiten bedrängt. Ich war vielleicht ein bißchen unwirsch, aber ich habe mich doch fürs Gläserspülen bedankt und dir Tee ans Bett gebracht, nicht?« Sie klang jetzt beinahe flehentlich wie ein Kind.

Celia nahm ihr behutsam Eimer und Bürste aus der Hand und schloß die Tür hinter ihnen. Mit sanften, beruhigenden Worten brachte sie ihre Mutter dazu, sich zu setzen. Sie wollte verhindern, daß die Frau gleich auf und davon rannte.

»Natürlich hast du mir Tee ans Bett gebracht, und ich weiß, tief im Innersten bist du froh, daß ich heimkomme und mithelfe. Aber darum geht es nicht, Mam, ganz und gar nicht. Du weißt nichts mehr von gestern abend, nichts, was nach neun Uhr abends passiert ist, würde ich sagen.«

»Wovon redest du eigentlich?«

»Als ich gekommen bin, warst du bereits jenseits von Gut und Böse – und das war noch vor zehn. Du hast dich mit einem Mann gestritten und gesagt, er

hätte dir nur einen Fünfer, nicht einen Zehner gegeben. Der jungen Biddy Brady hast du erklärt, du
willst nicht, daß sie morgen den Pub mit ihren Freundinnen in Beschlag nimmt – glücklicherweise konnte in diesem Fall Bart die Situation retten. Du hast
eine ganze Flasche Limonensaft verschüttet und keinem erlaubt, das Zeug wegzuwischen, so daß die
Theke den ganzen Abend klebrig war. Du hast die
Büchse mit den Kartoffelchips nicht gefunden und
einer Gruppe Golfspielern zu verstehen gegeben,
daß es dir piepegal ist, ob du sie findest oder nicht,
weil sie wie ein Kinderfurz riechen. Ja, Mam, das
hast du gesagt.«

Ihre Mutter sah sie über den Tisch hinweg an. Sie
machte keinerlei Anstalten, davonzulaufen. Ruhig
und gelassen blickte sie Celia ins Gesicht.

»Ich weiß nicht, warum du solche Sachen erzählst«,
meinte sie.

»Weil es so gewesen ist, Mam. Glaub mir«, bat
Celia, »all das ist wirklich passiert, und an anderen
Abenden noch vieles mehr.«

»Warum erfindest du das alles nur?«

»Das tue ich nicht. Es war so, und heute abend wird
es wieder so sein. Mam, du hast dich nicht mehr
unter Kontrolle. Du hast sogar heute schon getrunken, ich sehe es doch. Ich sage das doch nur, weil ich
dein Bestes will.«

»Sei doch nicht albern, Celia.« Sie war im Begriff, aufzustehen, da packte Celia ihre Mutter fest am Handgelenk.

»Ich habe den anderen noch nichts davon geschrieben. Ich wollte sie nicht beunruhigen, weil ich dachte, es würde sich wieder geben, es wäre nur an den Wochenenden, wenn du etwas unter Druck stehst. Mam, du mußt es dir bewußtmachen und etwas dagegen unternehmen.«

»Wen meinst du mit ›den anderen‹?«

»Maire, Harry, Dan.«

»Du willst diese Geschichte in die ganze Welt hinausposaunen?«

»Nicht, wenn du selbst etwas dagegen tust. Mam, du trinkst viel zuviel, du hast es nicht mehr im Griff. Du mußt ...«

»Ich muß überhaupt nichts. Deine Belehrungen kannst du dir sparen. Ich trinke vielleicht mal einen über den Durst – na schön, ich werde darauf achten. Bist du nun zufrieden? Ist das Verhör jetzt beendet? Können wir uns wieder mit anderen Dingen beschäftigen?«

»*Bitte*, Mam, hör mir doch zu. Jeder wird dir das gleiche sagen. Soll ich Bart holen, damit er dir erzählt, was los war? Mrs. Casey, Billy Burns, jeder sagt es ... es wird einfach zuviel für dich ...«

»Du warst immer schon ziemlich prüde, was das

Trinken angeht, Celia, schon als dein Vater noch lebte. Du hast nicht begriffen, daß man in einer Kneipe gesellig und nett sein muß, daß man mit den Gästen mittrinken muß. Du taugst nicht für einen Pub, nicht so wie wir, wie ich. Du bist viel zu ernst, zu verklemmt für die Leute. Das war immer schon dein schwacher Punkt.«

Es hatte keinen Sinn, das »Geschlossen«-Schild hinauszuhängen, sie wollte nicht darüber reden. Ihr einziges Eingeständnis war, daß sie gelegentlich ein Gläschen zuviel trank. Sie leugnete all die Szenen, sie erinnerte sich an nichts, was sie gesagt hatte.

Gegen Mittag kamen die ersten Gäste. Celia sah, wie ihre Mutter sich einen kleinen Whiskey von Dr. Burke spendieren ließ, der die Verlobung seines Sohnes feiern wollte. Warum beugte sich Dees Vater nicht über den Tresen und flüsterte ihrer Mutter ins Ohr: »Mrs. Ryan, Sie haben dunkle Ringe um die Augen, und sie sind ganz blutunterlaufen, wenn Ihnen Ihre Gesundheit lieb ist, hören Sie mit dem Trinken auf.« Warum kam nicht Vater O'Reilly nach einem Hausbesuch vorbei und sagte ihr, sie solle sich um ihres Seelenheils willen einer Behandlung unterziehen und danach ein Abstinenzgelübde ablegen? Vielleicht mischten sich Ärzte und Priester heutzutage nicht mehr genug ein.

In der Fernsprechzelle am anderen Ende des Schankraums konnte man ruhig und ungestört telefonieren. Kein Wunder, daß halb Rathdoon lieber von hier aus anrief als vom Postamt, wo die Angestellten immer neugierig die Ohren spitzten.

Emer hatte gerade das Mittagessen kommen lassen. Gestern abend waren sie alle von dem Gewinn ins Kino gegangen, und heute abend wollten sie vielleicht wieder gehen. Videorecorder waren sündhaft teuer, sogar die Kinder sahen ein, daß so etwas nicht in Frage kam.

»Was soll ich nur mit ihr machen?« fragte Celia.

»Sie gesteht es sich nicht ein?«

»Nein. Ich habe Klartext mit ihr geredet – was sie gesagt hat, was sie ausgeschüttet und zerbrochen hat, wen sie beleidigt hat. Aber sie glaubt mir kein Wort.«

»Und es gibt niemanden, der dir Schützenhilfe leisten kann?«

»Eigentlich nicht. Bart ist zu taktvoll, und jedem anderen wäre es peinlich.«

»Ich fürchte, dann mußt du abwarten.«

»Ich kann nicht mehr warten, und sie auch nicht. Es ist furchtbar. Es *muß* doch eine Möglichkeit geben! Wie bringt man jemanden dazu, sich etwas bewußtzumachen? Kann man es nicht irgendwie forcieren?«

»Na ja, ich hab mal von einem Mann gehört, der sich

freiwillig einer Behandlung unterzog, nachdem er sich auf dem Hochzeitsvideo seiner Tochter gesehen hatte. Er hatte keine Ahnung, daß es so schlimm war, bis er ...«

»Das ist die Lösung. Danke, Emer.«

»*Was?* Du willst in Rathdoon ein Video von deiner Mutter aufnehmen? Mach keinen Unsinn!«

»Ich erzähl's dir am Montag«, sagte Celia und legte auf.

Mrs. Fitzgerald bat sie herein. Ja, Tom sei da, sagte sie. Sie tranken gerade Kaffee, ob Celia vielleicht auch einen wolle? Aber Celia spürte, daß sie gerade mitten in einem Gespräch waren, und wollte nicht stören. Es dauere nur eine Minute, meinte sie. Ja, meinte Tom, er besäße einen kleinen Kassettenrecorder, und auch ein leeres Band ... oder eines, das sie überspielen konnte. Wozu brauchte sie das denn, für etwas aus dem Radio? Nein? Na, war ja auch egal. Die Bedienung war ganz einfach, diese Taste ... Nein, es machte nichts, wenn er das Gerät nicht dahatte, es genügte, wenn sie es ihm dann im Bus zurückgab. Obwohl Tom verwundert war, stellte er keine weiteren Fragen. Mit dem Recorder in der Hand ging Celia zum Pub zurück.

Unter dem Tresen befand sich so viel Krimskrams, daß der kleine Kassettenrecorder gar nicht auffiel.

Celia setzte ihn ganz überlegt ein: eine halbe Stunde auf der einen Seite der Kassette, eine halbe Stunde auf der anderen.

Einmal nahm sie das Gerät sogar heraus, um näher an ihrer Mutter zu sein, als diese mit ihrem Soloauftritt begann und eine derbe, unmelodische Version eines Liedes schmetterte, das sie kaum kannte. Auch ihre Beleidigungen gegen Bart Kennedy und ihre Schimpfworte hielt sie auf dem Band fest.

Als zwischendurch Tom Fitzgerald in die Kneipe kam und den Recorder erblickte, meinte er: »Findest du das fair?«

»Du hast deine Prinzipien, ich habe meine«, schnauzte sie ihn an, doch dann fügte sie erschöpft hinzu: »Sie weiß es einfach nicht, verstehst du? Sie kann sich einfach nicht erinnern.«

»Das wird ihr aber nicht gefallen«, bemerkte er.

»Nein.«

»Wann willst du es ihr . . .?«

»Morgen früh, denke ich.«

»Ich komme dann gegen Mittag vorbei und hole ab, was davon noch übrig ist«, sagte er lächelnd. Er hatte wirklich ein ausgesprochen sympathisches Lächeln.

Während der ersten paar Minuten saß ihre Mutter wie versteinert da. Bei den Streitereien und den Schimpfworten tobte sie vor Zorn. Dann behauptete sie, das sei alles Lug und Trug, doch als sie ihre Gefühlsduselei über ihren wunderbaren Ehemann – Gott hab ihn selig – hörte, traten ihr vor Scham Tränen in die Augen.

Sie legte die gefalteten Hände in den Schoß und saß da wie ein eingeschüchterter Angestellter, der mit seinem Rausschmiß rechnet.

Aus dem kleinen Kassettenrecorder drang die Stimme von Mrs. Ryan, die Biddy Brady und den Gästen ihrer Verlobungsparty zurief, sie sollten das Maul halten, jetzt wolle *sie* singen. Tränen rannen ihr über die Wangen, als sie mit geschlossenen Augen das schräge, trunkene Grölen ihrer Stimme vernahm.

Celia war im Begriff, abzuschalten.

»Laß es«, sagte ihre Mutter.

Es folgte ein langes Schweigen.

»Ja«, seufzte Mrs. Ryan schließlich, »jetzt verstehe ich.«

»Wenn du willst, könnten wir sagen, daß du eine Lungenentzündung hast oder Dan in Cowley besuchst. Damit könnten wir es vertuschen.«

»Es ist sinnlos, es zu vertuschen. Ich meine, das wären doch nur noch mehr Lügen, nicht wahr? Da können wir doch gleich sagen, wie es ist.« Ihr Gesicht war düster.

»Wenn du so darüber denkst, Mam, dann hast du es schon halb geschafft. Dann bist du schon auf dem

Weg der Besserung«, meinte Celia, beugte sich über den kleinen schwarzen Kassettenrecorder und nahm die Hand ihrer Mutter.

*E*r dachte an den Tag zurück, als er den lila Bus lackiert hatte. Die vorige Farbe war ein undefinierbares Beige gewesen, und so hatte es etwas Erfrischendes, die Farbdose draufzuhalten und mitanzusehen, wie sich der Bus vor seinen Augen verwandelte. Seine Mutter zeigte sich entsetzt: Es sah ordinär aus und erregte Aufsehen. Und das war nach ihren Maßstäben eine Todsünde – Aufsehen erregen. Die Guten gingen unbemerkt und bescheiden ihrer Wege; die Bösen fielen auf, waren laut und bemalten ihren Kleinbus in diesem verrückten Mauveton. Toms Vater zuckte nur die Achseln. Was hast du denn erwartet, fragte er seine Frau in einem Tonfall, der jede Antwort überflüssig machte. Toms Vater sprach so gut wie überhaupt nicht mehr *mit* Tom; er sprach *über* ihn, selbst wenn Tom in Hörweite war. »Ich glaube, dieser Junge denkt, das Geld wächst auf den Bäumen ... dieser Junge meint wohl, wir sollten dieses Gesindel in unserem Garten hausen lassen ... dieser Junge hält arbeiten wohl für unter seiner Würde.« Manchmal antwortete Tom, manchmal nicht.

Es war auch ganz gleichgültig, denn die Meinung seines Vaters stand sowieso fest: Dieser Junge war ein Taugenichts, ein linksradikaler, langhaariger Gammler. Ein lilafarbener Kleinbus war da nur das Tüpfelchen auf dem i.

Allerdings hatte Tom sich gar nicht viel dabei gedacht. Als der Bus eines Tages nach dem Waschen wieder einmal nicht besser aussah als vorher, hatte er aus einer Laune heraus diesen Entschluß gefaßt. Und seit der Bus lila war, liebte er ihn geradezu; der Wagen hatte viel mehr Persönlichkeit und wirkte so lebendig. Da beschloß Tom dann auch, ins Transportgeschäft einzusteigen. Das war natürlich nicht ganz legal. Aber selbst mal angenommen, sie hatten tatsächlich einen Unfall, würde es der Versicherungsgesellschaft schwerfallen nachzuweisen, daß er nicht einfach sieben Freunde am Wochenende nach Hause gefahren hatte. Nie sah man in Dublin Geld den Besitzer wechseln, Tom stand nicht an der Tür und verkaufte Fahrscheine wie die größeren Busunternehmer. Und es fuhren immer dieselben Leute mit, von ein oder zwei Ausnahmen pro Monat abgesehen. Das Geschäft brachte nicht viel ein, es reichte gerade mal fürs Benzin und Zigaretten. Aber zumindest konnte er soviel rauchen, wie er wollte, und jedes Wochenende heim nach Rathdoon fahren, und darauf kam es ihm an. Der lila Bus hatte es möglich gemacht.

Tom wußte alles über das Leben seiner Fahrgäste in Rathdoon, aber nur sehr wenig über ihren Alltag in Dublin. Ursprünglich hatte er herausfinden wollen, wo sie wohnten, um sie gleich nach Hause zu fahren und nicht am Sonntagabend um zehn Uhr mitten in der Stadt abzusetzen, aber eine innere Stimme sagte ihm, daß sie die Anonymität der Großstadt vielleicht vorzogen; daß sie den anderen ihr Einzimmerapartment, ihr Pensionszimmer oder wo sie sonst untergeschlüpft waren, nicht unbedingt zeigen wollten. Mehr als einmal hatte Tom den schlanken jungen Mann mit dem hellen Haar und den getönten Brillengläsern bemerkt, der in einem Wagen nahe der Stelle wartete, wo die Wochenendfahrten begannen und endeten. Stets winkte er Rupert Green eifrig zu. Nun, Rupert wollte ganz bestimmt nicht, daß jemand davon erfuhr. Nur weil Tom Röntgenaugen hatte, war ihm der Wagen überhaupt aufgefallen. Mit eben diesen Augen sah er manchmal auch Dee Burke in ein großes Auto steigen, wo ein älterer Mann sie umarmte. Da dieser ältere Mann weder von Dee noch von sonst jemandem in Rathdoon je erwähnt worden war, konnte man getrost annehmen, daß es sich um ein heimliches Verhältnis mit einem verheirateten Mann handelte. Aber wie sehr er auch seine

Adleraugen und seinen Verstand anstrengte, nichts verriet ihm, wovor der junge Kev Kennedy sich so fürchtete. Denn Kev war früher ganz anders gewesen: ein aufgeschlossener junger Mann und der einzige aus der Familie, der nicht mehr die Beine unter Vaters Küchentisch ausstreckte, sondern ihm, den Schinkenbroten und dem von früh bis spät vor sich hindudelnden Radio den Rücken gekehrt hatte. Doch seit ein paar Jahren war er nicht mehr er selbst.

Celia lebte in einem Schwesternwohnheim. Sie teilte sich die Wohnung mit fünf anderen, was offensichtlich glänzend klappte. Ihnen standen zwei Fernsehapparate, eine Waschmaschine und ein Bügelbrett zur Verfügung, das immer aufgeklappt in der Kammer stand. Nach Celias Schilderung wurde in ihrer Wohnung nie ein böses Wort gewechselt – es war die ideale Lebensform, bis man heiratete und sich ein eigenes Heim schuf. Nancy Morris teilte sich eine Wohnung mit der reizenden, lebenslustigen Mairead Hely; wie Mairead das aushielt, war ihm ein Rätsel. Tom hatte sie mal abends auf einer Party kennengelernt, und sie hatte ihm erzählt, daß es Nancys neueste Marotte war, in Supermärkten nach Probierhäppchen Ausschau zu halten. Sie pflegte kurz vor Geschäftsschluß hereinzurauschen und eine Pappschale voll Suppe oder Käsewürfel auf Zahnstochern zu verdrücken, um dann beim Nachhausekommen triumphierend verkünden zu können: »Ich habe schon zu Abend gegessen.« An diesem Abend, und das war bereits drei Monate her, hatte Mairead ihm gestanden, daß sie all ihren Mut zusammennehmen und Nancy auffordern wollte auszuziehen, aber offenbar hatte sie sich bis jetzt noch nicht getraut. Der arme Mikey war so nett, daß Tom ihn gerne nach Hause gefahren hätte; aber er lachte nur und ging zu einer Bushaltestelle. Nie verlor er seine gute Laune, die so schwer zu ertragen war. Judy Hickey nahm einen Bus in die gleiche Richtung, und wenn Tom seinen Kleinbus wendete, um nach Hause zu fahren, sah er oft, wie die beiden sich unterhielten.

Keiner von ihnen allen wußte, wo sein Zuhause war, soviel stand fest. Schon vor langer Zeit hatte er die Gabe entwickelt, direkten Fragen so geschickt auszuweichen, daß die Leute glaubten, sie hätten eine Antwort erhalten, und nicht weiter nachzufragen wagten. Als Nancy Morris sich beispielsweise erkundigte, wieviel Miete er für seine Wohnung zahle, hatte er nur gesagt, das sei schwer auszurechnen, und das war's dann auch schon von Miss Morris' Seite. Rupert wollte einmal wissen, in welchem Stadtteil er denn wohne, und Tom hatte geantwortet, daß Rupert bestimmt immer auf dem laufenden darüber sein mußte, welche Gegend gerade gefragt war. Er selbst fände es auch oft spannend, etwa die Menschen in der Schlange vor dem Kino zu mustern und sich dabei zu überlegen, wo sie wohl wohnten; wenn er wie Rupert in einem Maklerbüro arbeiten würde, mußte das gleich doppelt interessant sein. Rupert hatte ihm zugestimmt und munter über die erstaunlichen Wünsche von so manchem Kunden geplaudert, der ihn in seinem Büro aufsuchte. Und er hatte nie wieder gefragt, wo Tom wohnte, obwohl er auch nicht bemerkt zu haben schien, daß Tom ihn hatte abblitzen lassen.

Dee Burke hatte ihm anvertraut, daß ihr Bruder in Sünde lebte; und ob es nicht ungeheuerlich sei, daß Jungen das nachgesehen wurde, während man es Mädchen noch immer zum Vorwurf machte? Plötzlich fragte sie: »Vielleicht lebst du ja auch in Sünde, hmm?«, und er hatte erwidert: »Ich kenne mich mit Sünden nicht so aus; sie haben sie bei mir in der Schule nie ordentlich erklärt. War das in deiner anders?« Düster hatte Dee geschildert, wie sie sich an ihrer Schule endlose Belehrungen darüber anhören mußten. Nach dem Ende der Schulzeit seien davon alle so erledigt gewesen, daß sie kaum noch die Kraft hatten, auch nur eine einzige Sünde zu begehen, was ja vielleicht auch Sinn und Zweck des Ganzen gewesen sein mochte. Auch Dee gelang es nicht, etwas über sein Leben zu erfahren. Drunten in Rathdoon galt er als der Fitzgerald, der nicht ins

Familiengeschäft eingestiegen war, der einzige, der das Imperium nicht vergrößern wollte. Er beschäftige sich in Dublin irgendwie mit Kunst, hieß es. Doch wann immer drei Leute sich trafen und die Rede auf ihn kam, gab es mindestens drei verschiedene Versionen darüber, was er wirklich tat. Das widerlegte die Vorstellung, daß in Kleinstädten automatisch jeder über jeden Bescheid wußte. Da gab es Dee mit ihrem reifen Liebhaber, Rupert mit seinem schwulen Freund, Kev mit Spielschulden oder was immer ihn bedrückte, und von alledem hatte zu Hause keiner eine Ahnung. Oder davon, was Tom so trieb. In Rathdoon kannte nur eine einzige Person Toms Lebensumstände und die Gründe dafür: seine Mutter. Doch das hätte kein Mensch je erraten. Denn seine Mutter schwamm mit dem Strom, sie seufzte wegen seiner Klamotten und wegen seinem Bus – und das meinte sie ehrlich. Ihr wären ein hübscher unauffälliger Bus und konventionelle Kleidung – gedeckte Farben, graue Hosen und braune Jacketts, wie ihre anderen Söhne sie trugen – wesentlich lieber gewesen. Und Anzüge, weiße Hemden, dezente Krawatten für die Messe am Sonntag. Wann immer sein Vater über die junge Generation im allgemeinen und »diesen Jungen« im besonderen herzog, äußerte seine Mutter ebenfalls milden Tadel. Jeder Außenstehende hätte vermutet, daß sie die Meinung ihres

Mannes teilte. Wer hätte auch nur ahnen können, daß Tom ihr Rettungsanker war?

Peg Fitzgerald war eine gutaussehende Frau. Zweiundfünfzig Jahre alt und sehr gepflegt; nie löste sich auch nur eine Strähne ihrer Frisur. Sie trug veilchenfarbene oder dunkelgrüne Strickkostüme, dazu eine gute Brosche, die farblich paßte. Und im Sommer waren ihre Kostüme aus leichterem Leinen, aber in denselben Farben gehalten. Sie hatte sich äußerlich seit Jahren nicht verändert. Dreimal im Jahr ließ sie sich in der benachbarten Stadt eine Dauerwelle legen; Waschen und Legen erledigte seit eh und je an jedem Freitagvormittag die kleine Sheila O'Reilly, die Nichte des Gemeindepfarrers. Sheila machte in Rathdoon nicht viel Umsatz, aber sie wirkte zufrieden und immer gut gelaunt. Wenn sie keine Köpfe zwischen die Finger bekam, strickte sie eben als Nebenerwerb. Schade, meinte sie, daß es nicht mehr Stammkunden gab wie Mrs. Fitzgerald, die ihre Haare jede Woche um die gleiche Zeit immer gleich frisiert haben wollte.

Mrs. Fitzgerald stand Tag für Tag im Laden. Es war ihre Idee gewesen, Kunsthandwerk zu verkaufen, was sich als sehr lukrativ erwies. Jedesmal wenn ein Ausflugsbus hielt, summten die elektronischen Kassen im Fitzgerald Craft Centre. Sie führten Schals, Tweedstoffe, Keramik – eine große Auswahl, für jeden Geschmack etwas. Außerdem kaufte ganz Rathdoon hier die Geburtstagsgeschenke ein. Anfangs hatte Peg Schwierigkeiten gehabt, die Familie von ihrer Idee zu überzeugen, aber inzwischen behandelten sie die Mutter mit neuem Respekt. Übrigens vertrat sie entschieden die Überzeugung, daß das Geschäft in die Hände der Familie gehörte. Als die Jungs heirateten, war es daher selbstverständlich, daß ihre Ehefrauen ebenfalls im Familienbetrieb arbeiteten. Ja, eine zukünftige Schwiegertochter löste sogar die Verlobung, weil sie sagte, alles, was ihr der Trauschein bringen würde, sei eine Stellung als unbezahlte Verkäuferin anstelle ihrer bisherigen Tätigkeit als Bankangestellte. Für Tom war das ein Zeichen von Intelligenz, aber der Rest der Familie – einschließlich des sitzengelassenen Bräutigams – war sich einig, daß es gerade noch einmal gut ausgegangen war, wenn sie so darüber dachte.

Von Anfang an hatte Tom klargemacht, daß er später nicht im Laden arbeiten würde; er hatte damit keinen Streit entfesselt, sondern Hohn und Spott geerntet. Dabei hatte er vernünftig argumentiert, es sei doch für seine drei Brüder und zwei Schwestern besser, von vorneherein zu wissen, daß er nicht in ihre Fußstapfen treten würde. Dann könnten sie sich darauf einstellen und ihre eigenen Pläne verfolgen, ohne Rücksicht auf ihn nehmen zu müssen. Den Entschluß hatte er bereits in seiner Schulzeit gefaßt. Aber sie hatten alle gedacht, das sei so etwas wie der Wunsch, Lokomotivführer zu werden, und ihn nicht ernst genommen. Was er denn tun wolle? Nun, nach Dublin gehen und dort leben. Nur einfach leben, nicht notwendigerweise auch etwas tun, ehe er nicht herausgefunden hatte, was ihm wirklich gefiel. Danach vielleicht Amerika oder Paris oder Griechenland. Wenn man keine großen Ansprüche stellte und weder ein bequemes Zuhause noch eine Menge Besitztümer und einen stets vollen Kühlschrank haben wollte, konnte man sehr billig leben. Seine Familie tat das als eine vorübergehende Phase ab.

In Toms Abschlußzeugnis standen viele Bestnoten, viel mehr als in den Zeugnissen seiner Brüder, die drauf und dran waren, wohlhabende Kaufleute zu werden. Man expandierte in andere Städte, eröffnete neue Filialen und realisierte die anfangs belächelte Idee der Mutter, Kunsthandwerk zu verkaufen, nun in allen Zentren Westirlands. Die Lehrer, die sämtliche Fitzgerald-Sprößlinge unterrichtet hatten, hielten Tom für den Klügsten, aber er war ein Dickschädel und für seine achtzehn Jahre sehr entschlossen. Nachdem er jetzt all diese Papiere hatte, die nachwiesen, daß er Bildung besaß, wollte er sein eigenes Leben führen. So herzlich, wie er nur konnte, dankte er seinem Vater für dessen zögerliches Angebot,

Studiengebühren für ihn zu bezahlen – und blieb bei seinem Nein. Er wollte lediglich in Ruhe gelassen werden. Nein, er würde nicht auf die schiefe Bahn geraten, und ja, er würde regelmäßig nach Hause kommen, wenn sie das wünschten. Damit sie sich überzeugen konnten, daß er noch bei Sinnen war. Er würde eben trampen und allwöchentlich Stempelgeld kassieren. Nein, damit würde er ihnen in Dublin keine Riesenschande machen. Wer sollte es schon erfahren, um Himmels willen! Nein, das sei auch nicht unfair, so sei es eben heutzutage: Die Reichen zahlten Steuern, und so hatten diejenigen, die nicht reich waren, zumindest Brot und ein Dach über dem Kopf. Wir lassen sie heute nicht mehr auf der Straße sterben, steigen über sie hinweg und bedauern, daß sie nicht die Energie aufbringen, sich einen guten Job zu sichern und damit ihren Lebensunterhalt zu verdienen. Nein, er habe nicht vor, ewig von staatlicher Unterstützung abhängig zu bleiben. Ja, sicher sei er sehr dankbar, daß man ihm einen Platz in der Familienfirma anbot, aber man habe schließlich nur ein Leben, und er habe nicht vor, seines auf diese Weise zu verbringen.

Und war es nicht ein Glück, daß er sich genau dazu entschlossen hatte? Was wäre um Himmels willen passiert, wenn er nicht dagewesen wäre?

Es hatte sich als sehr einfach erwiesen, billig in

Dublin zu leben. Eine Zeitlang wohnte er bei einem jungen Paar, das ihm Kost und Logis bot, obwohl sie selbst knausern mußten. Als Gegenleistung unterrichtete er allabendlich ihre Kinder, zwei nette und aufgeweckte kleine Jungen. Er wiederholte mit ihnen alles, was sie in der Schule durchgenommen hatten, und half ihnen bei den Hausaufgaben. Doch ihm war nicht recht wohl dabei, weil er fand, daß sie eigentlich draußen spielen sollten, anstatt immer nur noch mehr zu lernen. Sie wüßten genug, erklärte er den besorgten jungen Eltern, sie seien doch gut in der Schule; man müsse ihnen nicht ständig noch mehr Wissen einpauken. Aber die Eltern verstanden ihn nicht. Zweifellos war doch das Wichtigste ein guter Start ins Leben, indem man den anderen eine Nasenlänge voraus war? – Aber die Jungen seien doch erst zehn und neun, es würde noch Jahre dauern, bis sie um ihren Platz in der Gesellschaft, gute Zensuren und Stellungen kämpfen mußten. – Nein, die blassen Eltern hatten es im Leben zu nichts gebracht, weil niemand ihnen den Weg gewiesen hatte; sie würden nicht zulassen, daß ihren Kindern dasselbe widerfuhr. – Sie schieden als Freunde. Dann arbeitete er ein Jahr lang als Gärtner für eine alte Dame und schlief ohne ihr Wissen in ihrem Geräteschuppen. Sie sollte es auch nie erfahren, und weil er sein Feldbett und seinen Spirituskocher

längst weggeräumt hatte, als die Beerdigung statt-
fand, erfuhr es auch sonst niemand.

In einem Nachtklub arbeitete er als eine Art Raus-
schmeißer, obwohl er schlank war und auch sonst
nicht dem gängigen Bild eines Rausschmeißers ent-
sprach. Aber er hatte den gewissen Blick, der mindestens ebenso wichtig ist wie Muskelkraft. Sein
Boß, einer der durchtriebensten Männer von Dublin,
wollte ihn nur ungern ziehen lassen, ja, er wollte ihn
sogar befördern, aber es war nicht das Leben, das
Tom sich erträumte. Wieder ging er als Freund und
fragte davor noch den gerissenen Boß, welche Vor-
züge er eigentlich habe. Er wolle es gerne wissen,
rein aus persönlichem Interesse. Eigentlich schulde
er ihm keine Erklärung, wenn er jetzt gehe, meinte
der Boß, aber na gut, Tom habe Augen, die einem
verrieten, daß er sich durchsetzen würde. Keiner
würde sich freiwillig mit ihm anlegen. Tom gefiel
diese Referenz, wie ihm auch die Aussage der alten
Dame gefallen hatte, er sei ein sensibler Gärtner, und
das Lob des neunjährigen Jungen, daß er Latein so
viel interessanter unterrichte als die in der Schule,
weil er es nicht wie eine Sprache behandele, sondern
eher als eine Art Puzzle. Aber das waren keine
schriftlichen Empfehlungen. Jeden neuen Job mußte
er mühsam oder mit Hilfe seines Charmes ergattern;
jedesmal fing er wieder von vorne an.

Einen Sommer lang kutschierte er in Griechenland einen Kleinbus, ganz ähnlich dem lila Bus, über Bergstraßen und brachte Urlaubsgäste zum Flughafen oder in ihr Hotel. Einen Sommer in Amerika verbrachte er in einem Kinderferienlager mit siebzig schmollenden Gören, die alle lieber zu Hause geblieben wären. Einen Winter in Amsterdam arbeitete er in einem Andenkenladen. Und in London war er drei unterhaltsame Monate in der Marktforschung tätig – er sprach mit einem Klemmbrett in der Hand auf der Straße Leute an und stellte ihnen Fragen. Drei völlig andere Monate war er in London als Krankenpfleger tätig, was ihn sehr belastete; sein Respekt vor Krankenschwestern stieg ins Unermeßliche. Mehrmals schon war er beinahe der Versuchung erlegen, Celia von dieser Zeit zu erzählen, aber er sprach nie über seine Vergangenheit – das führte nur zu Fragen, und häufig erforderten Fragen auch eine Antwort.

Tom hielt sich nicht für einen Menschen, der sich treiben ließ; dennoch hatte er seit neun Jahren, seit er die Schule verlassen hatte, nichts mehr zielgerichtet oder dauerhaft getan. Allerdings hätte er auch nichts davon missen mögen, nicht einmal diese befremdlichen Tage im Krankenhaus, als er verängstigte Greise auf Krankenbahren durch verstopfte Gänge schob, um sich herum eine Geräuschkulisse wie bei der babylonischen Sprachverwirrung; sämtliche Nationalitäten unter der Sonne arbeiteten in dem Krankenhaus oder kamen als Patienten. Und deshalb konnte er sich jetzt um Phil kümmern; er mußte weder eine Stellung aufgeben noch sein gewohntes Leben ändern.

Phil war zweifellos die Netteste der Familie, da waren sich alle einig – wie sich auch alle einig waren, daß Tom der Verschrobenste und Schwierigste von ihnen war. Phil stand ihm altersmäßig am nächsten, sie war beinahe auf den Tag genau ein Jahr älter als er. Allerdings waren sämtliche sechs Fitzgeralds innerhalb von sieben Jahren gekommen, bis die junge Peg dann auf einen Schlag aufhörte, jedes Jahr ein neues Baby in die Welt zu setzen. Es gab Gruppenbilder von ihnen im Kleinkindalter, die Toms Meinung nach eher wie Aufnahmen aus einem Kindergarten aussahen als wie Familienfotos. Aber seine Mutter hatte immer wieder betont, daß es einfach prima gewesen sei, die Sache auf einmal hinter sich zu bringen. Da gab es eine Zeitspanne, in der sie schier nicht zu bändigen waren, und dann waren alle von einem Tag auf den anderen erwachsen. Jedenfalls war Phil immer seine Vertraute gewesen und eine große Stütze in der erbitterten Auseinandersetzung darüber, ob der sechzehn- beziehungsweise siebzehnjährige Tom nicht doch in die Firma eintreten würde. Sie hatte damals in der dreißig Kilometer entfernten Stadt Stenographie und Maschineschreiben gelernt. Man war sich einig, daß sie im Büro und nicht im Laden arbeiten sollte. Während sie die Handelsschule besuchte, kam sie jedes Wochenende heim und ermutigte Tom, ein Leben nach seinem Geschmack zu führen. Damals hatte Phil ein richtiges Vollmondgesicht, und immer lachte sie. Jahre zuvor, erinnerte er sich, hatte sie mit Red Kennedy getanzt und dann zu hören bekommen, daß die Kennedys sehr nette Leute seien, wirklich, es sei nichts an ihnen auszusetzen, aber sie solle sich doch nach einem bessergestellten Verehrer umschauen. Empört hatte Phil damals entgegnet, daß sie weder Red Kennedy noch einen anderen als Zukünftigen ins Auge fasse, sie tanze lediglich mit ihm. Dennoch hatte es deswegen allerlei Kopfschütteln gegeben.

Phil war, was man in Rathdoon ein dralles Mädchen nannte. Wenn die Zeit reif war, würde sie schon abnehmen, pflegte Mrs. Fitzgerald zu sagen. Hatte nicht auch Anna, die Älteste, früher ordentlich Babyspeck gehabt? Für Mrs. Fitzgerald war es eine Art Naturgesetz, daß ein Mädchen hübsch und schlank und anziehend sein mußte, wenn es daran dachte, sich zu verehelichen und einen Hausstand zu gründen. So lagen die Dinge eben. Aber bei Phil blieb diese geheimnisvolle Verwandlung aus. Sie war weiterhin pummelig, hatte ein rundes Gesicht und bekam nie vorstehende Wangenknochen und eine schmale Taille; dabei hatten eben diese Merkmale nach Ansicht aller wesentlich dazu beigetragen, daß ihre Schwester Anna sich den ansehnlichen Dominic, Sproß einer Familie von Tweedfabrikanten, angeln konnte.

Tom fand allerdings nie, daß Phil zu dick war; das hatte er ihr, wenn er am Wochenende nach Hause kam, mehrmals versichert. Sie sei wohl nicht ganz bei Trost, wenn sie sich für einen Fettkloß hielt und glaubte, deshalb keine Freunde zu haben.

»Wer sind denn meine Freunde? Zähl sie auf«, schluchzte Phil.

Das konnte Tom nicht, aber er erwiderte, daß er verdammt noch mal von keinem Familienmitglied die Freunde kenne, weil er schließlich nicht hier lebe. Sie müsse doch irgendwelche Freunde haben. Nein, behauptete sie steif und fest, sie habe keine. Da hatte er dann, um ihr zu helfen, diesen Single-Urlaub vorgeschlagen, an dem nur Alleinstehende teilnahmen; zu Beginn gab es keine Liebespaare, dafür aber eine Menge auf der Rückreise, also Kopf hoch. Begierig hatte Phil den Prospekt durchgeblättert und sich dann entschlossen teilzunehmen.

»Erzähl niemandem, daß es so eine Single-Geschichte ist«, hatte ihr die Mutter eingeschärft.

»Sonst bemitleiden sie dich. Sag einfach, du machst ganz normal Urlaub in Spanien.«

Tom erfuhr nie genau, was vorgefallen war, jedenfalls erwies sich die Reise als Fehlschlag. Spanien sei recht nett, erzählte Phil, und das Wetter sei gut gewesen, aber das war's dann auch. Erst sehr viel später hörte er, daß alle Mädchen, bis auf Phil, sich am Strand oben ohne gesonnt hatten; daß so gut wie jede aus der Gruppe, wieder bis auf Phil, eine enge Beziehung mit einem oder mehreren Partnern aus derselben Gruppe gepflegt hatte und daß es beileibe nicht darum gegangen sei, Leute zu treffen, um mit ihnen zu tanzen, sich mit ihnen zu unterhalten und sie näher kennenzulernen. Es handelte sich ganz offensichtlich um einen sehr viel freizügigeren Urlaub als manch anderer Ausflug für Alleinstehende; und freizügig hieß in diesem Zusammenhang, mit Leuten ins Bett zu gehen, die einem völlig fremd waren.

Doch das ahnte Tom zu diesem Zeitpunkt noch nicht. Phil war schweigsam und verschlossen zurückgekehrt. Kurz darauf fiel ihm auf, daß sie anscheinend abgenommen hatte, aber er erwähnte es nicht, weil er ja derjenige gewesen war, der immer gesagt hatte, die Figur sei nicht so wichtig. Eine anerkennende Bemerkung hätte sie womöglich auf den Gedanken gebracht, daß er sie vorher nur nicht hatte verletzen wollen. Und daß Phil nicht mehr zum Tanzen ging und auch keine Ausflüge mit den anderen Mädchen zum Strand mehr machte wie früher, war ihm, um ehrlich zu sein, nicht aufgefallen. Er erinnerte sich erst im Rückblick daran.

Phil war mit dem Zug nach Dublin gekommen. Diese Tagesausflüge waren der reinste Horror. Der Zug fuhr um neun Uhr morgens ab, man war mittags in Dublin und fuhr um sechs Uhr abends zurück. Also mußte man schnurstracks seine Einkäufe erledigen, bevor man sich mit geschwollenen Füßen und einem Haufen Pakete auf den Sitz fallen ließ, wenn es abends wieder nach Hause ging. Immer wenn Phil diese Tortur mitmachte, rief sie Tom an, der sie mit seinem damals noch schmutzig-beigen Kleinbus am Bahnhof abholte. Diesmal sah sie ziemlich blaß aus und sagte, daß sie sich im Zug vor Schmerzen gewunden und gestöhnt habe; die Leute in ihrem Abteil hätten ihr dringend geraten, ins Krankenhaus zu gehen oder einen Arzt aufzusuchen, so schlimm sei es gewesen. Tom sah ziemlich besorgt drein, und genau in diesem Augenblick krümmte sie sich wieder vor Schmerzen und stieß dabei einen leisen Wehlaut aus. Also zögerte Tom nicht lange und fuhr sie zu einer Ambulanz. Dort trat er ruhig und entschlossen auf, verwies darauf, daß sie ein Notfall war, und erreichte so, daß sie sofort untersucht wurde. Als Bruder gab er schriftlich sein Einverständnis zur Operation ihres Blinddarmdurchbruchs. Und als sie aus der Narkose erwachte, war er bei ihr und sagte ihr, daß alles vorbei und gut gelaufen sei und sie jetzt nur Ruhe brauche. Phil lächelte ihn gequält an. Am nächsten Tag kam ihre Mutter mit einem Koffer voller Sachen, die sie brauchen würde, sprach ihr beruhigend zu und seufzte erleichtert auf: Gott sei Dank sei ja Tom dagewesen und habe sich um Phil kümmern können, als es passierte. Außerdem brachte sie Genesungswünsche, Pralinenschachteln und Lavendelwasser von der restlichen Familie.

Tom hatte den Eindruck, daß sie sich gut erholte. Ja wirklich, sie kam rasch wieder zu Kräften, und so war er sehr erstaunt, als eine der Schwestern sagte, sie würde gern mit ihm über Phil sprechen. Und zwar unter vier Augen. Sie habe die Leute, die davon wissen müßten, also die Oberschwester und den behandelnden Arzt, bereits unterrichtet; aber es sei nun mal eine Sache, die weiter behandelt werden müsse, vielleicht durch Miss Fitzgeralds Hausarzt.

Er war beunruhigt. Denn der Ton der Schwester war so mißbilligend, als habe man die arme Phil beim Stehlen auf der Station erwischt. Worum handelte es sich? Nun, ihr war aufgefallen, daß Phil sich immer ziemlich lange in der Toilette einschloß, und so hatte sich die Schwester erkundigt, ob sie an Durchfall oder Verstopfung leide. Offensichtlich war weder das eine noch das andere der Fall, aber dennoch verschwand Phil immer für beträchtliche Zeit. Also hatte die Schwester an der Tür gelauscht. Toms Herz schlug schneller vor Angst; was für entsetzliche Dinge würde er gleich zu hören bekommen?

Es war, wie sie vermutet hatte. Phil würgte und erbrach. Zwei-, dreimal am Tag.

»Was fehlt ihr?« schrie Tom, der keine Ahnung hatte, weshalb die Schwester so entrüstet wirkte. Warum erzählte ihm das nicht ein Arzt?

»Sie macht es absichtlich«, erwiderte sie. »Ihre Schwester stopft sich mit Schokolade, Keksen, Bananen und Butterbroten voll. Sie sollten mal all die Tüten und leeren Schachteln sehen. Und dann erbricht sie alles.«

»Warum um Himmels willen tut sie das?«

»Man nennt es Bulimie, es ist so ähnlich wie Anorexia nervosa – Magersucht. Sie wissen schon, wo Leute sich zu Tode hungern, wenn man nichts dagegen unternimmt. Bulimie ist eine Form davon. Sie schlingen alles in sich hinein, und dann zwingen sie sich zum Erbrechen, damit sie das ganze Essen, das sie in sich hineingestopft haben, wieder loswerden.«

»Und das tut Phil?«

»Ja, schon seit geraumer Zeit.«

»War das der Grund für den Blinddarmdurchbruch?«

»Nein, nein, das hatte damit gar nichts zu tun. Aber in gewisser Hinsicht war es vielleicht ein Glücksfall. Denn jetzt wissen Sie Bescheid und können Ihre Familie unterrichten und ihr dann gemeinsam helfen, dagegen anzukämpfen.«

»Können Sie ihr nicht einfach sagen, daß sie damit aufhören soll? Können wir ihr nicht alle sagen ... daß es widerlich ist – und so sinnlos?«

»O nein, das ist nicht der richtige Weg. Das ist genau das Gegenteil davon, was sie einem raten, wenn sie eingewiesen wird.«

»Eingewiesen?«

»In eine psychiatrische Klinik. Es ist eine psychische Sache, wissen Sie, wir hier haben damit nichts zu tun.«

Das stimmte nur zum Teil. Denn Phil wurde lediglich in die psychiatrische Abteilung desselben Krankenhauses verlegt und zusätzlich zu all den psychotherapeutischen Sitzungen und Gruppengesprächen auch weiterhin mit Medikamenten behandelt. Anfangs war Phil sehr erleichtert gewesen, als sie erfuhr, daß auch andere Menschen sich so verhielten. Sie hatte zunächst geglaubt, sie sei die einzige auf

318

der Welt, die so etwas je getan hatte, und so hatte sie sich von großen Schuldgefühlen befreit gefühlt. Dabei hatte sie sich gar nicht wegen der willkürlich herbeigeführten Brechanfälle geschämt – eine der einfachsten Übungen, wie sie sagte. Wenn man den Finger an die richtige Stelle der Kehle legte, passierte es ganz von selbst. Was ihr Gewissensbisse machte, war die Tatsache, daß sie sich mit Essen vollstopfte – sogar auf der Toilette. Sie war noch lange nicht so weit, über die Gründe ihres Verhaltens zu sprechen. Und man sagte Tom, daß sie es zweifellos immer und immer wieder tun würde, ehe sie nicht endgültig geheilt sei. Ehe sie nicht wieder in die Realität zurückgefunden hätte und sich selbst so annehmen könnte, wie sie war. Bei diesem Prozeß wären Hilfe und Unterstützung seitens der Familie entscheidend. Denn wenn Phil spürte, daß sie in ihrer Familie akzeptiert wurde, wäre das für sie ein großer Schritt, um wieder ein positives Bild von sich selbst zu bekommen. Die Familie, ah ja. Ausgerechnet die Fitzgeralds. Zu diesem Zeitpunkt.

Die arme Phil hätte sich keinen ungünstigeren Moment aussuchen können, um bei ihrer Familie um Hilfe nachzusuchen, dachte Tom grimmig. Denn gerade waren die Zeitungen voll von Berichten über den bewaffneten Raubüberfall auf das Postamt in Cork und die darauf erfolgte Festnahme und Verurteilung ihres Cousins Teddy Fitzgerald, der ebenfalls im Familienbetrieb gearbeitet hatte. Ein schwerer Schlag. Dann die erwiesene Untreue von Dominic, dem ansehnlichen Ehemann von Anna, ihrer ältesten Schwester. Zuerst hatte es ziemlich viel Tratsch über ein Verhältnis und schließlich die Geburt eines Kindes gegeben, das Dominic widerstrebend als seines anerkannte – auch wenn es nicht seine Frau, sondern eine seßhaft gewordene Zigeunerin zur Welt gebracht hatte, die im Westen Irlands nun ganz und gar nicht als ansehnlich galt. Mrs. Peg Fitzgerald zufolge gab es nur eins, was schlimmer war als ein Zigeuner auf der Straße; nämlich ein Zigeuner, der seßhaft geworden war. Also auch noch diese Schande. Hinzu kamen noch ein paar andere Dinge, keine derart schockierenden, aber in ihrer Summe doch ausreichend, um eine familiäre Idylle bröckeln zu lassen. Zweifellos war es also ein denkbar unpassender Zeitpunkt, wenn sich ein Familienmitglied gerade jetzt einer langwierigen psychiatrischen Behandlung unterziehen mußte und dabei auf familiäre Hilfe angewiesen war.

Mrs. Fitzgerald machte ihre Haltung unmißverständlich klar. Keiner würde über Phil je ein Sterbenswörtchen verlieren. Das war endgültig. Phil war von ihrem Blinddarmdurchbruch genesen, sie erholte sich, besuchte Freunde und würde bald wieder nach

Hause zurückkehren. In der Zwischenzeit behalf man sich im Büro mit einer Aushilfskraft. Einmal im Monat würde Mrs. Fitzgerald nach Dublin fahren, um ihr die Unterstützung zukommen zu lassen, die das Krankenhaus für derart wichtig erachtete. Tom würde sie so oft besuchen wie irgend möglich, und damit Schluß. Nein, keine weitere Diskussion, sie hatten ohnehin schon genug um die Ohren. Und welche Chancen hätte Phil denn noch, unter die Haube zu kommen, wenn erst überall bekannt wurde, daß sie in einer psychiatrischen Anstalt war? Also, keine Widerrede.

Tom war sicher, daß die Ärzte mit der familiären Unterstützung etwas anderes gemeint hatten, als alles zu vertuschen und bei Phil noch mehr Schuldgefühle zu wecken, als sie sowieso schon hatte. Die monatlichen Besuche seiner Mutter – ihre Versicherungen, daß niemand etwas wußte oder auch nur ahnte, daß die Leute hinters Licht geführt und mit Lügengeschichten abgespeist wurden – waren seiner Überzeugung nach das Schlimmste, was seiner Schwester widerfahren konnte. Mit betroffener Miene hörte sie zu und entschuldigte sich, daß sie so viele Umstände machte. Unbeholfen faßte seine Mutter manchmal nach Phils Hand.

»Wir ... ähm ... lieben dich sehr. Ja, du wirst sehr geliebt, Phil.« Verlegen zog sie die Hand dann wieder zurück. Der Psychiater hatte ihr gesagt, daß solche Sätze besonders wichtig seien, aber sie trug sie vor wie auswendig gelernt. In ihrer Familie hatte man Gefühle nie offen gezeigt, Umarmungen oder Küsse waren bei ihnen unüblich, und so fiel es ihrer Mutter schwer, Phils Hand zu nehmen und ihr so etwas zu sagen. Phil hingegen war jedesmal erneut verwirrt, wenn sie solche Worte aus dem Munde ihrer Mutter hörte, die danach jedesmal unverzüglich Handschuhe und Handtasche nahm und ging.

Tom besuchte Phil täglich, buchstäblich Tag für Tag, und an den Samstagen und Sonntagen rief er sie an. Seine Mutter sagte, daß auch sie anrufen würde, wenn sie etwas zu sagen wüßte, aber Tom fiel immer etwas ein. Schließlich kannte er Phil auch viel besser; sie hatten einander regelmäßig besucht, er konnte auf eine Menge Gesprächsstoff zurückgreifen. Wenn er sich mit ihr unterhielt, hatte er nie das Gefühl, mit einer Kranken zu sprechen. So gab er auch nicht von oben herab kluge Ratschläge; und wenn er es nicht geschafft hatte, vorbeizukommen oder anzurufen, erging er sich nicht in übertriebenen Entschuldigungen. Daß er seine Anwesenheit als wesentlichen Beitrag zu ihrer Genesung betrachtete, ließ er sich nicht anmerken; er behandelte sie, als wäre sie ebenso kerngesund wie er.

Sie sprachen viel über ihre Kindheit. Tom meinte, sie sei im großen und ganzen glücklich gewesen – ein bißchen zuviel Gerede wegen des Geschäfts, ein bißchen zuviel Heimlichtuerei wegen der Nachbarn. Doch Phil hatte ganz andere Erinnerungen. Sie glaubte, daß sie immer gelacht und gemeinsam am Tisch gesessen und sich miteinander unterhalten hätten, obwohl Tom einwandte, das könne nicht stimmen. Entweder Vater oder Mutter hätten immer im Laden stehen müssen. Phil sprach auch von tollen Ausflügen zum Strand mit Picknick; Tom erwiderte, daß er sich ehrlich gesagt nur an einen einzigen erinnere. Sie hätten immer gespielt – *Ich sehe was, was du nicht siehst* oder *Armer schwarzer Kater* oder *Sardine*, wo sich einer verstecken mußte und man sich, wenn man ihn fand, neben ihn quetschte wie eine Sardine in der Büchse. Tom widersprach: Das hätten sie nur an Kindergeburtstagen getan. Aber sie stritten nicht wegen ihrer Erinnerungen, sie ließen sie Revue passieren wie einen alten Film, den man vor vielen Jahren gesehen hatte und von dem sich jeder noch verschiedener Szenen, aber nicht mehr aller Einzelheiten entsann.

Sie sprachen auch über ihre Liebschaften und über Sex. Tom war nicht überrascht zu erfahren, daß sie noch Jungfrau war, und es erstaunte sie ebensowenig, daß er bereits entsprechende Erfahrungen hatte.

Unbeschwert und ohne Schamgefühl tauschten sie sich miteinander aus, manchmal stundenlang im Aufenthaltsraum oder im Garten, manchmal nur kurz, weil Phil still und in sich gekehrt war oder Tom zur Arbeit mußte. Momentan hatte er eine Anstellung in einem Auktionshaus, wo er Möbel hin und her trug, Nummern an Gegenständen befestigte oder sie für den Katalog auflistete. Er hatte schon überlegt, sich nach etwas anderem umzusehen, aber die Arbeitszeit paßte ihm, und er hatte es nicht weit zum Krankenhaus, so daß er leicht einen Besuch einschieben konnte. Eine andere Patientin fragte Phil einmal, ob Tom ihr Freund sei. Sie habe noch nie einen Freund gehabt, antwortete Phil mit einem verlegenen Lachen. Daraufhin zuckte das andere Mädchen die Achseln und meinte, das sei wahrscheinlich auch das klügste; mit Jungs habe man immer nur Scherereien. Nicht eine Zehntelsekunde hatte sie angenommen, daß Phil keinen Freund haben *konnte*. Das gab Phil jede Menge neuen Mut. Und sie erkundigte sich, was für Mädchen Tom gefielen. Außergewöhnliche, meinte er, keine, die nur ein Haus, einen Verlobungsring und die gemeinsame Zukunft im Kopf hätten. Einmal habe er eine sehr nette Freundin gehabt, aber unglücklicherweise sei ihr so ein farbloser Typ über den Weg gelaufen, der ihr all diesen Kram anbot –

324

Sicherheit und Ansehen. Da sei sie zu Tom gekommen und habe ihm geradeheraus gesagt, daß sie sich für den anderen entschieden hatte. Phil bedauerte das sehr.

»Du hast uns nie davon erzählt«, sagte sie.

»Stimmt, aber du hast uns ja auch verheimlicht, daß du in Billy Burns verschossen warst, obwohl er ein verheirateter Mann war«, lachte er.

»Das hast du mir aus der Nase gezogen.« Jetzt lachte sie auch. Es geht so langsam, zu langsam, dachte er, es *muß* ihr doch schon bessergehen.

Das sagte er auch mehr als einmal zu dem Psychiater und mußte zu seiner Enttäuschung dann stets erfahren, daß Phil noch immer nicht glücklich und mit sich im reinen war und nicht wußte, wo sie hingehörte. Alle dankten Tom für seine Besuche und versicherten ihm, daß er unersetzlich war. Nicht nur wegen seiner Besuche, sondern auch, weil er für sie die Verbindung zu Rathdoon darstellte. Denn Phil störte es nicht, wenn er an den Wochenenden heimfuhr, im Gegenteil. Es brachte sie der Familie näher, und Tom kam immer mit Neuigkeiten und – noch besser – einem aufmunternden Brief von ihrer Mutter zurück.

Jeden Samstagvormittag zwang er seine Mutter, ihr zu schreiben. Er saß buchstäblich daneben, während sie schrieb. Und er ließ weder gelten, daß sie angeblich nichts zu schreiben wisse, noch sonst irgendwelche Ausreden.

»Glaubst du denn, ich würde mir das antun, glaubst du wirklich, ich würde jeden Samstagvormittag hier sitzen, wenn es nicht wichtig wäre?« schrie er sie an.

»Sie sehnt sich verzweifelt danach zu erfahren, daß wir sie lieb haben und daß ihr Platz hier in unserer Familie ist; sie wird nicht zurückkommen können, ehe sie das nicht sicher weiß.«

»Aber natürlich gehört sie hierher, natürlich wollen wir sie wiederhaben. Um Himmels willen, Tom, du machst vielleicht ein Drama daraus.«

»Es ist ein Drama! Phil ist in einer psychiatrischen Klinik, und das hauptsächlich, weil wir ihr nicht überzeugend klarmachen können, daß sie uns hier fehlt.«

»Dein Vater und ich halten das alles für Mumpitz. Wir haben ihr nie das Gefühl gegeben, unerwünscht zu sein; wir haben sie immer hoch geachtet, alle hatten sie gern im Büro. Stets war sie fröhlich, und sie kannte jedermann mit Namen. War sie nicht die Seele des Geschäfts?«

»Dann schreib ihr das. Los, schreib ihr das jetzt sofort«, befahl er.

»Ich komme mir albern vor, wenn ich Phil so etwas schreibe. Es ist lächerlich – als ob sie nicht alle

Tassen im Schrank hätte. Sie würde sofort merken, daß ich ihr nur etwas vormache.«

»Aber gerade eben, vor einer Minute, hast du es ernst gemeint.«

»Ja, natürlich. Aber so etwas sagt man höchstens, man schreibt es nicht.«

»Da sie aber nicht hier ist, um es zu hören, mußt du es nun mal schreiben. Schließlich läßt du sie nicht heimkommen und in der Stadt behandeln, die nur dreißig Kilometer entfernt ist, so daß du sie jeden Tag besuchen könntest. Also mußt du eben schreiben. Woher soll sie es sonst wissen, wie um Himmels willen soll sie sonst je erfahren, daß sie hier gebraucht wird?«

»Es ist ja nicht so, daß ich sie nicht wieder hier haben will. Es ist zu ihrem eigenen Besten, wenn wir die Sache im stillen regeln und nicht an die große Glocke hängen.« Wie oft hatte Tom das schon gehört? Vielleicht würde er es ewig hören. Denn vielleicht würde sich Phils Zustand niemals bessern.

Mitten in eine dieser samstäglichen Streitereien platzte Celia Ryan herein. Er war überrascht, sie zu sehen, und auch erleichtert. Denn heute war seine Mutter besonders widerspenstig gewesen. Am frühen Vormittag war sie ihm entwischt, weil sie angeblich im Laden gebraucht wurde, und erst als er ihr eine Tasse Kaffee und Briefpapier brachte, war sie überhaupt bereit gewesen, ihn anzuhören. Phil müsse sich eben zusammenreißen, lautete ihre augenblickliche Meinung, die sie wiederholt verkündete. Tom empfand das unwiderstehliche Bedürfnis, Celia einen Platz anzubieten und zu bitten, sie möge seiner Mutter erklären, was sie aus erster Hand über Anorexie und Bulimie wisse, weil Phil sich wegen letzterer in einer psychiatrischen Anstalt befinde. Seine Mutter würde wahrscheinlich ohnmächtig zu Boden sinken, wenn er der Tochter von Mrs. Ryan diese Familienschande offenbarte. Doch die Versuchung währte nur kurz.

Celia wollte sich ausgerechnet seinen Kassettenrecorder und ein leeres Band ausleihen, um etwas aufzunehmen. Sie schien aufgeregt und sagte ihm nicht, wozu sie das Gerät brauchte. Aber da er selbst kaum je etwas von sich preisgab – selbst wenn er gefragt wurde –, konnte er ihr daraus schwerlich einen Vorwurf machen. Sie versprach, ihm die Sachen im Bus zurückzugeben.

»Schrecklich, was sie mit ihrer Mutter durchzumachen hat«, meinte Mrs. Fitzgerald.

Tom nickte. Obwohl ich es mit meiner auch nicht gerade leicht habe, dachte er. Doch er beherrschte sich und schwieg. Schließlich kam es einzig und allein darauf an, daß er Phil am Montag ihren Brief geben konnte.

»Wahrscheinlich wird sie Bart Kennedy heiraten. Dann können die beiden zusammen die Theke im Auge behalten«, sagte Tom.

»Bart Kennedy? Bestimmt nicht. Der gehört nicht zu der Sorte Männer, die heiratet.« Da war sich Mrs. Fitzgerald ganz sicher.

»Bart schwul? Quatsch.«

»Nein, das habe ich nicht gemeint. Er heiratet nur eben nicht. Du wirst es schon sehen. Vielleicht merken Männer so etwas nicht, aber Frauen haben ein Gespür dafür. Red Kennedy zum Beispiel, der steht in spätestens einem Jahr vor dem Altar. Ich habe gehört, er wandelt auf Freiersfüßen. Aber Bart – niemals.«

»Ich habe gedacht, daß sie seinetwegen immer heimfährt«, murmelte Tom.

»Sie kommt, damit der Pub nicht endgültig vor die Hunde geht.«

»Meinst du wirklich?« Plötzlich war Tom guter Laune. Er wußte nicht weshalb, aber er fühlte sich sehr erleichtert.

Als er abends in den Pub ging, entdeckte er, wozu Celia sich den Recorder geliehen hatte. Es kam ihm allerdings ein bißchen schofel vor. So als ob man sich über die arme Frau lustig machen wollte, die hinter der Theke vor sich hin brabbelte, herumtorkelte und grölte. Wie demütigend, daß die eigene Tochter ihre schrägen Gesangseinlagen aufzeichnete!

»Sie weiß es nicht, sie kann sich nie daran erinnern«, versuchte Celia sich zu rechtfertigen, als er sie fragte, ob das nicht gemein von ihr wäre. Tom malte sich aus, wie Celia ihrer Mutter von den Exzessen der vergangenen Nacht berichtete und Mrs. Ryan das alles als dummes Zeug abtat, in ihrem geschäftsmäßigen Plauderton, der ihr im nüchternen Zustand eigen war. Da niemand sonst sie je darauf ansprechen würde, mußte sie glauben, daß Celia sich das alles aus den Fingern saugte; oder zumindest, daß sie maßlos übertrieb.

»Ich komme dann morgen vorbei und hole ab, was davon noch übrig ist«, meinte er mit einem Blick auf den Recorder. Dankbar lächelte sie ihn an. Sein Blick wanderte zu Bart Kennedy, der Bier zapfte und mit den Burschen lachte – er und Celia schauten sich kaum je an. Wie hatte er nur glauben können, daß zwischen den beiden etwas lief?

Doch als er am nächsten Tag kam, war der Recorder noch heil. Celias Mutter hatte sehr gefaßt reagiert. Während Celia und Bart die Sonntagmittagskundschaft bedienten, saß sie im Hinterzimmer.

»Sie kommt mit nach Dublin. Das ist, glaube ich, das einfachste. So kann ich mich am besten um sie kümmern.«

»Wann?«

»Gleich morgen. Ich fahre heute abend nicht mit dem Bus zurück, ich warte bis morgen und begleite sie. In Dublin habe ich eine gute Freundin unter den Krankenschwestern. Sie übernimmt meine Schicht, obwohl sie eigentlich ihren freien Tag hat.«

»Wohnt sie auch in deinem Schwesternharem?«

»Emer? Nein, nein, sie ist eine ehrbare verheiratete Frau mit Familie.«

»Würdest du auch weiterarbeiten, wenn du verheiratet wärst?«

»Keine Frage. Ich würde doch meinen Beruf nicht an den Nagel hängen, nur um einem Mann Essen zu kochen und die Wohnung zu putzen. Außerdem bleibt einem heutzutage doch gar nichts anderes übrig, wenn man ein bißchen was vom Leben haben will. Und ich bin gern Krankenschwester, es würde mir fehlen.«

»Wie lang wird es wohl dauern . . .?« Er machte eine Kopfbewegung zum Hinterzimmer, wo Mrs. Ryan in einem Sessel wartete.

»Keine Ahnung. Es hängt von ihr ab, verstehst du – von ihrem Willen.«

»Hängt es nicht auch von der Familie ab, von ihrer Unterstützung?«

»Na ja, sie hat eigentlich nur mich. Die Damen und Herren in Australien und Detroit und England stehen nicht zur Verfügung, sie wird sich mit mir begnügen müssen.«

»Meiner Schwester Phil geht es nicht gut. Sie hat das gleiche Problem«, sagte Tom unvermutet.

»Ich wußte gar nicht, daß Phil trinkt.« In Celias Stimme lag weder Überraschung noch Mißbilligung.

»Nein, ich meinte damit, daß sie auch nur mich hat in Dublin. Phil leidet an Anorexie – dieser Form, wo man ißt und sich dann zum Erbrechen zwingt.«

»Da hat sie zum Glück noch ganz gute Chancen. So viele von diesen Anorexie-Patientinnen sterben. Es zerreißt einem das Herz, wenn man sie sieht: kleine ausgemergelte Würmchen, und sie meinen, es müßte so sein. Aber Bulimie nimmt einen sehr mit. Die arme Phil. Was für ein Pech.«

Dankbar sah Tom sie an. »Werden sie dir eine Hilfe sein – deine Geschwister, die fortgegangen sind?«

»Das glaube ich kaum. Und wie sieht's bei deiner Familie aus?«

»Nein, das wird mir allmählich klar. Ich habe immer gedacht, ich könnte sie ändern. Aber sie stecken lieber den Kopf in den Sand und tun so, als wäre nichts. Und vor allem darf man nicht darüber reden.«

»Später vielleicht einmal, wenn sie soweit sind. Da braucht man Geduld.« Celia klang sehr sanft.

»Na gut, dann müssen sie eben mit uns vorliebnehmen«, meinte er, »deine halbverrückte Ma und meine halbverrückte Schwester.«

»Haben sie nicht ein Glück, daß es uns gibt?« erwiderte Celia Ryan mit glockenhellem Lachen.

»Schade, daß du heute abend nicht im Bus bist. Du wirst mir fehlen«, sagte Tom.

»Vielleicht willst du ja bei mir vorbeikommen und mich trösten, wenn ich meine Mutter eingeliefert habe. Und wenn es dir irgendwie hilft, könnte ich dich ja zu Phil begleiten. Natürlich nur, wenn du willst.«

»Na, und ob ich das will«, antwortete Tom Fitzgerald.

Inhalt